U0921096

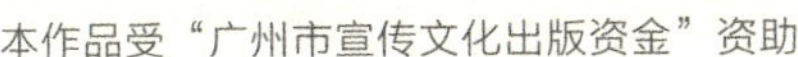
本作品受“广州市宣传文化出版资金”资助

故园月明

文钦梅 著

露从今夜白
月是故乡明

广州出版社
广州新华出版发行集团

图书在版编目（CIP）数据

故园月明 / 文钦梅著. — 广州：广州出版社，2021.7

ISBN 978-7-5462-3273-7

Ⅰ.①故… Ⅱ.①文… Ⅲ.①纪实文学－中国－当代 Ⅳ.①I25

中国版本图书馆CIP数据核字（2021）第094181号

书　　名　故园月明
出版发行　广州出版社
（地址：广州市天河区天润路87号9楼、10楼　邮政编码：510635
网址：www.gzcbs.com.cn）
责任编辑　周振宇
责任校对　李少芳
装帧设计　萨福书衣坊
印刷单位　广州市快美印务有限公司
（地址：广州市白云区广从五路410号　邮政编码：510545
电话：020-23336155）
规　　格　787毫米×1092毫米　16开
字　　数　260千
印　　张　18
版　　次　2021年7月第1版
印　　次　2021年7月第1次
书　　号　ISBN 978-7-5462-3273-7
定　　价　54.00元

序一 故园千里隔 休戚总相关

四年前的夏天，我应邀在广州做了《中国台湾问题与祖国统一前景》讲座。该题正是1983年6月26日邓小平同志接见美国新泽西州西东大学亚洲学系教授杨力宇谈话时的要点。演讲中不少谈及杨力宇教授为促进两岸关系和平发展所做的贡献。

这次授课巧遇杨力宇教授外侄孙女文钦梅女士。讲座结束后，她带着疑问前来请教我。初次相见，她先自我介绍了一番，然后诚恳地说，自己有一个愿望，想把杨力宇曲折的成长经历，以及毕生促进祖国和平统一的故事创作成一本书，但对当前云谲波诡的两岸关系和“一国两制”方针把握不准，想听听我的意见。我认为，两岸关系和平发展是历史的必然，“一国两制”是我们的基本国策，是长期不变的。

我在厦门大学从事两岸关系研究近40年，每次谈到邓小平同志的

“一国两制”的构想，总会联系到杨力宇教授。他虽然身在海外，但对祖国却有着一往情深的眷念，尤其是受邓小平接见后，他深谙自己作为一个美籍华人学者的使命，自愿担负起向国际社会宣传“一国两制”构想的重任，常年来往于北京、台北、纽约、华盛顿之间，利用自己在西方学术界的影响力，以及在台湾政界的人脉，发表演讲，著书立说，反对“台独”，付出的精力和心血，天地可鉴。尽管遭受“台独”分子的威胁和诽谤，他也不改初衷，他说：“无论是大陆，还是台湾，我都很爱，我一直希望两岸能实现和平统一。”

虽然如此，但我对杨力宇家庭背景和成长经历的了解仅是“冰山一角”。他15岁已离开中国，在外漂泊了70个春秋，但依然保持一颗拳拳赤子之心，我相信其成长的背后一定有更深层次的家庭和历史背景的影响。文钦梅女士想写的这本书，我觉得很有价值，这对研究杨力宇教授和两岸关系无疑是一个鲜活的补充。

如今，文钦梅女士完成了该书创作，她恳切邀请我写推荐语。我阅读完书稿后，掩卷沉思，仿佛看到在动荡年代大背景下，一个海外赤子成长的艰辛。“天若有情天亦老，人间正道是沧桑。”杨力宇的爷爷杨朝星是清末的乡绅，其父亲杨祖诒是日本九州帝国大学的官费留学生。在1928年日本出兵山东，制造济南惨案后，杨祖诒满腔愤怒，参与组织了日本的中国留学生游行示威抗议，毕业后，毅然放弃日本优渥待遇回国，报效祖国。卢沟桥事变后，抗战全面爆发，他积极投身抗战事业，进入国民政府军事委员会政治部第三厅，跟随郭沫若厅长从武汉辗转至重庆，在抗战一线开展宣传工作。抗战胜利后，他满怀喜悦，殊不知，重庆谈判后，蒋介石撕毁《双十协定》，中国又陷入战火之中。战争虽以蒋介石失败告终，但后果波及国民政府无数大小官员。杨祖诒想着，当年自己回国是为了抗日，现在，抗战胜利了，难道又要离乡背井？他无法接受这个现实，不愿意去台湾，但他担心自己的身份会影响儿子杨力宇的学业前途，便托亲戚带他去台湾求学。从此，杨力宇一人漂泊在外。“故园千里隔，休戚总相关”，他凭着自己的聪明才智和对祖国的执着情怀，一头扎进书堆，研究中国历史、政治、国际关系，成为一位面壁功深的中国问题专家。他著书向西方推介中国的党和国家领导人。改革开放后，他一次又一次回中国考察，向西方国家介绍中国的新政策、新面貌。由于他大陆和台湾的双重背景，被选为时任美国总统卡特班底的中国事务顾问。中美建交后，杨力宇把所有的时间和精力都放在推动海峡两岸关系和平发展上。1983年3月，杨力宇在美国旧金山举办“中国统一之展望”讨论会，大陆和台湾的知名学者都出席了会议，这一敏感话题受到了西方国家学者的瞩目，引起了党和国家领导人邓小平的重视。三个月后，邓小平会见了杨力宇，成为两岸关系的佳话。

杨力宇教授虽在大陆生活时间不长，但中华民族的热血却在这个海外赤子的身上源源不断地流淌着。他毕生都在研究中国，为中国走向世界舞台，为两岸关系的和平发展做出了重要贡献，这是令人敬佩的。

厦门大学港澳台研究中心主任 李非

2020年8月10日

序二

源之所在　心之所系

溯源是人的本性，是文学的一种重要题材。一个人无论行多远，漂多久，跨过多少岁月的激流，他与故园和祖辈总存在千丝万缕的联系。这种联系或许看不见摸不着，却深深埋藏在血脉中。

《故园月明》展示着一种双重的溯源和牵挂。一重是书中主要人物杨棠城、杨祖诒、杨奋武、杨力宇等所拥有的，这些人的身上都体现着浓浓的溯源情结。虽然他们的人生道路和生活方式各不相同，但他们有一个共同点，那就是对故园的不舍和依恋，对祖辈生存于兹血脉延续至今的那块土地倾诉着文化认同。另一重溯源和牵挂则体现在本书作者的心里。作者用非虚构的情节，用充满情感的叙述，追溯了自己母方长辈的生活史，以怀想和感悟去诠释生活在不同年代长辈们的人生和家国情怀。这两重溯源和牵挂绞在一起，成就了这本书。

《故园月明》展示的场景宏大而深远，时间跨度从清朝末年到中国改革开放后，空间跨度则从井冈山、南京、武汉、重庆、广州、台北到日本九州岛，以及美国的纽约、华盛顿、旧金山。书中的主要人物是一群知识分子，他们从一个风雨飘摇的年代走来，历经磨难。从他们的身上，我们看到了中国知识分子秉持的“国家有难，匹夫有责”的担当，但是作者的描绘也让我们看到了他们人性脆弱的一面，他们不能勇敢地接受现实的挑战，在时代大变革中跌宕起伏，屡受挫折，甚至不幸。其中有的积极支持革命，愿意参加革命，但是在遭受挫折和打击之后，放弃了自己的理想；有的忧国忧民，不满黑暗统治，甚至要将理想付诸现实，试图在家乡井冈山试行以梁漱溟乡村建设的经验，以寻找救国救民的出路。在一个大变革的时代中，人生道路怎么走？作者描述了他们的彷徨，并在回头溯源时，看到了他们人性中最柔软的一面。他们心中割舍不下的是自己的故园，血液中流淌着的是对故园代代相传的眷恋。

书中人物有血有肉，行为真实可信。比如有一个细节，渡江战役前夕，南京政府的文武官员纷纷逃往台湾，杨祖诒原本订好了机票赴台，临走前却决定放弃，只因为割舍不下对家园的依恋。他相信自己没有对不起人民的地方，愿意向人民投诚。但他也不免担心自己旧时的身份会影响儿子将来的学业前途，于是让儿子杨力宇随亲戚去了台湾求学。儿子临走时，他语重心长地给儿子讲他自己回国参加抗战的经历，讲源远流长的中国历史，要儿子牢记自己的家园。这样的情节没有拔高人物的精神境界，却因此而更显得真实感人。事实上，杨力宇正是在这种血脉的感召和呼唤下，在外漂泊了70年，依然对自己的故园一往情深。不知经受多少个日夜的思念煎熬，故园在他心中已不仅是一个地理位置，更是一种精神渊薮。他发奋读书，苦心孤诣，立志寻求祖国大陆与台湾和平统一的方法，已经成为致力于祖国大陆与台湾和平统一的知名专家。改革开放后，他归心似箭，回祖国考察。当他在美国旧金山组织发起“中国统一之展望”这样一个十分敏感的学术讨论会时，引起邓小平的重视，并受到接见，邓小平向他阐述了“一国两制”伟大构想，并首次提出实现两岸和平统一的六条主张。杨力宇受到极大的鼓舞，接下来几乎把所有时间和精力都投入到推动两岸关系和平发展的活动中去。古诗曰：“月是故乡明。”在游子的心目中，家乡本身就是一轮明月，永远照亮自己的人生之路。

《故园月明》是作者文学创作的初次尝试，在没有经验与现成套路的情况下，她主要是凭自己的人生阅历和知识积累，以及对长辈的倾慕、对人生的思考，坚定地投入了写作。其实这不是缺陷，反倒成为另一种优势：那就是在秉烛独行的过程中不受干扰，只迎着历史的呼唤，只沿着前辈的足迹，只揽着满怀的春风，只听从自己的内心，就这样和自己的亲人一起，在故园的月光下向前走去……

广东省人民政府文史研究馆馆员、文学院院长 徐南铁

2020年11月26日

书中主要人物介绍

第一代主要人物

杨朝星　母亲的曾爷爷，从极度贫困中发家，一个充满传奇色彩的人。

第二代主要人物

杨棠城　母亲的大爷爷，井冈山革命时期的开明绅士。

杨祖诒　母亲的二爷爷，日本九州帝国大学官费留学生，国民政府“行宪国大”代表，爱国人士。

杨奋武　母亲的三爷爷，日本九州帝国大学官费留学生，大学教授，爱国人士。

第三代主要人物

杨池烈　母亲的父亲、大爷爷的大儿子，土木工程师。

杨池照　母亲的大叔、大爷爷的二儿子，曾参加抗日战争，抗战胜利后，随部队自重庆返回接收上海，在大兴坊不幸遭遇车祸丧生。

杨力宇　母亲的二叔、二爷爷的儿子，美国斯坦福大学博士，中国问题研究专家，中美人民友好使者。邓小平曾专门会见他，在会见时向他阐述了“一国两制”伟大构想，并首次提出实现两岸和平统一的六条主张。

杨池秀　母亲三爷爷的大儿子，土木工程师。

杨池先（杨海庆）　母亲三爷爷的二儿子，台北中兴大学教授。

第四代主要人物

杨钟灵（杨蓬仙，小名蓬蓬）　作者的母亲，教师。

杨伟夫　母亲的大弟弟，农民。

杨毅夫　母亲的小弟弟，县政协委员、民间老中医。

目录 CONTENTS

序节　母亲的背后

我的母亲与众不同。小时候，她在我心里是个谜，我自出生以来，没见过外公外婆，没见过舅舅姨母等任何一个来自母亲娘家的亲戚。我一直纳闷，曾多次试图询问母亲，但不是见到母亲双眉深锁，便是被父亲支开。

直到1980年6月的一天——那年是中美建交第二年，我正读初中，我那从不提娘家、听到邻里妯娌侃娘家就满脸忧郁而回避的母亲，突然激动地告诉我，要带我和哥哥回娘家——井冈山宁冈。我很惊讶，以为自己听错了。母亲又解释道，她二叔杨力宇从美国回来了，他与家乡亲人已失联30多年！他们是同龄人，小时常常一起读书。他比母亲小一岁，1949年时，才15岁，随亲戚去台湾读书，一去便杳无音信，一个人漂泊在外，靠勤工俭学，读书成才，考取台湾大学，毕业后，又去美国斯坦福大学深造，攻读硕士、博士。1979年1月12日，杨力宇回国考察，在北京受到国务院副总理方毅接见，第二天，《人民日报》刊登了相关消息和照片。无巧不成书，这消息被他的妹妹们看见，认出了他，于是，她们立刻写信给中央办公厅询问此事，很快得到了回复，告诉她们这正是她们寻找的亲人杨力宇。兄妹终于联系上了！杨力宇归心似箭，即将回到阔别30多年的家乡和亲人们见面，妹妹们召集分散多年的家族亲戚团聚，我终于有机会随母亲回她娘家探亲。

三年后，母亲又兴奋地告诉我，她的二叔杨力宇受到党和国家领导人邓小平的接见，邓小平向他阐述了“一国两制”构想，并首次提出实现两岸和平统一的六条主张。我听完后，眼睛瞪大了，突然间，脑洞大开，心智犹如憋足了劲的小草，噌噌地往上蹿了一截。原来母亲背后是如此不凡的家族：有支持井冈山革命的开明绅士杨棠城；有官费留学日本九州帝国大学、为抗战救国放弃优渥待遇报效祖国的仁人志士杨祖诒、杨奋武；有致力于研究和推进两岸关系发展的国内外知名学者、中国问题研究专家杨力宇。

自那年见过二外公杨力宇后，我备受鼓舞，读书劲头十足，学习成绩十分优秀，尤其是英语很好，高考时英语取得全县第一的好成绩。母亲十分欣慰，鼓励我要好好学习，以后也送我出去留学。我并不怀疑母亲的话，但留学对于我这个生活在偏远小乡村的小姑娘来说是遥远的神话，为了这个神话，我不舍昼夜地坚持。正当我踌躇满志的时候，父亲突然于1993年病重去世，这对我来说是一个极大的打击，对母亲来说更是雪上加霜，本就体弱多病的她变得更孱弱，两眼无神，充满失望。

母亲生活在一个风雨飘摇的年代，一生坎坷，辗转颠簸。她出生在南京一个四世同堂、其乐融融的大家族。她父亲杨池烈是土木工程师，二爷爷杨祖诒先后在国民政府考试院和国民党中央宣传部工作，三爷爷杨奋武先后在国民政府立法院和中央陆军军官学校工作。抗日战争全面爆发后，南京沦陷，全家被迫分离。母亲随外公外婆在苏州待了两年后，战火又烧到那里，后又被迫回到祖籍江西宁冈——一个尚未被日军占领的小山区。他们居住的在曾爷爷和大爷爷手上建造的杨府，是当地赫赫有名的九井十八厅客籍建筑。

母亲本是一名好学上进的女子，少年时代成绩优秀，当时参加吉州十属联考（吉安地区十县联合招生），考取了吉州名校阳明中学。她一心想上大学，然后出国留学，跟二爷爷、三爷爷一样，做一个对国家、对社会有用的人，但因社会巨变，未能如愿。1949年后，杨家被划为地主成分，杨府被查封，全家被扫地出门，家族成员无一不遭受挫折，长辈们接受劳动改造，小辈们白手起家另谋生路。他们在政治运动中历经考验，有的已命归黄泉；生存下来的，待到改革开放后，终于盼到了出头之日。曾经的风雨在他们心中，已化为人生的一壶浓茶，只能品味，难以言说；尚不经世事的我们，很难理解他们波澜的内心世界，毕竟过去的已一去不复返，但庆幸能拥有明媚的今天。

从此，我明白了母亲为什么从不爱提娘家的事，不爱提她的年少时光，只因命运多舛，人生曲折，绵长的故事一时半会不知从何说起。回忆着点点滴滴，母亲她知性含蓄，处事不惊，美而不娇，温婉端庄；她苦闷伤感，却期待美好；她悲观失望，却执着憧憬；她待人宽厚温和，却对儿女管教严格。

父亲辞世十年后，母亲的生命也走到了尽头。那时母亲躺在江西省胸科医院的病床上，病房的电视机频繁播放着有关伊拉克战争的新闻，母亲潜意识里似乎出现了幻觉，嘴里嘟噜着："外面还在打仗，我还没去欧洲留学。"当时，我未来得及赶到母亲身边尽孝，后来听哥哥姐姐转述给我时，心里犹如打翻了五味瓶。我知道，母亲的话不是胡话，那是心灵深处未遂的愿望。从那个时候起，我便有了把母亲家族的故事写下来的心愿。

当我提笔时，却苦于这个故事的绵长厚重——时间跨度从清末到改革开放以后，人物跨度从黎民百姓到政府高层，空间跨度从井冈山到南京、武汉、重庆、台湾，以及一衣带水的日本、大洋彼岸的美国，没有对历史的研究，没有对人性的思考，是没法完成这项创作任务的。从计划到提笔创作的过程中，我又遇到重重困难，采集资料的艰难及长辈之间厘不清的家长里短，让我望而生畏。我哀叹了多年，积累了多年，思考了多年，终于斗胆提笔写出母亲家族的故事。在创作过程中，我不断追寻长辈们的故事，追问他们经受过的苦难，他们总是坦然地说："都过去了，我们现在挺好的啊，没什么好说的。"当他们得知我是从事爱国教育工作时，都特别高兴，说："我们国家现在就非常需要这样的人，你一定要好好干工作！"尤其是杨祖诒大女儿的一番话，让我感受很深，她无比释怀地告诉我："从今日看过去，我们的今天是多么值得珍惜。中国如今能建设成现在这个样子，是多么令人开心的事啊！我们国家经历了抗日战争和解放战争，牺牲了多少人，许多人没有留下一点点痕迹，我们受这点委屈又算什么！这么多人默默奉献，才成就了今天的胜利、今天的伟大、今天的富强！"这是一番经过深思熟虑的话，表达了风雨过后终见彩虹的心情。他们吞下了委屈，却养大了格局。

这是一个在时代风浪中砥砺前行的家族。家族成员跌宕的人生犹如过山车一样，向着高岸低谷飞驰，有冲向顶峰的风云人物，有跌入低谷的平民百姓。他们的命运无常且无奈，但都是一个时代一群人物的典型。今天的我们都不可能再去重走他们的路，体验他们的感受，所以我觉得我更应该把这些故事写出来，让更多的人从中悟出一些现实道理。人活着不仅在眼前，更在远方，心存美好，真善千古事，得失寸心间。最后，触动我提笔，让我感觉时不待我的是，我小舅舅杨毅夫在劳作中突然去世，享年73岁。他原本身体硬朗，去世前一个星期我曾打电话给他，嘱咐他要好好保重身体，他非常高兴地说："你放心，国家现在发展得这么好！我要好好多活几年，多看几年。”小舅舅走后，留下一份遗嘱，我读后忍不住眼泪直流。

我原只知道母亲一生坎坷，而今才知小舅舅的人生更为曲折。他6岁时，家里被划成地主成分，他父母进了劳改农场，他几乎成了孤儿。但后来，他却长成了一个对家庭社会有担当、顶天立地的男子汉。他聪明好学，吃苦耐劳，常常没日没夜地干活，就算吃亏受累也都忍着，有苦有泪都往肚里咽。

在改革开放后，他凭着自己的聪明才智自创生态循环农业，得到当地县领导的重视。后来，他被协商推荐为政协委员，在全县推广种植经验。他年过花甲后，不仅继续劳作，还潜心钻研年轻时拜师习得的中医骨科，之后他以精湛医术、高尚医德成为当地知名郎中。晚年时，别人劝他把这门绝活传给自己生活尚不宽裕的儿女们，但他敬畏中医精神，讲仁术，讲归心，认为孩子们没达到中医的从业要求，他不能随便把医术作为谋生之道传给他们。

我常暗自佩服，他们不愧是大家之后，有见识，有眼光，对生活、对未来执着追求，心怀阳光，从不放弃，默默地劳作、默默地求知、默默地付出，不斤斤计较，不怨天尤人，无论遇何事，处何境地，都以自己强大的内心扛着。

岁月冲刷，历史涤荡。社会要前进，要变革，但并不是每个人都能欢天喜地随着时代巨轮奔向前方，变革的过程并不是非“红”即“黑”，在“红”与“黑”之间存在一段无法度量的复合色过渡带，有些人走不出藩篱的桎梏，便在复合色过渡带中煎熬，然而社会前进了，绝大部分人得到了幸福，难免伤害了一些在复合色过渡带中的人。一味沉浸在对过去的纠结中已不是长辈们的愿望，有些过往无法解释，有些日子不必细数，长辈们对当下的珍惜才值得我们珍视。作为后人，我们应该懂得把那些跌宕的岁月沉浸在心底，让其转化为我们人生的财富，才不枉长辈们曾经经历的磨砺。

第一节 月是故乡明

罗霄山脉的中段，群山巍峨，重峦叠嶂。从空中俯瞰，山脉连绵起伏，在山峰和余脉的山沟里散布着大小不一的村落。小的几户十几户，大的几十户百余户，炊烟袅袅，鸡犬相闻，母亲的故乡新城就是其中一个比较大的乡镇。自当年红军从这里走出去后，已很少有外乡人进来了。

虽说地名叫新城，可是实际上一点也不新，那是个千年古村，青砖青瓦的房子，窄窄的小巷，偶尔还能见到土坯盖的茅棚屋。抬头一看，满眼是群山，没有高楼大厦，没有机场，没有火车站，只有一条颠簸不平的公路，号称“摇篮路”，在绵延的群山里逶迤延伸，仿佛专为迎接远方的来客。

1980年6月16日，是端午节前一天，几辆轿车沿着这山路徐徐开来，打破了这里的宁静。车轮后面扬起的黄色灰尘连成了一条轻舞的长龙，顺着这条路飞舞而来。其中，一辆黑色的、亮锃锃的轿车，特别显眼，路边的老老少少好奇地探头朝车里张望："咦，哪个大人物到咱们大山里来了？那是谁家的客人啊？"

那几辆轿车从大路转进了小路，左转弯、右转弯，终于在一栋新盖的红砖房旁边停下了。车里走下一个玉树临风的中年男子，原来是柏露杨府大学者杨力宇教授从美国回来了。消息不胫而走，乡里乡亲都沸腾了起来，仿佛整个新城都笑了。人们争先恐后去杨家看热闹，那可是乡里乡亲们的骄傲啊，大山里出了一个党和国家领导人接见过的名人，杨家可真了不起！

杨家的老老少少早已激动不已。此事说来话长，牵系的是杨力宇兄妹之间30多年的牵挂和思念。南京解放时，少年杨力宇离开大陆，去台湾求学，从此一别，杳无音信，但大妹妹玛丽、二妹妹玉丽对哥哥当年离开前的情景仍记忆犹新：哥哥长得像爸爸，学习很优秀，爸爸妈妈对哥哥的前途寄予厚望，哥哥读书累了，休息时会和妹妹们嬉戏打闹，一起耍棍子对决。

1979年1月1日，中美两国建交，国家形势发生了很大变化。玛丽常常想："哥哥去台湾读书后，会不会又去美国留学从而定居美国？他从小读书悟性高，该会走这条路。现在中美建交了，哥哥会不会踏上归国寻亲之路？哥哥一个人在外面漂泊这么多年，一定惦记着我们。"

那段时间的《人民日报》常刊载中美友好的消息，以及党和国家领导人接见美国来访友人的消息。玛丽特别留意这类消息，并嘱咐两个妹妹玉丽、胜丽也多看看报纸。世间无巧不成书，血缘往往有一种无形的感应，终于，在1月13日的《人民日报》上，三个妹妹不约而同地看到方毅副总理接见杨力宇的消息和照片，这就是他们失散了30多年、日思夜想的哥哥啊！于是她们赶紧给中央办公厅写信询问此事，确认这个人是哥哥后，便向他们要了哥哥的联系电话和地址。中央办公厅的领导热情地牵线搭桥，杨力宇这个海外游子才终于和妹妹们联系上了。从此，书信、电话里是叙不尽的30多年的沧海桑田、悲欢离合。杨力宇离开家乡时，还是一个小小少年，如今已是一位俊秀潇洒的中年学者，一名学贯中西、闻名海内外的中国问题专家。

离开30多年了，家乡变化得有多大啊，该回家乡看看了！

归心似箭的杨力宇立即决定回祖国探亲，有谁在此时心情能不激动？

为了迎接哥哥回家，妹妹们忙碌开了，三个妹妹住在不同的小城，怎么接待哥哥？把哥哥接回什么地方？经过商量，她们最后还是决定把哥哥接回祖籍宁冈县新城乡小妹妹杨胜丽家，让哥哥看看家乡的亲人、家乡的山水，拜祭已故的父母。

小妹妹杨胜丽开始布置家舍，决定建好大房子再装修装饰，把杨家老老少少的几十个亲戚召集回来见面叙旧。

一种久别重逢的情绪在杨家荡漾着，已分散多年的杨家人奔走相告，计划腾出时间相聚新城。母亲是杨家第四代女儿，按辈分母亲要叫杨力宇二叔，实际年龄却比他大一岁，小时候还曾一起上学玩耍。

而母亲也将近20年没回娘家了。娘家，对于母亲来说有一种复杂的情愫，不是母亲不想回家，只是诸事尽在难言之中。

但这次不一样，二叔杨力宇回来了，杨家人终于又扬眉吐气了，母亲可以满面春光地回娘家。

记得那天，我放学回来，母亲面若桃花，欲言又止，我穷追不舍，母亲才犹豫地告诉我："我想带你和你哥回娘家去。"我听了，一时诧异，眼睛瞪得圆溜溜的，从来不曾听母亲说娘家，今天是怎么啦？接着，母亲又犯愁："哎呀，你连一件像样的衬衣都没有。"我听母亲说了事情的原委，王八吃秤砣——铁了心，这个尾巴我当定了，于是告诉母亲，衣服的事我有办法——我有一个小伙伴，她妈妈刚给她做了两件白底小红花的的确良衬衣，我可以向她借穿几天，回来后，我再自己洗干净还给小伙伴。母亲迟疑了一会儿，只好依着我。于是，我这个黄毛小丫头，随着母亲来到了新城。

我们坐着满是灰尘的大巴班车，提前一天来到新城。下车后，开口一问杨胜丽家在哪，几乎所有人都知道，不费吹灰之力我们便找到了那栋醒目的红砖新房子。屋里屋外人影憧憧，杨力宇的三个妹妹正忙着招呼陆续归来的亲戚。因为母亲很多年没回家乡，年纪尚小的基本都认不得她，只有他的大妹妹一眼认出了母亲，脱口而出："蓬蓬（母亲小名）姐姐回来了，好久没见啊，你终于也回来了！"母亲是个较真的人，先是一愣，而后笑了："你弄错辈分了，我该叫你姑姑才对。"两人相视而笑，真真的时代风云多变，多年的离别，导致自家人弄不清自家人了。母亲的曾爷爷杨朝星，有三个儿子，母亲是老大杨棠城的孙女，杨力宇兄妹是老二杨祖诒的儿女。杨朝星被土匪误杀，走得早，老大只好休学在家料理家务，成家早；老二、老三继续求学，踏上了留日之途，成家晚，所以后辈同龄不同辈，几个跟我一般大的小少年都叫母亲为姐姐。

自从杨家被划成地主成分，那栋雕龙画凤的杨府祖屋被查封了，杨府的男女老少各自又在艰难困苦中重建家业，都不曾想过是岁月改变了他们，还是他们熬过了岁月。姑奶奶玛丽领我们进了院子，去见杨家的贵客，她们的哥哥。

院子里的人群正围着一个西装革履、玉树临风的中年学者，只见他谈笑风生，温文儒雅，面目俊秀，肌肤白皙，与母亲有几分神似。我心里一惊，他就是杨力宇。

母亲招呼我，让我快上前叫二外公，我乖巧地叫了一声："二外公好！"杨力宇一双明亮的眼睛乐呵呵地看着我："哦，我当舅舅，还当外公啦！"他看我个头小，问我读几年级了。"我上初中呢！"我一昂头，得意地回答。"小小年纪，就上初中啦，好好读书啊。”杨力宇轻轻地摸着我的头，我心里暖乎乎的。

然后，他走到院子里，举起他手中的相机——一台彩色傻瓜相机，招呼我和哥哥：“两个小朋友快过来，给你们拍个照片留念。”他让我和哥哥站在房子的大门口，咔嚓一声，拍下了我们平生的第一张彩色照片。很可惜，这张照片后来没保管好，发霉了，便扔了。

院子里，围观的人越来越多。见了这么多不相识的面孔，杨力宇有点不习惯，但却兴奋不已，他用微微抖动的男低音发问：“乡亲们，请问你们是哪里人？”此话问得有些古怪，乡亲们不好作答。一个口快的小朋友忍不住，终于反问：“我们不是宁冈人吗？” 真是“心有灵犀一点通”。这话一下子打开了感情的闸门，杨力宇高兴得喊起来：“对，对，对呀！我也是宁冈人！”

杨力宇接着说：“我7岁时离开宁冈，15岁时离开南京到台湾，后来又在美国生活了这么多年，我常常记着自己是黄皮肤黑头发的中国人，无时无刻不思念自己的祖国、故乡。有人说，外国的月亮更圆。依我看，中国的月亮、故乡的月亮最圆、最明亮（他微笑着，用手比画了一下）。唐代大诗人杜甫有诗句‘露从今夜白，月是故乡明’，我在国外是经常想起这句诗来的，月是故乡明，人是故乡亲……”

人群中立刻响起了雷鸣般的掌声，掌声温暖着一颗海外赤子之心。他真没想到啊，自己经历过多少风雨、多少艰辛，30年后还能回到自己的家乡。在他的记忆中，中国是一个满目疮痍之地，人们在战乱、逃荒中生存，如今眼前的一张张幸福的笑脸，让他难以置信，如同梦幻中一般，中国的变化太大了。

在杨胜丽家吃完饭后，乡邻渐渐散去，天色渐晚，月亮缓缓升起。与杨力宇同来的宁冈县副县长谢庚华，又把杨力宇接上车，来到了宁冈宾馆的外宾招待部。宾馆背山面水，后面巍巍群山，前面泱泱龙江，近在咫尺的龙江中学，就是曾经的龙江书院，是朱德和毛泽东会师的地方，也是杨家人兢兢业业奋斗过的地方。谢副县长这一安排真是用心了。到了宾馆，进了一间小放映厅，一部接待影片《海外赤子》立即开播，高昂而悠扬的主题曲《我爱你，中国》回荡在游子和亲人们的心间，飘扬在夜色的山岚里。一轮圆月正悠悠地移动，时而躲进云层，时而在碧空徘徊。

谁也没想到，30年前，那个小少年杨力宇，在战乱中跟着亲戚去台湾求学，凭着自己的智慧和吃苦精神，在美国获得斯坦福大学的博士学位，而今成为一个让国人瞩目的大学者——中国问题专家。

在放映厅里，杨力宇的心情随着歌声激动不已，他直率而坦然地问："这部片子真好！是特意为我安排的吧？"身边作陪的负责人说："完全是巧合，改革开放后，祖国拍了许多新影片，片子是统一安排的，今天这个县，明天那个县，轮着来放，这叫'排片'。这片子是今天刚从临县永新转来宁冈的，您就碰上了。"影片里归国华侨参加祖国建设的故事牵动着杨力宇的无限情思，在伤心之处泪洒衣襟，在高兴之时鼓掌叫好，一个40多岁的汉子，竟如同娃娃在母亲怀抱里一般恣意纵情。

第二节 河东河西

杨力宇回乡，给宁冈带来了巨大的震撼，乡里乡亲都赶来看热闹。新城不大人不多，那天却开了十几台八仙桌吃饭，杨胜丽家挤满了人，厅堂是满的，院子也是满的，乡亲们都高高兴兴地举杯祝酒。席间，一长者无不感慨地说："杨家真是三十年河东，三十年河西啦！"

乡亲们不禁回忆起杨家的沧桑巨变：曾经一贫如洗的杨家，却突然暴富，家财万贯，教子读书，留洋深造，家族中人才辈出，真可谓是辉煌灿烂，如日中天；后来又呼啦啦分崩离析，杨家人在黯然神伤中飘零四散。改革开放后，杨家又人才辈出，独占鳌头。

这世间的事谁能想得到，说得清？杨家的第一代人杨朝星，出身贫寒，家里穷得没米下锅，冬天没长裤穿，与家人共用一条长裤，谁出门干活谁穿，在家的就蹲在被窝里。后来，杨朝星奇迹般地发家了，谁也不知具体缘由，仅是留下一个神奇的传说。

杨朝星发迹后，从偏僻的山窝窝杨岸上搬了出来，到开阔的地方柏露买田买山，建家立业，后生了三个儿子，分别是杨棠城、杨祖诒、杨奋武。可惜的是，杨朝星寿运不济，在一次土匪与乡民的冲突中被误杀了，英年早逝，没享多少年福气。那时杨棠城才17岁，杨奋武才8岁。

当时，杨棠城觉得自己是成年人了，该休学在家打理家业，让两个弟弟去读书，希望他们出人头地。两个弟弟先在本地读私塾，后离开宁冈到永新禾川中学读书，再后来又去了吉安和上海读书，最后去了日本留学。

三兄弟亲密无间，还很争气，做大了家业，光宗耀祖。

杨棠城在家料理家业，吃了许多苦，创下了一片家业，四千多亩水田、一万亩木山。两个弟弟天资聪颖，成绩优异，也为他争足脸面，他渐渐在当地士绅中崭露头角。

老三杨奋武虽然年纪尚小，在上海南洋中学读书还未毕业，便随二哥东渡日本留学，但仅两年后他便考取了日本九州帝国大学的官费生，老二杨祖诒发奋努力，又考了两年也考取了官费生。当年中国留学生能考取日本九州帝国大学官费生，犹如鲤鱼跳上了龙门，不少中国留学生读了很多年也考不取，两兄弟能双双考取，成为当时中国留日学生中的一段佳话。

完成学业后，杨祖诒在九一八事变之前，毅然放弃日方给的优厚待遇，与弟弟杨奋武一起回来报效祖国。杨祖诒在日本原是被分到采矿专业，但他认为经济最能救国，便改学了政治经济学。杨奋武则凭着超强的记忆力考取了法律专业。回国后，两人都进入了南京国民政府中央机构。杨祖诒先后在国民政府立法院、考试院工作，1948年3月当选了“行宪国大”第一届“国大代表”。杨奋武先后在浙江省立地方自治专修学校、中央陆军军官军校、首都宪兵军官讲习所、安徽大学法学院等任法律教官、教授。

俩弟弟为了报答哥哥的教养之恩，把哥哥杨棠城一家接来南京生活。杨祖诒拼命干活，除了上班，还兼做贸易，终于，在南京御道街买了七亩八分地，建了两栋小四合院，共八间房，三兄弟其乐融融地在南京生活了。

杨棠城在井冈山时本想参加革命，被“左”派拒之门外。离开宁冈到达南京后，他身心交瘁，在南京生活不到5年，夫妻二人就相继离世。

后来，杨家第三代杨池先、杨英丽、杨力宇，第四代杨钟灵（我的母亲）、杨伟夫在南京陆续出生了。杨家那时真是人丁兴旺，其乐融融。

可是，好景不长，一次时代巨变，改变了他们命运的轨迹。1937年7月7日卢沟桥事变后，抗日战争全面爆发，四世同堂的杨家走上了分崩离析之路。杨祖诒带着妻儿跟随国民政府迁徙，先到了武汉，再到了陪都重庆。杨棠城的小儿子杨池照与杨奋武随中央陆军军官学校到了重庆西北的铜梁，杨棠城大儿子杨池烈带着祖母和妻儿回到老家井冈山生活。从此，杨家人就像坐上了无轨滑道，无法控制地往下滑。

杨祖诒和杨奋武到了重庆后，又遇上日军飞机大轰炸，物质匮乏，物价飞涨。杨奋武靠自己一人工作难以维系妻儿九人生活，加之重庆的黑暗政局及官商勾结，让他失望，觉得看不到光明，于是决定举家移往宁冈老家。

后来，终于盼到了抗战胜利，举国欢腾，杨家人也欣喜若狂。胜利了，该回归安宁的生活了，一大家人是继续住宁冈老家，还是去南京？当杨祖诒正盘算着这些事时，却不料蒋介石撕毁双十协定，发动了全面内战。战火又起，波及了无数无辜的家庭。最终，战争以国民党反动派的失败而告终。

杨祖诒自信自己的人格对得起人民，自信自己是爱国爱民的文官。在抗战时期，他一直跟随国民党政府迁徙，但这次蒋介石败退台湾，他并没有像大多数的国民党官员一样，慌忙离开大陆去台湾，他念着大陆家园，他相信，共产党的胜利，是中国人民的选择。

杨祖诒想，偌大的大陆，共产党都能拿下，小小的台湾迟早也是要拿下的。他认为自己从没有做对不起人民的事，自己留在大陆没什么不安全，他放弃了去台湾的机票，只是担心儿子杨力宇的学业会受影响，便让儿子跟随亲戚去了台湾求学。谁知，这一去就30多年杳无音信，甚至杨祖诒到临终也没收到儿子的一封信，更不用说再看儿子一眼。

杨奋武从重庆回宁冈后，在宁冈中学担任校长一职。抗战胜利后，台湾光复了，他受老朋友魏道明邀请去任台湾省训练团总务长。因他热爱教育，之后，改任台南工学院（今成功大学）训导长。他是抱着试试看的心态，只身前往，没带一个家属。后来，他的二儿子杨池先听说父亲去大学教书了，便自己跑了过去。1948年，杨奋武因母亲病故回家奔丧，滞留家中，于是杨池先独自一人流落台湾。

中华人民共和国成立后，在土地改革运动中，杨家的土地全被没收了，老老少少全单衣单衫地被扫地出门，杨府九厅十八井的大房子被查封了，家里所有东西全部充公。

大人带着未成年的孩子流落在庙里居住，没锅没碗没筷，没被子没衣物，只得向邻居借用。如遇上好心的人，施舍一点财物给他们当家用；如遇上白眼狼，遭吐唾沫也有可能。杨家仿佛一下子从天上掉到了地上的坑里，谁也不想理睬了。

杨池烈夫妇双双被送进劳改农场，剩下一个12岁的大儿子杨伟夫带着5岁的小儿子杨毅夫相依为命，无依无靠，孤苦伶仃。杨池照，一个英俊有为的青年，可惜在抗战胜利后奉命随军光复上海时，因车祸丧生。

解放军进驻南京时，杨祖诒带着家产去公安局，自愿向人民投诚，但一年后，他莫名地被从南京押解到老家。从此，这个曾经的留学日本的大学生、“国大代表”变成了在农村捡稻穗、粪便的农夫，挣不到一口饱饭吃，只能靠着漂洋过海跟随他来到中国的日本夫人千鹤子的一双巧手，给别人家织毛衣换点米油菜过日子。

杨奋武因抗战胜利后，去过台湾任职，被判刑劳改。1952年11月，他在被押解到宁冈的途中，翻越七溪岭时，因犯病及饥困交加，客死他乡。从此，宁冈再也没有谁去提起杨家，杨家仿佛已变成了一个晦气的代名词。

但是谁又能料到，30年后，杨家的后代犹如雨后春笋般地冒出来了，他们个个在艰难困苦中坚持下来：有机会读书的，便用心读书；没机会读书的，便辛勤劳动。

在中国进入改革开放的历史新时期后，他们走出苦难，再次走向辉煌。杨家最优秀的人才，侨居美国的中国问题专家杨力宇博士受到党和国家领导人邓小平、方毅的接见。他回乡探亲，杨家的后代从四面八方赶来聚会。杨家，依然人才众多，像高悬夜空的月亮，纯净皎洁。

第三节 传奇第一代

杨家第一代杨朝星是个充满传奇色彩的人物，他从出生到入葬，都流传下一个又一个的传奇故事。

杨朝星于清朝咸丰年间出生在宁冈杨扂上。那是一个狭小的山窝，一眼望去全是茂密的山林，天空只是头顶的一小块，靠山脚处有几栋青瓦房和土坯茅房，让人感到，这个山窝也是一个富有生气的小村。小村连一条像样的路也没有，只能深一脚、浅一脚，从弯弯曲曲的田埂上走进去，真不是走惯城里大马路的人能走的。那些大小不均的水田，有的如细细的月牙，有的如层层斜叠的大饼。这里的人们曾经流传过一个笑话，一个农夫耕地，数来数去发现还是少了一亩地，当他拿起蓑衣回家时，才发现，原来还有一亩地被盖住了。

杨朝星的父母就住在这里，成

亲好几年，依然家徒四壁，家里除了做饭的灶台、放碗筷的橱柜、一张简单四脚小饭桌和几条小木凳、一张大木板床，就什么也没有了。因为没有自家的土地，只好帮着小村里有地的东家打工，或捡稻穗，积攒一些谷物，一年到头能晒到三门板的谷子就算不错了，为此，杨朝星的父母经常要借谷子吃，借完第二年又要还高利贷，日子越过越穷。

杨朝星出生时，正是晚上，月色朦胧，冷风萧萧，村子中只有几点星火，家里一片漆黑，接生婆来到家里，连一盏油灯都没有，杨朝星父亲只好找出一根松脂条点了火，给接生婆照明。随着产妇一阵撕心裂肺的叫喊，朝星呱呱坠地了。接生婆一看是个男孩，便满脸笑容地告诉杨朝星的父亲："恭喜！恭喜！是个男娃子。"杨朝星父亲黑瘦的脸微微掠过一丝宽慰的笑容，心想：这下家里有救了，之前自己欠了债主的谷子可以了结了——债主答应过，如果他家生了男孩就可以送去抵债——这样，他们夫妇俩和大儿子杨朝典又可以安心过一段日子了。小儿子杨朝星送到债主家，能吃饱穿暖，自己也放心。

正准备将杨朝星送人时，当地一个比较富裕的算命先生过来了："听说你家生了个娃子，是男娃还是女娃？""是男娃。"朝星父亲面无表情地答道，算命先生眼睛一亮，说："说个时辰给我，我帮娃子算算。"

杨朝星父亲把时辰告诉了算命先生，算命先生歪着头，掐着手指，细细嘀咕一阵天干地支，突然惊叫起来："哎呀，这个八字挺好！好八字！这娃子是财帛星下凡，你千万不要送给人家了。"杨朝星父亲一听犯愁了，"哇"的一声哭了，家里已没米下锅，却又添了一张嘴，怎么活下去啊？算命先生看出了他犯难，为了这孩子，想出手帮他一把。

于是，算命先生回到家里，让自己老婆舀了一碗油，拿了几个鸡蛋去给杨朝星母亲吃。可是杨朝星母亲哪敢吃，吃了还不起啊，于是，杨朝星父亲只好把鸡蛋和油放进橱柜里。算命先生知道了，又抓了一只鸡过去，叫杨朝星的父亲把鸡杀了给老婆吃。杨朝星父亲大叫："哎呀，我以后怎么还得起啊！"说完便埋头痛哭："你又说这孩子不能送给人家，我借的谷子怎么还？"算命先生见状，对他说："这样吧，你借的谷子我来还，我会一清二楚算给他，要加什么利息就加什么利息。你的老婆和这小孩我来负担，你只养自己和大儿子，这样总可以吧。"

杨朝星父亲心里压着的大石头总算落下来了，答应不送走这孩子。算命先生也算是尽善尽德，把杨朝星养到了5岁——因为到了5岁就可以不用人照顾了。

虽然算命先生说杨朝星是财帛星下凡，可是杨朝星从小长到大，没看出有什么异样，长得憨憨厚厚，做事本本分分，见人没几句话说，家里依然穷得叮当响，出门衣衫褴褛，长到30多岁连老婆也娶不上，依然单身。

天一冷，更是难堪，杨朝星的日子过得捉襟见肘，连一条长裤也添置不起。16岁时开始外出做工，给东家挑油、挑米、挑盐，只能穿母亲那条阔腿裤子，上下一般大，腰间得系一根粗布腰带才能穿得稳，裤管高吊着，走起路来晃晃荡荡。他出门时母亲只能坐在被褥里，不出门。

远近的乡邻开始拿他当笑料，嗤之以鼻，说什么财帛星啊，这么穷，那算命的准算错了！杨朝星听了，窘迫得连一句话也不敢说。连算命先生也成了乡邻嘲弄的对象，说："他能算啥命啊，不就是个骗吃骗喝的。"

穷日子过了一年又一年，杨朝星到38岁时，命运之神却悄然眷顾了他。有一天，他跟往常一样，穿着母亲的裤子去做工，帮人家挑担子。早晨他挑着一担油去龙市做生意，不知不觉天黑了，于是找了一家客店住下来。后来，店里又来了一个挑夫，两个人住一间房，两副担子摆放在一起，担子外貌一样，很难分辨。

两个人一见如故，晚饭后，在房间里闲聊起来，杨朝星问：

"你明天是吃了早饭再走，还是天亮就走？"那人说："我明天要赶路，不吃早饭，天一亮就要出门了。"杨朝星提醒他："我没这么早，不过，你出门时看清楚，别挑错担子了。"那人爽快答道："好的，你放心吧！"

第二天，天刚蒙蒙亮，那个挑夫窸窸窣窣地起床，洗涮完毕，急急忙忙挑起担子就走了。杨朝星起床后，吃了早点，准备挑担子出门时，感觉有点异样，打开担子一看，怔住了，这是一担子银洋！他那担油被那个挑夫挑走了。

杨朝星虽然穷，但却是个心眼很实的人，他心里并不高兴，而是忧郁着，心想：人家丢了这么多银洋，肯定很着急，一定会回来找。于是，他跟店里的老板说："我今天有点不舒服，想再住两天。"他一直住到第三天，依然没见那挑夫回来，只好挑着这担银洋回家了，并把自己的地址留给店里的老板，说："老板，如果那伙计回来找我，你就让他照这个地址找过我家来。"

杨朝星回到家里过了几天，那个人真的找到他家了，杨朝星说："你的银洋我一点也没动，但是你要把那担油还给我，我就把那担银洋还给你。"那个人说："油还不了了，银洋我可以给你，但是你得把里面的账本还给我。"结果那人真的只拿回账本就走了，憨厚的杨朝星就这样得了一担银洋，实在是天上掉了个大馅饼。乡邻们都说，他遇见了神仙。

还有个传说，有一次，杨朝星出门做工，见到老虎叼鸭仔，他也不怕就跟着走，走到一个山洞，老虎从小洞口钻了进去。他很好奇，想着难道这里是老虎窝，以前从来没听说有老虎出入啊，于是，他用石头把洞口砌了起来，回家找了镢头挖。他一个劲地挖着，不一会儿，发现老虎在洞口左顾右盼，他赶紧停了下来，躲在一旁，老虎张望了一会儿，又离开了，从另一头的出口跃进了山林。杨朝星确认老虎走了，便钻进洞里，见到洞里有做饭的锅和几个瓦罐，打开瓦罐一看，里面竟然是金锭！

乡邻们都说这是天意啊！他哥哥杨朝典每天早晨捡粪从这里经过都没发现，也没看出什么奥秘，而他却发现了，捡到了。杨朝星靠着这些财物，购置田产，建起了庞大的家业。

已近40岁的杨朝星，终于娶上老婆了。婚后一年，杨棠城出生了，不久他老婆却一病不起，最后驾鹤西行，家里只剩下父子俩。少了个女主人，屋内冷冷清清，实在不像一个家，杨朝生心里盘算着续弦。

虽然他还是那副本分忠厚样，但如今的身份已今非昔比，给他介绍对象的媒人踏破了门槛。几年后，他选定了塘南的一个龙姓姑娘。龙姑娘不仅长得很标致，而且是当地的权贵之女，最重要的一点是，杨朝星有一次去龙市做事，路过龙姑娘家，见到在池塘边洗衣服的龙姑娘，此时一算命先生恰好路过，看见这水灵灵的龙姑娘，信口说了句，这姑娘以后能生两个好儿子。杨朝星便认定了，要把龙姑娘娶回家。

选定迎亲日子后，杨朝星备好一顶十八人抬的大轿子，组织了一个浩浩荡荡的迎亲队去迎娶龙姑娘。龙姑娘坐在轿子里，看到迎亲队走在偏僻的山路上，路边树上的猴子上蹿下跳，便不停哭哭啼啼道："不见骑马坐轿的，只见猴子打兜头。"杨朝星听了，暗下决心要搬出山窝窝，到开阔的地方建家立业。

龙姑娘入门后，几年间，便生下了两个好儿子，就是杨祖诒和杨奋武，这在后文再续。

事实上，此时杨岸上的小山窝已不能容纳他的财富，如今娶了龙姑娘，有这个见多识广的贤内助，他的眼界也拔高了，思维方式也不一样了，他加快了迁往柏露长富桥的节奏。

那是一片宽广的田地，够他添置家业。那时，长富桥的一个大富户家道中落，要将家产变卖出去，正好给了杨朝星接手的机会。杨朝星开始进驻长富桥，投入大量钱财买地买田买山，轰轰烈烈地建起了家业。

他选了一个靠山面水的地方建房屋。这个地方后面是一座矮山，前面是一条小溪和一片开阔的田野。他聘请了当地最有名的建筑师设计，建起一栋几千平方米的大屋，号称“九井十八厅”，房屋修建了好几年才完工。屋前有一方池塘养鱼，房屋格局为前三栋，后三栋，中间是祠堂，两边是住房，祠堂两边巷子很深，通往后院的菜园果园。祠堂是这座建筑的主体，尤其花了功夫——柱子雕着麒麟或狮子，祠堂上位有通花屏风，中堂柜条台上安放祖父母、父母的神位，门头挂了一块体面的横匾，上有请当地知名书法家写的“杨府”两个大字，十分醒目。房屋分有正房、厢房、下房、雨廊等，约有200多个房间，房房相通，厅厅相连，装修非常考究，屋前有一对石狮、一对石马，屋梁雕花，屋内的上厅与下厅以雕花屏风相隔，屏风上画有龙凤或花鸟虫草，做工精巧，形象逼真，好不气派。

庞大的建筑彰显了杨朝星的身份，他从穷人圈子一跃进入了乡绅圈，曾经对他鄙夷的人见到他变得毕恭毕敬了。杨朝星并不在乎这些，他是个从小就过穷日子，直到中年才暴富的人，财富来之不易，但也来之突然。

所以他发迹后，依然简朴，乐善好施，爱帮穷人，常常有一些残障人士来家里讨饭吃，他都招待得好好的，宁冈县衙门干脆给他封了个孤贫院院长。但时间长了，来的人多了，他也有点招架不住。为避免过多的人打搅他，他自己在郎当山建了一个郎当庵，有时候他会去那里“闭关”，在庵中打坐，或请个教书先生，教他读古训、背诗词。

在那个年代，讲究“万般皆下品，唯有读书高”。当年，他因为穷没钱读书，现在有钱了，自己想读书，自然也要教儿子们读书。三个儿子从小就被送入私塾读书，他希望儿子们能过上体面的生活。

因为杨朝星是客籍人，在当地没什么份儿，且总被土籍人排挤。他眼见的不平事实在太多，他出来添置家业时，所有的东西都要花钱买，包括建房子用的河里捞上来的石头和沙子，都被土籍人要求花钱购买。儿子棠城放学后，总跟着阿爸跑前跑后，称石头、称沙、记账、丈量、结算工钱，累得直哭。

让儿子帮做工，不是他的愿望，杨朝星心里明白，客籍人在当地立足不容易，大事没发言权，生意上没保障，经常受土籍豪绅欺负。

杨朝星虽然富裕了，但常在百般无奈中求平衡。当地黑白两道的人物，他都不得不结交，清政府官员下乡，绿林土匪下山，他都杀鸡杀猪招待。乡里邻居因故被官府抓走了，他也得出面保释。

更让他头痛的是，当地的土籍豪绅势力大，经常互相勾结，甚至贿赂官府向客籍人要财要物。同治初年曾有个陈姓土籍豪绅挖空心思生出一计，跑到茅坪一客籍人居住的地方说是他家的“祖业”，要给他缴纳地租，不然就要人家迁走。居民们将信将疑，数天后，陈姓豪绅果然拿了一张揉得皱巴巴的文书，还盖有官府印章，在乡民面前挥舞吆喝，怕事的乡民见地租不多，没钱可用山货做抵，于是胡乱塞上一些茶叶、笋干、香菇、木耳和野味，陈姓豪绅满载而归。谁知这个先例一开，土籍豪绅纷纷效仿起来，贿赂官府签字盖印，要挟客籍乡民，要钱要物，辱人妻女，谁敢不服气，土籍豪绅便唆使当地绿林土匪袭击谁家。为此，土籍和客籍常常发生冲突。

有一次，土匪与乡民发生冲突，相互格杀，场面一片混乱。杨朝星得知，感觉情况不妙，急忙赶到现场，想出面阻止。他闯进人群中大声叫喊：“住手！住手！”双方杀红了眼，谁也不听他的，咣当咣当的刀声和惨叫声混成一片。有个土匪不认识他，顺手把他抓住，呵斥道：“你是谁？”杨朝星用客籍话回答：“我是杨朝星啊。”土匪把“杨朝星”三个字误听成了“三百斤”，以为正是他们要杀的“三百斤”，于是刀挥头落，杨朝星这条财帛星命，就在这瞬间结束了。

此时，杨朝星才50几岁，没享多少年福，留下三个年少的儿子，大儿子17岁，小儿子才8岁。

安葬杨朝星时，杨家在村里摆了很多酒席，杀了很多猪。有一次吃饭时，客人们突然见一只老虎偷偷溜进院子里，叼起一头小肥猪便往后涌跑。大家一时没反应过来，没来得及去追，老虎倏地一下跑远了。客人们心里暗自吃惊，这寓意不就是肥了后面的吗，杨府将来必定发达，这在后来似乎也得到了应验。

杨朝星的墓地选在鹅岭乡半岭村，一个依山傍水的好地方，墓碑建造得极为讲究，石柱石雕，整体为蟹状。杨朝星入土后，三个儿子都奋发向上。

杨朝星的一生就这么传奇，他已去世了百余年，乡里乡亲还在津津乐道关于他的传说。

第四节 东渡留学

杨朝星被土匪误杀，他的离世纯属突然，走得匆忙，没留下任何交代。留下了老婆、三个未成年的儿子和两个女儿，今后的日子怎么过下去？着实让人发愁。

一个偶然性的转折，把杨朝星的大儿子杨棠城推上了生活舞台当主角。当时，他正在南昌读书。按民间说法，父不在，长子为父。这让他不得不为整个家操心，一副千斤重担突然落在他稚嫩的肩上。他虽然舍不得离开学校，心里羡慕同学毕业后能有一份体面的工作，或能继续上大学，以后能在社会上风风光光过日子，但是他是长子，自己不挑这担子，也没谁能挑。

毕竟杨棠城是个知事明理的儿子，他跟着阿爸一起创业过，知道阿爸弄这么大家业的艰难。杨家是客籍人，又不是世袭豪绅，在官府没有人脉，在当地没有势力，虽然父亲发迹了，但也常常受当地豪绅的欺辱，地方官府若有什么赚钱的好事，必定找当地豪绅一起抱团分享了；官府若要派什么出钱的任务，诸如捐款捐物的，杨府必定派得多。

创业艰难，守业不易。杨棠城咬紧牙关，立志一定要守住这份家业。想来想去，两弟弟尚小，是读书学艺的好时光，且他们在学习上很有悟性，只有自己休学，腾出时间料理家务，才能让他们读书，再说，杨家以后要发达，不受窝囊气，还是必须要培养人才的。

虽然父亲留下的家业正在轰轰烈烈地铺开，但两个弟弟尚在读私塾，两人一起读书，家里开销已经很大，除了自家六口人和家佣，活忙时还要请短工种田种菜、饲养帮厨、护林伐木、搬运跑腿，等等，这些都要费用。另外，帮助乡里乡亲出面摆平一些土匪吊羊（绑票）的事，接济穷人做慈善……维持这么大的家，真的费用不少，这么大份家业不能败在自己手上。

一大摊子的事难理个头绪，父亲从没交代过，于是他便去请教母亲大人。母亲很体谅他的难处，考虑到老二和老三一起读书，花费确实比较大，干脆这样，让他们俩一个去读书，一个去学手艺，去学木匠或学裁缝吧。可留谁读书呢？

母亲召集三兄弟一起商量，两个弟弟知道家境变了，读书的事有变化，很沮丧，低着头，一言不发。母亲见状，发话了："祖诒和奋武，如今家里情况不一样了，你们两个只能一个去读书，一个去学艺，你们谁去读书？"两个小兄弟你瞅我、我瞅你，谁也不作声。母亲想了想又说："还是留奋武读书吧，他年纪小，学艺又早了点。"奋武听了，并不高兴，讷讷地说："阿妈，我一个人读书，我也不读了。"棠城见状，没办法，咬咬牙："阿妈，那就让两个弟弟一起读吧，我辛苦一点，等阿弟们功成名就了，我们家也顺当了。"

杨棠城休学后，没多久便结婚了，有了自己的小家。他一边打理家业，一边供两个弟弟读书。老婆看家里经济并不宽裕，心疼他，说：“我们就教一个弟弟读书吧！”棠城不理睬，厉声道：“你懂个啥，不关你的事！”实际上，棠城继承了他阿爸憨厚、勤奋、朴素，做人地地道道、做事兢兢业业的秉性。他明白两个弟弟继续上学，家里做事的人少了，开支大了，自己是家里唯一干活的男丁，不但要经营好这个家，还必须动动脑筋，让父亲手上传下来的水田和木山增加收入，要把杨府大院的空地充分利用起来，多养一些牲口和鸡鸭鹅，屋前的池塘可多养些鱼，后院的瓜果蔬菜要种好。

凡是能增加收入、能省钱的办法，他都想了一遍，但是怎么让这些计划变成现实，自己是没经验的——天灾人祸不可避免，管理不好，也会造成收成不好。

棠城凭着对自己读了这么多年书的信心，觉得应该发挥一下知识的优势，于是，买了几本饲养和种植的书来阅读，学习养殖的技术，对牛马羊和鸡鸭鹅的一些常见疾病的鉴别和治疗也有一定的掌握。

棠城在院子里搭了几个牲口棚子及鸡舍鸭舍，又去集市买了一些猪牛羊崽和鸡仔鸭仔，从此，杨府的院子里鸡鸭成群，羊欢牛叫，好不热闹。每天清晨，老婆和妹妹叫唤着给牲口和家禽喂食，各种声音混杂一片，叽叽喳喳，呦呦嗷嗷，如同动物大合唱。牛羊崽要牵出去吃草，为了节省时间，棠城常把一些事凑在一起做，赶牛羊出去时，顺便带一些草回来喂池塘的鱼，院子的池塘多放了一些鱼苗，到了年底，捞出来过年享用，多余的又可送集市卖钱。

至于山上种的树木，他更是精心规划，充分利用。在这方面，母亲很有经验，因为母亲娘家也有很多山，常年做木材生意，木材卖到南昌、吉安，收益是不错的，宁冈的豪绅都想方设法走这条路，希望多赚点钱，但是常遇见一些问题，如销路不对或木材成长接不上。母亲告诉棠城，香樟木在城里很受人喜欢，用来做衣柜非常好，可防虫防霉，能卖出好价格。松木和杉木生长时间短，能卖到临县去，也有很多人喜欢，销量也很好。另有茶树，可产茶油，是生活必需品，无论在山里城里都很有市场。棠城考虑了一番，觉得要想发挥山林的生财潜力，得把父亲留下的几十片山重新计划一下，让贵重的木材和普通的木材搭配种植，一个品种种一片山，然后按照成材年限轮流砍伐出货，这样，自己家里那些木山，可一年一年地衔接出货，并可以接上第二轮树木的种植和成长。

至于那些水田，自然是种水稻，种植比较简单，按照时令播种、插秧、收割就可以，在插秧和收割时，自己忙不过来，必须请两个短工帮忙。

过了一年又一年，棠城把家业铺开了，两个妹妹出嫁了，自己也添了两个儿子池烈和池照。俩孩子从小就学着帮父亲干点细杂活。

棠城自己依然忙里又忙外，要去农田灌溉，要放牲口出去吃草，又要去山上看树苗的长势如何，有时干脆兼顾着一起干。

遇上年景好，收成好，高高兴兴地，家里每天吃喝不需要削减。如遇上年景不好，歉收成，宁可自己喝稀饭，也会尽量留出一些油和米借给其他人家，如果能有油和米借出去，第二年就能增量收回。

那时，地方借贷利润高，都是收锅盖利，也就是说，今年借出10担，来年可多收20担，收成比率达200%。只是杨府没有这么做，也许因为杨朝星的发财来自上天恩赐，也许因为他曾经是个穷人，而如今虽然发迹，也尚留恻隐之心，他在世时就规定：自家借出的油和米，只按150%收还，而且无论人家借两桶、四桶、还是六桶，最后一桶都不能用尺刮平，要堆得满满的。

如果有人来柏露借米借油，邻居见了，便会带到杨府，有时在路上巧遇杨棠城，邻居直接招呼：“杨绅，有人来借米啦！”棠城总是笑嘻嘻答应着：“麻烦你，把客人带府上去，母亲和老婆在屋里呢。”但来人见他脸如菜色，穿得也破烂，粗布衣服，腰间系着一条皱皱巴巴的粗布腰带，心里甚是怀疑，私下问："瞧，这人都穿着成这样子，他家还有油米？"邻居笑而不答，但是客人一走近杨府，抬头一看，往往会大吃一惊，只见一幢阔气的建筑在眼前傲然而立，三进三出的格局，考究的屋檐雕饰，三扇大门门前分别安放着石狮石马，心里的疑虑马上打消了。

杨棠城虽然这么辛苦，但两个弟弟的成绩优异，让他心里十分慰藉。不久，杨棠城的两个弟弟离开宁冈，到了永新的永宁县立高小读书。1914年，祖诒考入江西省立第一中学。他成绩出众，眼界也开阔了，看到去留学的前景，便于1917年自费前往日本留学。奋武年龄虽小，学习却不输哥哥祖诒，高小毕业后，考入上海南洋中学，成绩十分优异，尚未毕业，便于1920年随哥哥祖诒东渡日本留学。两个弟弟读书越来越远，费用也越来越高。

那时，杨棠城自己的两个儿子池烈、池照长大了，也要读书。老婆一直对两个弟弟都读书持有异议，如今他们又要东渡日本留学，而且是自费的，留学的费用之高是可想而知的，家里的经济将越来越紧张，不免唠叨抱怨。杨棠城并不理会，咬紧牙关顶住，只想着两个弟弟有一天能考取官费生，学成归国，光宗耀祖，自己也不再受人欺负，就心满意足了。

杨棠城把希望寄托在两个弟弟身上，常常想着，要给两个弟弟攒学费，除了省吃省花销，还要开动脑筋经营，但两个弟弟每年要三千银洋的花费，如何筹集这么多钱？

那段时间，只要收到弟弟要钱的来信，他就紧张得吃不好，睡不好，日里夜里想办法筹钱，哪里能收回一些油钱米钱，哪里能收卖木头钱，哪里能收卖猪牛钱……筹到钱了，汇钱也是件大难事，宁冈群山环绕，汇钱出去很不容易，要翻越七溪岭，下山到了永新才有邮局，才可寄钱出去。七溪岭巍峨陡峭，上七里下八里，只有羊肠小道，上山难，下山也难，山路窄小，且树林茂密，孤身走过都提心吊胆，更何况棠城要用箩筐挑银洋，若是遇上绿林土匪，那些血汗钱可就打水漂了。为了保证银洋过山安全，他必须聘请两个身强体壮的男挑夫，再加请乡公所几人持枪护送。

杨棠城如此不惜重金，培养两个同父异母的弟弟，一时在宁冈传为佳话。他宽厚仁爱的美德载入了《宁冈县志》和《杨氏家谱》，为后人世代传颂。

如此艰难困苦地咬牙坚持了两年，小弟弟奋武竟然考取了九州帝国大学官费留学生，真是喜从天降。小弟弟连中学也没毕业，到日本还要过语言关，但只花两年时间便考上了，一开始谁都不相信，个个睁大眼睛看公告。大弟弟祖诒虽然理论功底比小弟弟强，文章写得很漂亮，却意外落榜，被棠城劈头盖脸骂了一顿，说他没用心读书。祖诒又复习了两年，终于也考上九州帝国大学官费留学生。

这时，杨棠城身上压的千斤重担，终于放下了，那颗紧压的心舒展开来了，如沐浴在六月的山风里，舒爽极了。他再也不用节衣缩食地过日子了，再也不用畏畏缩缩地做人了。

第五节 竞选参议员

杨府两兄弟考取日本九州帝国大学官费留学生！这消息像群山里响起的春雷，到处传开了。

对于当时的宁冈山城来说，学子们读书非常不容易。首先交通就很不方便。他们从小只能读私塾，自读中学起就得开始翻越七溪岭到邻县永新读书，如能被选拔到吉安白鹭洲书院、阳明书院，或南昌豫章书院的已经是十分优秀的学生了，在当地人的眼里都会被高看几分。如今杨府的两兄弟竟然被日本九州帝国大学选上，那还了得！

祖诒和奋武双双考入日本九州帝国大学官费留学生，消息一传十，十传百地传开了，方圆数百里几个县的人家都知道了。大家都很惊讶，原来宁冈学子读书这么厉害！于是，不少人家愿意把儿子送到龙江、巽峰、玉峰等宁冈几个知名书院读书，使这些书院的学生数量猛增。

左邻右舍见了杨棠城总是竖起大拇指，啧啧称赞，杨家好样的！棠城兄弟好样的！父亲离世十多年，棠城一人掌管一个大家庭，起早摸黑，不仅守住了家业，还供养了两个弟弟读书。如今，两个弟弟光耀祖宗，真让人能在睡梦中笑醒。

杨棠城的良苦用心终于有所回报，苦尽甘来。能成大事的人总能赢得别人尊重。从此，那些土籍豪绅，对这个一向被忽视的、瞧不起眼的客籍豪绅另眼相看了，心想，这个平日里穿得如此寒酸的客籍豪绅，看来真有点本事嘛！人不可貌相，海水不可斗量啊。

那些曾经斜着眼看他的、行如陌路的、对他不理不睬的人，如今见了他都打起几分精神细细打量着他，讪着脸想跟他搭个话，笑嘻嘻地跟他打个拱手，亲切招呼："棠城阿哥早啊！""棠城阿哥好啊！"

不知不觉地，棠城发现自己的身份在悄然变化着，见到他时笑的人多了，拉长脸的人少了，他的一些公务活动也慢慢地多起来了。乡里县里的一些事，官府和豪绅们也自然地想起他，不重要的事，就派人托个口信，送个便条或送个函给他；重要的事就送一个帖子给他，再说棠城还是个读书人，在省城读过书，文化水平在当地算是相当高了，只是之前忙于打理家业，忙于挣钱干活，没心思、也没时间舞弄文墨。

如今不一样了，文墨开始成了他提高知名度的无形资本。棠城闲下来时，就读书写字，他的大小楷毛笔字写得很漂亮，俊秀飘逸。于是，亲朋好友们好像发现了新大陆，开始赏识起他的文采，陆陆续续有人请他写书信，写公文。

家门口热闹的方式换了，以前牲口们呦呦嗷嗷的大合唱没了，取而代之的是大黄狗的汪汪叫向主人报告家里又来客人了。

杨棠城心知肚明，顺势而为。人生啊，就是这样，能有几回春风得意？你走下坡路时，别人都远离你，没一张好脸让你看；你在上升通道时，别人高看你，周围都是笑脸，眼前开满了鲜花，且行且珍惜吧。

因为要经常外出应酬，老婆给他添置了几套像样的中山装，那些皱巴巴的粗布旧衫便被扔一边了。棠城每每出门都是衣着笔挺，左胸口袋插着一支铮亮的钢笔，乡亲们顿觉原来他是如此的儒雅，杨府真是书香门第。棠城听了，心里乐滋滋的。

有一年七月上旬，江西省参议员换届，各地开始投票选举省参议员了，全县有头有脸的豪绅都跃跃欲试，绞尽脑汁拉选票。杨棠城初次被推荐为候选人，代表柏露的乡亲们参加竞选，与他同时参选的还有茅坪谢镇南、大陇尹氏两豪绅，他们三人一起代表一个选区，选场设在茅坪的谢氏慎公祠门前的坪地上。

第一次参加这样的选举大会，他自己不懂套路，也不知道需要做一些什么工作。第一次嘛，他干脆权当跑龙套，看热闹。

那天，他穿戴整齐，拿上准备好的演说稿，早早来到茅坪的谢氏慎公祠门前时，已是人头攒动。选举大会开始了，三个候选人一起登上主席台，坐定。第一个演说的是尹土豪，他先是自谦了一番，然后出人意料地说道："敝人知道名额有限，昨夜反复思量，觉得镇南先生自任区长以来，廉洁奉公，体恤民情，品行端正，为我等所不及，决定自己退出选举，改投镇南先生。"会场开始出现骚动，有人窃窃私语，有人唏嘘不已。

杨棠城还没来得及演说，其实他知道自己只是个陪选的，他演说不演说都不重要。突然，一个清脆的声音盖过了全场："我不赞成谢镇南当选，我认为他无当选资格！"全场目光"唰"地聚焦过去。原来，发声的是一个面目清瘦，文气十足的20几岁的青年——茅坪的一介书生袁文才。接着，袁文才慷慨陈词，把早已搜集的谢镇南恶行全都倒了出来，如谢镇南是如何把持乡镇、巧立名目搜刮百姓，如何贿选送银洋，如何糊弄不识字的选民，委托选场的代笔人全写他名字，等等。全场3000多名选民一片哗然。

面对突如其来的变故，谢镇南一时难以招架，脸色铁青，坐在那里呆若木鸡。

杨棠城暗自佩服这个有勇有谋的青年。杨棠城身为一个客籍豪绅，受过官府和土籍豪绅的欺压，但只是敢怒不敢言。后来打听才知道，袁文才也是客籍人，同是广东梅州迁来的客籍后代，与小弟弟奋武又是同年，袁文才曾在永新禾川中学读过书，后因家境变故而辍学，相似的人生经历，让他对袁文才顿生亲切好感。

袁文才因这次闹选，得到乡民的敬重，但也遭到谢姓镇南的报复。闹选后没多久，袁文才的未婚妻田英去田间干活，在山沟桥上，被谢镇南的儿子谢福凡拦住，光天化日下公开调戏，田英不堪忍受，拼命反抗，后不慎跌入深沟，当场死亡。袁文才的母亲又在谢镇南请来北兵抄家时毙命，房子也被烧毁。袁文才走投无路，被逼上梁山，投奔胡亚春的马刀队，当了土匪。马刀队的粗汉斗大的字不识一箩筐，袁文才成了马刀队不可小觑的“军师”。

第六节 去当人质

袁文才进了马刀队后，马刀队如虎添翼，妙计横生。他们神出鬼没，四处“吊羊”，劫富济贫，把官府和为富不仁的豪绅搅得鸡犬不宁，令官府和豪绅们谈虎色变。

最害怕的是谢镇南，他惶惶不可终日，千方百计地想消灭马刀队，曾试图派北兵去捉拿袁文才，却总有人通风报信。后来，官府又派北兵围剿马刀队，袁文才却弄出了一套游击战术，专门针对北兵的围剿——你施关门计，我施跳墙法——利用马刀队熟悉地形的优势，在丛山峻岭中兜圈圈，迂回追击，化整为零，北兵围剿了几年，着实剿蒙了。

官府围剿未成，决定撤兵。谢镇南害怕得吃不下、睡不着，每天都疑神疑鬼，坐立不安，就怕袁文才来报仇。但有句俗话说得好，怕啥来啥。

清明节的那天，袁文才带着马刀队再次突袭，谢府一家老小全成了囊中之物。谢家粮食财物全部被掠走，债契租约全被付之一炬，谢府被一把火烧光，谢家老小只留下谢镇南一个活受罪，当“现世鬼”其余皆被一刀毙命。曾经不可一世的谢镇南数年后抑郁而死。

那时的宁冈山城常有这种绿林人物行侠仗义，各路豪杰争相斗勇，枪支、大刀、长矛成了生存和获权的最重要工具。

光阴荏苒，不知不觉到了1926年。

春夏之交，中国社会风云激荡，农民运动如雨后春笋般出现，宁冈山城悄然迎来了一种新思潮、新气象。据说上面派了两个共产党员龙超清和刘辉霄到宁冈，两人都是土籍富家子弟、忧国忧民的读书人。龙超清虽年轻，却已是中共南昌市委组织部部长，其父龙钦海曾留学日本，回国后历任江西省参议会参议长、省教育学会会长等职。刘辉霄是宁冈白石村人，省立二中的学生，目光犀利，颇有见识。

他们不满社会黑暗，痛恨军阀反动统治，很快地走上了与地主豪绅阶层背道而驰的道路。

他们回到家中小住几日，联络了从外地回乡的四十多个学生，在龙江书院成立了“文明社”，表面上以温习功课、增进友谊为目的，实际上，他们将从南昌带回来的《向导》《前驱》《革命之华》等进步刊物，送给那些表现活跃的同学，一有机会便向他们讲述革命道理。经过一个月的观察培养，把刘克犹等三个团员吸收到党内，成立了党支部，龙超清担任支部书记。党支部成立后，以“文明社”的名义把学生分派到乡村去，开办农民夜校，宣传“联俄、联共、扶助农工”三大政策，大造北伐革命的舆论，秘密组织农民协会，悄悄地酝酿革命。

要想革命成功，没有自己的武装等于纸上谈兵。刘克犹最了解袁文才的情况和马刀队的威力，在支部会上提出：“袁文才是个有文化的人，我们应该争取袁文才的马刀队。”

于是，几个人开始了积极行动。龙超清等人以“文明社”的名义，来到县城拜访县长沈清源。沈清源考虑这些人是富家子弟，不好拒绝，把他们迎进了县公署。费了几番口舌，沈县长勉强同意了将马刀队招安，心想：自己派兵搞不定马刀队，这几个学生能搞定他们也不错嘛。

接下来，刘克犹带着龙超清和刘辉霄去找老同学袁文才，三个人翻山越岭，走了好一阵山路，来到一个层峦叠嶂、古松撑天、翠竹遮地的半冈山，见到袁文才。袁文才见到老同学，且惊且喜。大头领胡亚春见军师袁文才的朋友来了，便吩咐备酒菜接风。晚饭后，四人在袁文才房里叙旧。袁文才把自己被迫落草的事说了一遍，刘克犹接话道：“难道袁兄甘愿埋没山林，当绿林好汉？”刘克犹给他分析形势，如今北伐连连获得胜利，北洋军阀垮台，国民革命兴起是肯定的。袁文才毕竟是个读书人，交谈几番后，有所动摇，刘辉霄见状把前来招安的事说了一遍。袁文才将信将疑，他希望马刀队有个好前程，又担心被官府欺骗，毕竟他们跟官府结下了深仇，倘若等到国民革命军杀进山城来了，自己哪有放下屠刀立地成佛的机会？

大头领胡亚春是怕吃亏，提出要县公署派七个绅士来山林做人质。沈县长对马刀队早已头痛，如今招安有了眉目，也就顺水推舟。可是去哪弄七个人质呢？哪个豪绅愿意去土匪窝“作客”，这又是个头痛的事。

于是沈县长召集全县土客两籍豪绅30多人商议招安马刀队和做人质一事。众豪绅讨论了许久，对马刀队所作之恶愤愤不平，个个咬牙切齿，破口大骂。骂完一顿之后，大家还是同意招安，应该让马刀队改恶从善。可是，谁去当人质呢？胡亚春、袁文才刁钻狡猾，弄不好，是有去无回啊。沈县长清了清嗓子，大声问道：“乡绅们，你们哪个愿意去当人质？”

会场一片死寂，谁也不想拿自己生命开玩笑。大家仿佛都屏住了呼吸。时间一分一秒地过去了。突然，一个豪绅站了起来，语气十分坚定："我去！"众人寻声望去，原来是柏露的豪绅杨棠城。棠城眉清目秀，一身正气。大家仿佛吃了颗定心丸，接着，另有几个豪绅也跟着报名了，很快凑齐了七个。

报了名，后悔已来不及，回到家后，杨棠城已心如乱麻，毕竟此一去凶吉莫测！他默默地吃了晚饭，便独自到大屋后的果园里散步。夜里果园特别宁静，只有田里传来的几声蛙鸣。月光如流水一般，静静地撒在树丫上，在地面留下斑斑驳驳的碎影。他平日里并不留意果园的幽处，今晚却感觉清香四溢。这正是梨树桃树柑橘树次第开花的时候，是果树一年中最美的季节。

自己呢，人生的美好就像这些花儿一样才刚刚展开，却无奈地走上了岔口。年少时，父亲被土匪误杀的情景历历在目，而今自己又不得不冒险去土匪窝当人质，儿子池烈和池照仅仅是自己当年的年纪，万一有个闪失，他们又将重复自己的命运。他年少时一个人扛一个大家的艰难，不希望在自己儿子身上重演。

他不由得抬头望了望碧海般的夜空。月儿在悠悠地移动，优雅而从容，人间却未曾宁静过。不平的岁月让人无法享有美好人生。官府腐败，劣绅勾结官府，欺压乡民，良民被逼上梁山。绿林土匪作恶，马刀队绑架盗窃杀人放火什么都可能干得出。如此下去，谁的日子也不好过，明天自己却要拿性命去赌一把，是不是有点意气用事？他苦思良久，直到月儿西沉，也没答案。

第二天清晨，棠城默默地吃了早饭，悄悄离开了家，来到约定的地方，与其他六个豪绅，赤手空拳骑上马，前往马刀队扎营地——丛山茂林的半冈山。

放哨的喽啰兵远远见了，马上跑进山洞报告："大王，官府人质来了！"头领胡亚春见状却慌了神，走出山洞一看，见杨棠城一行人正从林间小道走来，自语道："杨棠城吃豹子胆了，真他妈的，带六个豪绅来了。”于是，急忙下令：“兄弟们，把他们绑起来，带到后洞去。”喽啰兵七手八脚地把豪绅们五花大绑起来，送往后山洞后，胡亚春才吩咐军师袁文才下山去谈判。

第七节　山雨欲来

马刀队的喽啰兵带着杨棠城等七人上坡下坡，走一程，歇一程，最后来到半冈的后山洞里。喽啰兵凶神恶煞地朝他们吆喝着：“你们老老实实的在这里待着，我们军师没回家，你们谁也不准乱动！否则，休怪老子动家伙了！”

那天真是熬煞人，时间仿佛像蜗牛在爬行，你心里越急，它爬得越慢。杨棠城心里忐忑不安，他也不知命运的天平将偏向哪一边，但已由不得自己了。他后悔自己出门时没跟老婆交代一声。唉！遇上这种事，跟个女人家说吧，怕她哭哭啼啼，不说吧，怕万一有个三长两短，后事也没交代，实在是闹心。

到了傍晚，终于听到几个土匪仔在高兴地叫喊：“军师回家啰！军师回家啰！”杨棠城心里像落了一块大石头，顿时如释重负。袁文才满脸喜色地走进山洞，把与沈县长谈判时针锋相对的情景，绘声绘色地跟头领胡亚春说了一遍——自己怎么坚决不让步，好朋友龙超清、刘辉霄怎么在暗中相助，沈县长怎么气得脸色发青，又被逼无奈，最后终于答应了马刀队单独编队，保持独立，由官府确保粮饷开支。马刀队的其他几位头目围在旁边听着，连连称赞军师聪明，好口才，会办事，办得漂亮，让马刀队谈赢了！

只有头领胡亚春闷闷不乐，自己号令了这么多年的马刀队要拿出去给官府了，以后没这么自由了，但见事态已定，也只好认了。于是，吩咐手下将杨棠城等七名人质从后山洞放出来，解去绑绳，放他们回家去。

杨棠城觉得又饥又渴，颠颠簸簸地下了山，正遇到官府前来接应的人马。他急急忙忙骑上马回到家中时，已是一弯新月挂上了天空。

老婆一见，劈头盖脸骂了一顿："你不要命啦！我们一家人担心了一天。"骂完，便呜呜咽咽地哭了起来。棠城感慨万端，抚摸着老婆的肩背："你哭个啥呢，我不是回来了嘛，肚子正饿得慌呢。"老婆听了赶紧吩咐家佣端来茶水饭菜，杨棠城狼吞虎咽地吃起来。老婆从没见过棠城这般饿死鬼似的吃相，又笑了："瞧你这样，谁欠了你的啊！"

到土匪窝当人质，算是虚惊一场，但棠城已隐隐感到这个山城，有山雨欲来风满楼之势，一种不可抵挡的新生力量涌进了井冈山，这里将要发生改变了，但发生什么变化，他也说不清楚，总感觉所有人都要被卷入这股洪流中，去激荡，去盘旋，但就是无法判断这股洪流将奔向何方，将能给乡民们带来什么。若能给乡民带来平安生活，那应该是好事，杨棠城期盼着。

马刀队下山后的行动，他也在暗暗关注着。马刀队从黄洋界下来后，被编为宁冈县保卫团，袁文才任团总。中共宁冈县党支部加紧对袁文才的争取，龙清源、刘辉霄、刘克犹有事没事地经常到袁文才的茅棚找他聊天，给他讲新形势新思想。袁文才早就看官府不顺眼，现在发现前面另有革命新路可走，于是带着保安队为县党支部暗中助力。

此时，紧邻赣南的广东正在开展轰轰烈烈的农民运动，广州连续开办六届农民运动讲习所，培育农民运动骨干，其中人数最多、办得最成功的是第六届，由毛泽东担任所长。他除了亲自给学员讲授“中国农民问题”“农村教育”“地理”等三门课以及“中国社会各阶级的分析”专题，还十分重视理论教学与社会实践相结合，他语言生动贴切，充分肯定了农民运动会的作用，鼓励农民掀起大的革命热潮，农民运动迅速从广东发展到全国。中共宁冈县党支部组织的工会、农会、妇委会、学生联合会等如雨后春笋般涌现。党支部根据上级指示，正式成立了中共宁冈县委，龙超清担任书记，刘辉霄任宣传委员，刘克犹任组织委员；在行政上，成立了县人民委员会，袁文才被选为军事委员，将保安团改为县农民自卫队，还把一些缴获的枪支给了袁文才，以扩大队伍。袁文才喜不自胜，不久后便加入了中国共产党。

有了一支武装力量，中共宁冈县委如虎添翼，开始组织农民搞农民运动。他们不断集会、游行，甚至搞起了暴动，还走出宁冈，联合永新一起搞，声势越来越浩大，“打倒帝国主义，打倒贪官污吏，打倒土豪劣绅”的暴动席卷山城。

那些贪官和劣绅不时被农民运动领袖龙超清、袁文才捉来斗争，斗得头破血流，甚至一命呜呼，贪官豪绅个个吓得心惊肉跳。江西省政府派来的两个县长，不是辞职，就是悄悄溜走，使得县里有四个月的时间没有县长。

农民运动的蓬勃兴起让那些反动地主官僚们害怕，他们恶意攻击农会，说农民运动“过分”了、“糟得很”，于是中间派惶惑起来；农民运动究竟该不该发展，该如何发展？毛泽东作为中共中央农民运动委员会书记，到了农民运动发展最为迅猛的湖南考察。1927年1月至2月，毛泽东考察了湖南湘潭、湘乡、衡山、醴陵、长沙等县的农民运动，对农民运动有了独到的见解，写成了《湖南农民运动考察报告》，认为农民是中国革命的主要依靠力量，农民是推翻农村封建统治、构建新社会的主力军，大大提高了农民运动的地位。而此时，蒋介石、汪精卫先后叛变革命，大肆屠杀共产党人和革命群众。在危急关头，1927年8月7日，中共中央在汉口召开了紧急会议。会上，毛泽东提出了“政权是由枪杆子中取得的”重要思想。八七会议后，毛泽东以中央特派员的身份赶赴湖南，组织领导湘赣边界秋收起义。1927年9月，由于敌强我弱，起义军在进攻长沙途中受挫。同年10月，毛泽东率领秋收起义的部队到达井冈山。

山城的人们一头是热火朝天，另一头却是战战兢兢。那些一向仇视袁文才的豪绅惊恐万状，几十人联名向江西省政府告状：袁文才勾结共产党，想在井冈山搞革命，呼吁政府早日发兵“进剿”。江西省主席朱培德得到消息后，很快委任张开阳为宁冈县县长，命他迅速查实“毛部”，再确定是否“进剿”。

第八节 莫非当说客

井冈山的深秋寒气袭人，起伏的群山不时刮起阵阵寒风，呼呼作响，从黄洋界往下望，崇山峻岭，松涛滚滚。

棠城自土匪窝当人质回来后，心中多了一些想法：如今这山城似乎今非昔比，乡民们已不再怕官府，不少人支持中共宁冈县党支部，他们都积极加入工会、农会、妇委会，那些不可一世的土豪劣绅们变得收敛了。他感觉到宁冈县已出现了三股势力：占优势的国民政府、新成立的中共宁冈县党支部、袁文才的农民自卫队。究竟哪一股势力能管好这个县，能对乡民好？他常常暗自思量着。对国民政府，老百姓早已不满了，他们贪污腐败，与劣绅勾结，仗势欺人。袁文才的农民自卫队，虽打着正义旗号，但基本是一群目不识丁的莽汉，他们更没有能力管好这个县。

中共的人怎么样？他们是新生的力量，但自己了解不多，接触得也少，不得而知。

突然有一天，他见乡民们惶惶不安，隐隐觉得县里要出事了，向豪绅们一打听，原来新任县长张开阳正向省里报告要求调兵“围剿”在黄洋界的毛泽东的余留部队。据说，毛泽东带着主力部队出去打游击了，茅坪只有200多名伤病员和后勤人员正在养伤，暂时不方便转移，如果有国民党的兵去“围剿”，一定无法对付。杨棠城心里一惊，再也闲不住了，虽然患脚病，走路一拐一拐的，但他立刻让家仆牵了一匹马，心急火燎地骑马赶往新城。

到了新城县府门口，杨棠城下了马，跛着脚进了县府，要求见张县长，警卫见是柏露的豪绅，马上进去通报：“县长，柏露长富桥缙绅杨棠城求见！”

张县长知道杨棠城是宁冈豪绅中的头面人物，急忙出门，笑脸相迎：“欢迎杨绅！”两人客套地寒暄了几句，杨棠城迫不及待单刀直入：“听说政府要派大兵‘进剿’茅坪，不知有无此事？”“那是的，军队还未抵达，杨先生有何见教？”张县长心里暗自惊讶，手中的调兵“围剿”报告还未送出，杨棠城的消息怎得到得这么快，难道有千里眼？顺风耳？棠城沉思了一会儿，叹气说：“县长，这‘进剿’之事恐怕不行啊？”县长诧异道：“如何说来？”杨棠城道：“县长有所不知，10月初，毛泽东突然从萍乡打游击后，路过当地，确实在茅坪小住几日，但已在前些天开到湖南去了，剩下的伤病人员也于近日陆续走散，这样一来，或者只能对付袁文才了。”

听到这里，张县长咬牙切齿道：“当然要对付袁文才！宁冈赤化，他也是个罪魁祸首，帮助共产党落脚井冈山，实在是不可饶恕！”杨棠城摇摇头：“袁文才虽有过失，还是宜加安抚，此人轻惹不得。早些年，官府几个团都对他‘围剿’过，也没成功，而今又能怎么样？”张县长不解地问：“杨先生，请你说个明白。”“县长有所不知，此地土客两籍乡民，历史上已结下很深的冤仇，土籍常借进剿之机，到茅坪抢物烧房，弄得山上客籍怀恨在心，等官府军队离去，客籍遂联同绿林土匪下山，打劫土籍，如此一来一往，受害的均是乡民。”张县长听了颇为不高兴：“难道袁文才有三头六臂，官府就拿他没办法？”杨棠城紧接着道：“县长不信，就试试看，千把人进山，在崇山峻岭，如拳头打跳蚤，望县长三思，慎重行事，我只不过不愿乡民遭殃！”杨棠城越说越激动，说罢便拂袖而去。

杨棠城走后，张开阳疑他是袁文才派来的说客，暗中派人打听，方知这个人素有名望，为人正直，心气颇高，不会受人驱使，也就没把此事放在心上。

可是，接下来几天，土客籍绅士名流、学生代表不断有人到县府，劝说停止‘进剿’袁文才，张县长被逼无奈。他知道自己是个外籍人，在此无嫡系势力，不敢妄为，于是又召开全县绅士代表会讨论此事。会上，以谢述庭为首的“主剿派”和以杨棠城为首的“反剿派”展开了唇枪舌战。谢述庭与袁文才有宿怨，坚持进剿，言辞最为激烈，列举袁文才种种“罪恶”。“反剿派”毫不示弱，立刻群起驳斥，有的三言两语简短有力，有的长篇大论洋洋洒洒，主将杨棠城还没出马，就明显占了上风。谢述庭心急如焚，大声道：“莫非袁文才请你们当说客了，他勾结共产党想在井冈山发展革命，你们就不怕？”杨棠城勃然大怒：“笑话！我们都是袁文才的说客？大家只为井冈山百姓考虑，两籍团结才是乡民之福，一片忠心，天地可鉴！想我宁冈土客两籍本来积怨甚深，如今时局不稳，理应消除积怨，增强团结，岂能火上浇油？”杨棠城越说越激动。几个客籍豪绅纷纷发言助阵，龙江、巽峰两书院的学生也随声附和。

土客两籍人在会场争论得不可开交，没个结果。

杨棠城提高嗓门，挥手示意大家停下来：“我认为‘进剿’一事，暂时缓缓，可以先组织人，前去茅坪视察，看看毛泽东的余部是否退走，再做决定。我们可先弄个组织，就叫和平委员会吧，这些参与同去的人就叫和平委员，意思是促进两籍和平相处，大家以为如何？”话音刚落，会场一片喝彩！杨棠城转向县长：“当然，和平委员会成立之事，还望县长定夺。”张县长迫于无奈，只好顺其自然：“这样也行，只是和平委员会务必尽忠尽职，为消灭共党，维护井冈治安出力。”“当然，那是当然！”杨棠城等人连连点头。

在场的绅士们推选了谢述庭、杨棠城等7人组成和平委员会，张县长亲点谢述庭担任主任委员，又担心贻误时间，乱了计划，便指示他们当日下午就去茅坪，查清有无毛泽东余部。

和平委员会的委员们只得赶紧动身。张县长派人备好马匹，一行七人在丛林中穿梭，一个多钟就到了茅坪。接待他们的是农民自卫队的人。大家在村中转了一圈，没发现有军队的迹象。谢述庭心中有数，知道袁文才做了手脚，想去找袁文才的仇家谢镇南探口风，可是这个破落豪绅已抑郁成疾，不问世事了，只好回到新城向张县长汇报：茅坪并未停留毛泽东余部，伤病兵也已前往遂川。

如此，张县长难违众愿，只好接受建议，报告省府暂缓发兵。茅坪“进剿”的计划流产了，毛泽东部的200多名伤病员和后勤人员安然无恙，保住了工农革命军后方的“家”。

第九节 想参加革命

秋收起义后，井冈山革命形势如火如荼，农民运动声势浩大。

袁文才的农民自卫军扩编到300余人，但人员混杂，无组织无军纪，一些散漫的老油子实在让人头痛。袁文才感到如不再整顿部队，将难以维持下去，于是想制订一个新规章以约束队伍。

袁文才想自己没有学过正规的军事知识，计划请红军的教官来帮助练兵。毛泽东料事如神，早已摸透了袁文才的心思，便派了教官和党代表三人帮助袁文才练兵，每日操练军事，学习政治。

他想制订正式的部队条例规章，但手下的人基本都是大老粗，没一个合适的，想找个帮手，思来想去也不知找谁合适。

突然，他眼前一亮，想起了长富桥的豪绅杨棠城，觉得此人应该可以。之前几次无意的接触，使他对这个豪绅留下了很不错的印象，很有正气，又愿意为地方平安出力，上次官府本来要“进剿”茅坪，他也出面干涉，而且口才好得很，据说也是客籍人，他两个弟弟在日本九州帝国大学留学，他自己也在省城读过书。自己不妨试试。

于是，袁文才差人约了杨棠城见面，杨棠城爽快答应了。袁文才骑马带着一个部下来到杨棠城家，在门口敲门：“杨绅士在家吗？”棠城家的大黄狗猛地蹿了出来，旺旺直叫。棠城出门喝住黄狗，笑脸相迎：“袁总指挥，幸会！幸会！”袁文才拱手道：“袁老弟拜见了。”“请进屋，自家人慢慢聊。”袁文才说明自己的来意：“现在手下兵多了，要有纪律来整顿，要练兵。”棠城一听，连声道：“练兵是好事啊，你有支军队，能保乡民平安，我也省心了。”

袁文才犹豫了片刻，面有难色：“杨绅士，别见笑，如今要抓队伍纪律，要按规章管理，要写文稿，什么条例啊，规章啊，通报啊，公告啊……手下人都没什么文化，缺人才啊，我自己又忙不过来。毛泽东这么有文化，只怕我手下人起草的文稿，送他跟前丢咱井冈山人的脸啰。”棠城笑了笑：“呵呵，袁老弟不用担心，以后有啥需要我干的，尽管说。”袁文才一听，乐了，如释重负：“那我就不客气了，谢谢棠城老兄！”之后，袁文才每次要出告示、章程、条例等，都私下请棠城执笔，棠城总是乐呵呵地答应。如此一来二去，两人很快就混熟了，后来干脆以“老庚”相称——袁文才与杨棠城的小弟奋武是同年生的，从此两个不再客套，热乎起来了。

袁文才的队伍在毛泽东派来的教官的帮助下，已练得虎虎生威，成了一支精干的自卫队，经常助阵红军打游击，威势大振。

杨棠城也常听袁文才讲红军的故事，讲毛泽东的革命道理，觉得这确实是一支严明的革命队伍，难怪乡民们这么愿意亲近他们，愿意帮他们——自己家里有什么拿什么，帮他们备粮备油；没地方住的，让他们住自己家里；那些妇女们还帮他们护理伤员，缝补衣服，纳鞋子——简直像对自家人一样亲，以前从没见过这样的景象。

杨棠城想：也许中国的前途该靠他们了。如今，他们干革命困难这么多，乡民们都愿意帮他们，自己也应该尽力才对，家里有这么多油米，该给红军送去，让他们好好革命，让井冈山的乡民们早点过上平安日子。

他很想帮助这支为老百姓守护平安的军队，本想通过袁文才牵线搭桥给他们送点粮油，只是袁文才练好兵了，加入了红军，天天在外面打仗，很少见到了，于是通过红军中的一个好友张桂庭联系，说自己愿意把家里多余的粮油送给红军。此时，红军正缺粮油，后勤部得知消息后，拉了20辆马车到棠城家里，装了100担谷子，高高兴兴上茅坪了。

棠城的做法遭到种种质疑，乡民们窃窃私语："这个杨棠城想干什么？革命是穷人革富豪的命，难道他想帮红军革自己的命？"可是，棠城并不这么想，他看出了这个社会今后可能的走向，革命才是一条出路，因为大家都平安了，自己才能过得平安。

从此，棠城经常积极靠近加入红军队伍的乡亲。不久，他又认识了毛泽东身边的警卫朱士柳。棠城向他表示了自己想参加革命的意愿，希望红军能给他机会。杨棠城表示，自愿参加土地革命，拿出自家田亩让毛泽东去分给农民。

大家都觉得很奇怪，当地某些豪绅见了红军都唯恐避之不及。红军为了调动农民生产和支援前线的积极性，正按毛泽东的指示开展土地革命，发动群众打土豪筹款子，于是棠城就让人觉得奇怪了。有人问他的想法，杨棠城很简单地说："我一家人有饭吃就够了，要大家都有吃，我才吃得饱啊。"

第十节　遇见困惑

杨棠城自愿拿出土地给红军，引来了诸多质疑，但细想一下也不奇怪了。棠城是客籍人，在当地一直受土籍人排挤，虽然两个弟弟发奋读书，考取日本九州帝国大学官费留学生，给他争足了脸面，使他的社会地位有了改变，但是在当时，他只不过是客籍人当中的一个头面人物，他的客籍血脉注定他不可能与土籍人融为一体。井冈山客籍人长期受土籍人的排挤，土籍人常与官方勾结欺辱客籍人，双方已结怨很深。共产党的军队来到井冈山后，客籍人感觉到自己有出头之日了，便积极投身革命，就像袁文才、王佐一样。他们最先拥护红军的到来。很多客籍子弟都参加了革命。

如此一来，杨棠城跟当地豪绅就不一样了，他想参加革命自然有他的道理。棠城考虑后，自愿拿出了自家2000亩田地，让红军分给当地没田地的农民。红军首长听了十分高兴。有了杨棠城献出的田地，柏露长富桥的分田便能很快施行了。

那天，杨棠城起了个早，出门一看，阳光明媚，万里晴空，他心里说不出的喜悦。一会儿，红军首长就要到杨府来分田了，自己迈向革命的步伐眼看就要实现了，他的人生将要翻开新的一页， 他也将成为革命分子中的一员，社会新生力量的一分子。

棠城简单地吃了早饭，便在院子里忙开了。他在屋前屋后指挥家里帮工打扫祠堂门前的场地，摆长条桌子做讲台，摆凳子给参会的人坐。

村里的农民三五成群地到了杨府祠堂前的草坪上，不一会儿工夫，草坪上就聚集了千余农民。大家叽叽喳喳地议论着今天的分田， 时不时地有农民伸出大拇指赞扬杨棠城："杨绅士真是个好榜样啊， 要是咱们宁冈的豪绅都有你这么高的革命觉悟，咱们穷人的日子就好过了。"突然，有个眼尖的人喊道："瞧，红军来了！"只见，前面的首长骑着一匹马，嘚嘚地从田间的大路走来，到杨府门前，下马。杨棠城和一群乡民拥上去。首长一边跟乡亲们点头示意，一边热情地跟杨棠城握手。

首长款步走向长条桌前，挥手示意乡民安静下来，然后，微笑着清了清嗓子讲话了："共产党欢迎杨先生这样的开明绅士！" 人群立刻爆发出热烈的掌声。接着，首长又把今天分田的计划说了一遍，顿时，草坪上的乡民们都欢呼雀跃，没想世世代代穷到今天，真要过上好日子了。

首长正在讲话时，一个操湖南口音的人悄悄来到了会场，他表情严肃，眉毛紧蹙。他正是湖南省委派来的特派员周鲁，专来传达湖南省委指示的。他来了几天，对这里的一切都看不顺眼，说这里的革命太温和了，今天竟然还遇见如此滑稽的场面，竟然欢迎豪绅杨棠城参加革命，简直是笑话！

首长刚讲完话，周鲁就大步跨进了会场。周鲁向首长说明了来意，首长向周鲁解释了今天活动的用意。周鲁还没听完，就连连摇头："太右了！太右了！这算哪门子革命？革命就是一个阶级推翻另一个阶级的暴力行动！""我看就应该把这土豪抓起来，把他田产没收过来就是，豪绅全在该杀之列！""如果你下不了手，由我宣布逮捕。"周鲁咬牙切齿，连珠炮似的越说越激动，一股脑儿把自己的革命道理，全倒了出来。

不料，首长却针锋相对："你这是'左'倾！盲动！就是敌人，我们也要从他们的阵营中分化瓦解，豪绅阶级中有愿意革命的，为什么不可以团结？"周鲁压不住火气，说："也难怪你们，在这山沟里待得太久啦，也罢，你们回去！我这次来，就是要向你传达中央和省委的指示。"一个本来喜气洋洋的分田大会，结果成了争辩会，大家不欢而散。

最沮丧的是杨棠城，本来满怀热情地想参加革命，如今却依然被远远地抛弃在革命的圈子之外，之后一家人的道路怎么走？尤其是自己的儿子池烈和池照，大儿子池烈在江西公立工业专门学校学习土木工程，小儿子池照还在上中学，两个孩子从小长得斯文清秀，他们的人生路才刚开始。他的心像是掉进了冰窖，感觉一家人走上了穷途末路，只有坐等被革命、被杀被剐的份，心中顿生无限悲凉。

此后的日子，杨棠城仿佛只能在无奈中消耗生命，他已不像从前那样去"逞能""逞英雄"。曾经，他是个爱管事的人，乡民们摆不平的事，总爱找他，他也乐意操这份心，东奔西跑呼吁说情，有时就算要自己垫银子也不在乎。如今，地方的重心似乎偏离了，乡民们个个都走进了革命队伍，宁冈发生着一件又一件重大事情，而自己却只能在一边旁观。

1928年4月，朱德、陈毅率领南昌起义保留下来的部队和湘南起义农军一万余人，与毛泽东领导的部队在井冈山会师。不久，在砻市一个大草坪上举行了会师大会，正式宣布成立中国工农革命军第四军，宁冈的穷苦乡民们精神焕发，奔走相告：“我们穷人翻身闹革命的军队来啦！”

8月30日，发生了轰轰烈烈的黄洋界保卫战。在红军主力外出作战时，国民党军队前来“会剿”，井冈山军民利用有利地势，以少胜多。消息传到正率红军三十一团在桂东作战的毛泽东那里，他欣然提笔写下了《西江月·井冈山》：

山下旌旗在望，山头鼓角相闻。
敌军围困万千重，我自岿然不动。
早已森严壁垒，更加众志成城。
黄洋界上炮声隆，报道敌军宵遁。

这首词很快地传遍了井冈山，书院里的孩子们津津乐道地传诵着，绘声绘色地描述着保卫战中敌军败阵而逃的狼狈。

然而，对于棠城来说，这场轰轰烈烈、红红火火的革命斗争，却与他陌生了，疏远了。他心里的郁结越来越重，整个人的精气神都在黯然收缩。他无法接受自己不能参加革命的事实，难道自己拿出田地来也不能革命吗？

历史的车轮在滚滚向前，而这辆车却没能载上自己，他只能眼巴巴地看着别人风风火火地赶上了这辆车，去革命，去战斗，而自己却只能留在原地黯然神伤。

他已不再像以前那样光彩照人，一出门便连连有人招呼，他也乐此不疲地频频回应。乡邻们也不再像以前一样，隔三岔五地、有事没事地来杨府唠家常，请教个事儿。

这段时间，杨府又恢复了曾经的冷清，乡里、县里的人也慢慢不上门了，邻居见了他，还是客气地打个招呼，表情却没有从前那么自然，有点尴尬，有点说不出的味儿。井冈山革命终究没能与杨家结缘，而这也就成为杨家往后逃不脱厄运的开始。

杨府门前草坪的小草像挑逗一般，一点点地挺直了腰，后山树林里的小麻雀像被解禁了，常三五成群自由地在杨府门前飞来飞去，肆无忌惮地落在门前的树丫上，叽叽喳喳地开小会。曾经忙忙碌碌、走东跑西的杨棠城，这些日子硬是闲下来了，他再也看不到自己的前途，忧郁的心情让他惦念起两个远渡日本留学的弟弟：祖诒和奋武不知怎么样了。

第十一节　书生意气

祖诒已在日本求学多年，他在东京读预科，后又来到四国岛松山大学读书，最后终于如愿以偿地考上九州帝国大学官费生，这让他如释重负，再也不用为生活发愁了，该安下心好好读书了。

他带着大包小包的行李，从松山跋涉到福冈。那是一座在明治维新后新建起的城市，道路宽阔，高楼拔地而起，现代化的外表透露着傲人的气息，一座座简洁而雅致的建筑，让人心旷神怡，又让人感到压抑。他来不及左顾右盼，心里想尽快见到小弟奋武。两兄弟自小一起，形影不离，亲昵得不行，只是奋武凭着超强记忆力，比他早两年考进了九州帝国大学，祖诒这个当哥的奋起直追，终于也进入了这所大学。

奋武早已在车站等候，远远看见哥哥，激动得又是挥手又是大喊，两兄弟相向而跑，高兴得抱成一团。“哥，你终于来了！”“我们又可以在一起读书了！”祖诒上下打量着奋武，两年没见，他曾经悉心呵护着的小弟更成熟、更健壮了，虽然戴着一副金丝眼镜，但目光炯炯有神，眉宇间透着一股英气，让人感觉到正气和力量。奋武一心想学法律，看来正是合了他的性情。

两兄弟有说有笑，走进了九州帝国大学，放下行李，到学校新生部报到。祖诒一看新生入学名单，呆了，怎么学校把他录取进了采矿专业？祖诒心里一阵沉重，拉着奋武出来说：“奇怪，我怎么是采矿专业呢？明明我报的是经济专业啊。”奋武说：“听说这是学校新开的专业，还说这个专业很能挣钱。”祖诒两手一摊：“可是，我学采矿对祖国有什么作用？”奋武明白哥哥的心思：“那好，我们找学校谈谈吧。”

祖诒在日本留学八年，漂泊了八年，从东京到松山，再到福冈，无论走到哪里，他跟所有中国的留日学生一样，无时无刻不关心着祖国的命运，正是在异国他乡才倍感祖国的重要，爱国的情结总是悄然地在每一个游子的心中萌发。

当年，那些留学日本的中国学生的心，无一不像一片磁针石，不指祖国不罢休。有人说，留美学生多亲美，留欧学生多亲欧，只有留日的学生有很多反日的。日本对中国的种种蔑视和凌辱，导致他们更关心祖国的前途和命运，有的留日学生因抗议日本政府的对华行为，被捕入狱，甚至罢学归国。

那时能进入九州帝国大学公费留学的学生凤毛麟角，都成了国家的栋梁之材。他们虽面临着颠簸人生，但他们有思想有见地，希望能为国家的统一和建设出力，所以他们不以个人的喜恶选择专业，大多选择了能为破碎贫穷的旧中国效力的专业，如政治经济学、军事学、法学、文学等。鲁迅弃医从文、郭沫若弃医从文……他们成了中国留日学生的标杆，而郭沫若，正是两兄弟九州帝国大学的学长。

什么样的年代演绎什么样的故事。当年留日学生的爱国情怀，在杨家兄弟身上也得以体现。

那天，祖诒满怀信心地跑到藤野院长办公室，很有礼貌地向藤野院长行了个礼：“报告藤野院长！我是来自中国的新录取的留学生杨祖诒。”藤野回头一看：“哦，找我有事吗？”“是的，我希望能调换我的专业，我认为经济学对我更有用，以后中国统一了，就需要经济人才建设国家。”藤野听完，上下打量了一番这位青年，移开视线，望着窗外，慢条斯理，瓮声瓮气地：“又是一个书生意气的中国学子，你有多大能耐？！”然后，他背着手在办公室来回踱步，接着又说：“年轻人冲动什么，你学采矿有什么不好，我们大日本帝国非常需要采矿人才，大日本帝国将重建‘东亚秩序’，你学采矿专业将财源滚滚，前途无量啊！”

祖诒依然坚持向藤野院长解释：“院长，您也许有所不知，中国自从孙中山先生创立三民主义以来，我们的国民看到了希望，如今中国轰轰烈烈的五卅运动，说明我们的国民有勇气抵抗列强侵略，国家统一很快就能实现，我想学成归国，正好能赶上国家建设。对于一个混战多年的国家，最要紧的是恢复经济，让国民的生活好起来，我学经济才能为国家建设出力！”祖诒越说越激动，一口气把多年积压在心中的话全倒了出来。

藤野听完，仰天大笑：“你们哪里有国家，支离破碎！想统一，哪有这么容易！你为我们大日本帝国服务，大日本帝国是不会亏待你们的！”祖诒咬牙切齿地说：“国难当头，匹夫有责！我愿意为我的祖国读书！”“那好吧，年轻人，祝你好运！”藤野院长愤怒而鄙夷地看了祖诒一眼后扬长而去。祖诒顺手把准备更改专业的说明《从采矿专业调换到经济专业》，迅速塞给藤野手下的一个小伙子加盖印章。然后，溜出了院长办公室，如大获全胜般心情无比舒畅。祖诒开始踌躇满志地计划自己的学业。由于他在日本生活的时间长，对日本情况比较了解，沟通能力强，加之弟弟奋武已在这个学校学习了两年，所以很快就融入了中国留日学生中。祖诒的文采和口才更是让九州帝国大学的中国留学生信服，不久，他在留日学生中成了众望所归的中国留日学生会的领袖之一。

从此，祖诒和另两个学生领袖不定期地约请同学读书议事，谁知，自此便一发不可收拾，参加聚会的同学也越来越多。实际上，同学们都已感觉到，眼下这个岛国日本图谋侵略自己祖国的野心已昭然若揭，而国内形势，也正发生着翻天覆地的变化。

第十二节　抗议日本出兵

中国人民的抗争风起云涌，但却没有形成团结一致、抵御外侮的革命力量，在紧要关头孙中山不幸在北京逝世，留下“革命尚未成功，同志仍需努力”的遗嘱。此时，北洋军阀三大势力直系、皖系、奉系却无心团结一致，抵御外侮，直系吴佩孚、孙传芳尚在与奉系张作霖争夺长江流域的地盘，大举外债，勾结帝国主义出卖中国关税主权。1926年，广州国民政府决定北伐，以推翻吴佩孚、孙传芳、张作霖等北洋军阀的统治，统一全国。1926年7月9日，国民革命军在广州誓师北伐，高呼“打倒列强，除军阀”。

叶挺独立团奋勇当先，从肇庆出发，不顾酷暑暴雨，不顾长途跋涉的艰辛，由广东攻入湖南，在攻克攸县时，以一个团的兵力战胜四倍的敌军，以少胜多，初战告捷，极大鼓舞了北伐信心。北伐军势如破竹，很快攻占长沙、武汉、南京、上海等地。1927年4月12日，蒋介石在上海发动震惊中外的四一二反革命政变，随后，在南京成立了南京国民政府，与以汪精卫为代表的武汉国民政府对峙。1927年秋，武汉国民政府与南京国民政府合并，史称“宁汉合流”。1928年1月，蒋介石重新担任国民革命军总司令，继续北伐。北伐军占领河南之后，冯玉祥、阎锡山也加入了北伐队伍。同年4月，北伐军在徐州誓师，即将对张作霖发起全线总攻。

眼看北伐军已进入山东，逼近济南，且士气高昂，大有一鼓作气消灭北洋军阀，完成中国统一大业的决心。

此时，隔海相望的岛国日本焦急万分。中国如此下去，离统一就不远了。中国统一了，日本就不能肆意侵略中国，就不能实现他们谋划已久的重建“东亚秩序”的野心。那些消耗的巨额军费难道就打水漂了？绞尽脑汁地秘密计划、遣送间谍入中国境内难道要消停了？不！绝不！野心勃勃的裕仁天皇再也按捺不住那颗躁动的心。1928年4月19日，正值北伐军势如破竹之时，日本以保护日本侨民为由，派兵进驻济南、青岛及胶济铁路沿线，准备用武力阻止国民革命军北伐。将派兵进入中国的策划完成后，裕仁天皇喜不自禁：“哈哈，支那人想统一，做梦吧！”

可是，他们没想到的是，日本将出兵山东的消息一经传出，中国留日学生的愤怒已汹涌澎湃，到处都在声讨日本出兵中国的行为，呼声喊声一浪高过一浪。中国留日学生总会首先发起召集侨日各界大会，散发反对出兵中国的传单。各高校都沸腾起来了，校方呼喊：“中国学生造反啦！支那人造反啦！”中国留日学生依然不顾一切，邀请各团体组织对日外交后援会，作为永久抗日总机关。日本陆军士官学校的200名中国留学生，慷慨激昂，奋勇当先，该校当局极为恐慌，立即呈请田中内阁勒令25名中国留学生退学归国。

但是，这一切并没有把留日学生吓倒。4月29日，九州岛中国留学生再次召集反日出兵大会，决定举行示威游行。留学生们走出校门，一路高喊“抗议日本出兵中国！”“坚决实行中日经济绝交！”游行队伍走了大约一里。突然，一辆辆警车呼啸而来，数百名手持枪械的警察从四面包抄而来，冲入游行队伍，冲散了手无寸铁的留学生。顿时，街道乱成一团，吆喝声，厮打声，尖叫声，哭骂声一片。警察趁机以违犯治安维持法为由，抓捕了70多名中国留学生。

1928年5月初，日本陆军中将福田彦助率领第六师团5000人，堂而皇之地从青岛登陆，气势汹汹，进犯济南。他们口称保护日本侨民，悍然入侵中国政府交涉所，杀害全部交涉职员，在城内肆意焚掠屠杀民众17000余人，制造了骇人听闻的济南惨案。

消息传回日本，中国留日学生极度愤慨，杨祖诒、黄志余、廖序宾等学生压抑不住心中的怒火，在校园里、在大街上高喊：“我们愿抛弃那张不能抵抗炮火的文凭，而与日本帝国主义势不两立！”“我们坚抱着我们的初衷回国唤醒我们的同胞！”“同胞们起来！一齐向日本帝国主义进攻！打倒惨无人道的日本帝国主义！”

日本陆军士官学校即将毕业的16名中国留学生于5月7日向校长提出退学申请。该校当局鉴于中国留学生之激昂颇为忧虑。于同月8日召集退学留学生代表三人，到校长室训话，劝阻退学，而留学生却心意已决，未因日本人劝阻而改变态度。

日本政府自知理亏，开始对各校的中国留学生进行重重监视，禁止他们集会和发布自由言论。日本对中国的入侵野心日益膨胀，加紧招兵买马，训练军队。中国留学生焦虑万分，只能采取秘密方式集会。5月的一天，夜幕降临，九州最南端的鹿儿岛静谧得出奇，只有星星点点的灯火在茂密的树林里闪烁，一轮半月在天幕中慢慢移动，海潮一次又一次地扑向沙滩，发出一阵阵呼呼的声浪。日本警察做梦也没想到，在海边一个极简朴的会所里，鹿儿岛七高和高等农林两校的中国留学生及一些在日本的中国青年在会所里秘密集会。大家围着桌子，盘腿而坐，心情沉重。

后来九州帝国大学的学生代表杨祖诒和裘千昌、吴家振也赶来了。九州帝国大学在北端，距此地比较远，三人赶得一身冒热气。见到九州帝国大学的学生代表也来了，在座的人都非常高兴， 热情邀请三人入席。

学子们强忍住心中的悲痛。召集人说：“从去年以来，我们看到日本对中国的态度越来越恶劣，祖国有难，我们读书再好，又有什么作用？现在是我们为祖国效力的时候了，但光靠在座各位的力量是远远不够的，必须把所有的留日学生组织起来。我们先组织九州岛的留日学生吧，但是行动一定要小心，务必保密！我们先拟定一个统一的决议。”于是，学子们当即你一言我一语口述起草抗议日本出兵中国的决议书，计划第二天把决议书分发给各高校校长和学生。

由于集会时间有限，大家决定速战速决，在决议书形成后，各校代表各抄一份，随即散会。

杨祖诒三人立刻返回学校，到校已是晚上十多点。三人各自回到宿舍拿起一本《经济学大纲》，都对室友说，有个问题没搞明白，想找同学一起讨论。随后，三人来到校园一间僻静教室，围坐在一起，打开书本，却心乱如麻。

家国之难，迫在眉睫，我们怎么能马上把本校的中国留学生组织起来？三人静静地思索了一会儿，祖诒发话了：“明天不是有新生入学吗？不如借此机会，集合我校中国留日学生开会，把抗议决议书悄悄分发给同学们！”裘千昌、吴家振想了想，觉得没有别的更好的办法，于是三人击掌通过。

第十三节 潜回送密信

五月的九州岛，正是杜鹃花烂漫的时候。九州帝国大学的校园里开满了东一簇、西一簇的杜鹃花，有粉红的、嫣红的、绯红的，仿佛在热情迎接中国新生来到日本，而这份热情中却夹杂着一种莫名忧虑。

接应中国新生的学生代表杨祖诒早已心急如焚，眼前的姹紫嫣红却唤不起他一丁点的兴趣，全然视若无睹。前一天的晚上他翻来覆去失眠很久，今天早早起来，火急火燎地拉上裘千昌，说一起去接新生。吴家振等几个中国学生也是同样的心情，早已在校园门口等候。几个人会合后，急忙朝福冈码头方向走去。

离开校园，默默走了一阵后，这群中国留学生开始低声咕哝着：今天怎样把抗议日本出兵中国的决议书传达到本校所有中国留学生的手中？在校园传送决议书必然会遭到校方的反对，在街头传递也难说不会被警察抓捕。

反正这种行动是不能公开的，而又必须尽快让大家知道。自济南惨案后，日本变本加厉地加紧策划对中国的侵略，报纸每天都在大肆鼓吹招兵买马，训练新军，展示新武器。还有更令人气愤的消息，田中内阁大放厥词说：“支那无外交可言，必须用武力压迫，占领山东，保存一切不平等条约与在华之特殊势力。”几个人越说越激动，祖诒打了个手势，“嘘”了一声，提醒大家要小声，别让警察盯上了。

不知不觉地，这群中国留学生到了接新生的码头。奋武拿出准备好的九州帝国大学的接人指示牌，高高举过头顶，正面朝着正从码头过来的旅客。师弟们一个个从熙熙攘攘的人群中挤了出来，慢慢集中到了九州帝国大学牌子旁边，在异国他乡见到自己国家的人，倍感亲切，不由得抱成一团，嘘寒问暖。

接齐新生后，奋武举着牌子带大家走到一个偏僻的地方，师兄们急切地问来自上海和南京的师弟，国民政府最近的计划如何？将如何对付军阀和盘踞在中国的列强？师弟们你一言我一语地谈起了国内形势：老百姓渴望中国统一，军阀和帝国主义不断搅局。另外，国民党与共产党已分道扬镳，蒋介石杀了很多共产党人，我们的学长郭沫若无比愤怒，因此写了一篇《请看今日之蒋介石》，撕下了蒋介石伪装的面具，声讨他的血腥罪行，结果被蒋介石通缉，他又流亡日本了。

听了师弟们的叙述，杨祖诒不由得叹息道：“哎，国内形势很复杂啊，各派别还不一致对外，我们就更被动了。这边日本正在加紧策划对中国的侵略，现在到处都风声很紧，学校害怕我们中国留学生游行抗议，已开始监视中国留学生。虽然我们身在异国，却牵挂着自己的国家。这是人之常情啊，有谁不希望自己祖国强大。”祖诒说完，一声叹息，示意裘千昌、吴家振把昨日准备好的抗议日本出兵中国的决议书悄悄塞到一个师弟手上，招呼大家围着迅速读完。之后便将决议书搓成纸团扔进了垃圾桶。

师弟们万万没想到，在国内他们从《民国日报》《中央日报》《申报》上看到北伐军节节胜利的消息，喜不自禁，虽然也时有列强干预、军阀顽抗等消息，然而，都是中国向好的消息多，而今来到日本，才发现形势逼人，兴许我们的国民政府还蒙在鼓里，不知日本已在频繁接触奉系军阀张作霖，企图拉拢他，阻挠北伐军统一中国，延长中国内乱时间。日本为了“帮”张作霖，田中内阁正积极策划随时出兵中国东北。师弟们听完，个个都惊骇不已：“小日本真可恶啊！”

延长内乱时间，最遭殃的仍是中国老百姓，大家希望把这紧急的情况带回国内去，让国民政府早点做好应对策略。然而隔海相望，水路漫漫，不是想回去就能随时回去的，乘船来往，至少要半个月，先暂时不说昂贵的路费，单说离开学校一个多月的时间，怎么应对校方的盘问就是个大问题，更何况是在两国关系紧张的非常时期。

大家相望叹息，但国之大事不能耽误，在日本又找不到一个可靠的人回国报告情况。这群留日学生为难了，几个小师弟又开始咬牙切齿地骂起了小日本“可恶！”“侵略！”“惨无人道！”。但是总得想出办法解决，无论如何也应该派人回国报个信，可是谁去呢？大家又商议了一阵，觉得还是由师兄们出面报告比较妥当，于是大家推荐杨祖诒、裘千昌、吴家振三位学生代表回国报告，他们比较熟悉日本情况，尤其是祖诒，他来日本时间比较长，北海道、九州岛都走过，对日本的情况比较熟悉。

祖诒深感责无旁贷。但要完成这个任务不简单，那是他人生的一次抉择，决定自己今后的道路。那条道路通往何方，离光明有多远，要付出多少代价，无法预测，他只知道作为中国青年自己必须这样做。他不由得抓紧拳头：“就这样定了，算我们三个豁出去了！学校的事情有劳同学们一起对付。”

第二天傍晚，祖诒三个人乔装成商人，悄悄离开学校去码头乘船回国。一上船，他们便躲进了三等舱，在船上颠簸了十来天，好不容易才听到船上的喇叭传出："各位旅客请注意，船正靠近黄浦码头，请到上海旅客拿好行李，准备离船上岸。"祖诒三人收拾好行李，相互一望，发现三人都头发凌乱，衣服也脏了。

三个人疲惫不堪地走上了码头，回头放眼一看，哇！这就是中国的黄浦江：小渡轮来回穿梭，船尾翻起一串串白色浪花，给江面增添了一片旖旎风光。这里的风物虽然显得陈旧，但与印象中的上海比，它的变化已是很大了，很多年没回国了，一踏上这片土地，那份亲切和自信便从骨子里渗出，连走路的脚步都显得沉稳了，自己不是漂泊的游子了，而是这片土地的儿子。

三人路途的疲劳像轻烟一样飘散，他们多想招一辆黄包车，立即游览一下离别多年的祖国啊，然而想起重任在身，不能耽误，三个人马不停蹄地按照之前商议好的路线，先去找《中央日报》社长丁惟汾。丁社长见他们是从九州帝国大学回来的留学生，便热情接待了他们。

祖诒心情急切，开门见山地说："丁社长，我们了解到，日本此次出兵，是拟沿用曾经倒郭松龄的故伎，帮助军阀，延长中国内乱时间，还说我国反日运动只不过是五分钟热度，希望此后我们排日运动必须由政府提倡，坚持长久。目前，最为紧要的是奖励国货，指导民众运动，恳请各学校增加兵式操练及军事训练……"说完，祖诒又把准备好的汇报材料和留日学生抗议日本出兵中国的决议书送到丁社长手上。丁社长心情沉重地看着这三个风尘仆仆的留日学生，紧紧握住他们的手："政府感谢你们！有你们这样的青年，我看到了中国的希望！"并说一定尽快把消息转告报社董事长孙科及国民政府。

第二天，三人又向上海市学生联合会反日运动委员会、上海特别市执行委员会、上海特别市政府报告了日本最新动向，呼吁各方：组织抵制日货运动，加紧军事操练。三人忙碌了几天，任务完成后，又马不停蹄地挤上返回日本的轮船。

第十四节　一场暴风雨

一路颠簸，一路劳顿，杨祖诒三人终于回到了日本九州岛。一场意想不到的暴风雨在等着他们。

三人登岸之后，先在外找了个僻静的小饭馆，简单地吃了个晚饭。夜幕降临时，他们坐公共汽车来到中国留学生公寓，又蹑手蹑脚上了宿舍楼。

上楼时他们恰巧撞见了两位师弟，两位师弟急不可待地跟了过来，把他们离开学校那段时间发生的事情，一五一十向他们说了一遍，最后说藤野院长已大发雷霆，要找他们训话。虽然一切都在意料中，但要面临时，心中不免有点忐忑，三人面面相觑。祖诒说："明天就让藤野咆哮吧，只要不损我们尊严，权且保持沉默，坚决不能泄露我们的秘密！"

第二天吃过早饭，祖诒三人一起来到院长室。藤野院长面无表情地安坐在办公桌前，对三个耷拉着脑袋进来的中国留学生阴阳怪调："你们终于还是回校啦？"三人埋着头，谁也没吱声。房间的空气像凝固了，只听见墙壁挂钟的滴答声，以及藤野粗粗的呼吸声。突然，"啪"的一声，藤野拍桌而起，目光如火："你们好大的胆子！擅自离校20多天，去哪儿了？"祖诒讷讷地说："去做了点小生意。""胆大妄为！大日本帝国给你们这么好的学习条件，是看得起你们，把你们当人才！而你们呢，好啊！整天胡思乱想，想赚钱，想革命，你们愧对了大日本帝国！……"藤野院长连续咆哮了几分钟，前额汗涔涔，青筋凸起。

祖诒三人始终缄默，心想藤野手上没把柄，也不能把自己怎么样，毕竟日本是个讲法制的国家。藤野院长该训的话训完了，却见眼前三个学生仍然像榆木疙瘩一样，他自觉无趣，大吼了一声："给我滚！"祖诒三个人灰溜溜地离开了院长室，侥幸躲过一劫。

可是，没料到的事情却来了。一周后，祖诒三个人相约在公寓附近的中国饭馆吃饭，一起讨论下一步的问题。祖诒担心地说："我感觉学校没这么容易放过我们，但是接下来会对我们怎么样？我又不得而知。"裴千昌说："是啊，开除我们？遣送回国？他们没有理由。"吴家振补充道："是啊，日本是个法治国家，处分人必须讲依据啊。"三个人讨论来，讨论去，没个结果。

饭后他们想去百货商店买点日用品，刚走上大马路，只见一群人站在路边围观什么，走近一看，原来有人在打架——两个日本人在打一个中国人，中国人已被打得鼻青脸肿，几无还手之力，旁边有些日本人一个劲地喝彩。祖诒三人看了义愤填膺，准备上前去制止，便走出人群。这时，一辆警车过来了，几个警察下来，不由分说把六个人全用镣铐铐上，粗暴地押上警车带走了。路上三人拼命抗议："你们抓错人了！""我们是劝架的！""我们是九州帝国大学的学生！"押送的警察不耐烦，用枪托往他们身上捅，大声喝道："你们再嚷嚷，我们就用大点力气。"

三人被一起带进了警察署。提审官盘问时，三人又把刚才在路上讲的话重复了一遍。尽管祖诒用日语表达得十分清晰，但提审官就是假装听不懂，一口咬定他们是打架斗殴，要把他们三人囚起来。三人被囚在狭窄的牢房里，一旧木架床，一小矮方桌，一破席子，一破床单，躺下，连脚也伸不直，绝望得不知所措。

7月，正是九州福冈最热的时节，囚房采光通风极差，偶尔从窗口刮进的一阵风，更是搅动起一股难闻的怪味。三餐的饭菜难以下咽，小便每两个小时一次，大便每天清晨八时一次，其余一概不通融。

第三天，三人又被盘问了一次，三人再次重申：是警察误会了，抓错了人，三人都是九州帝国大学的学生，只因路过，见他们打架，想去制止。

提审官依然假装听不懂，叫他们只书写过程，无须写理由，写毕按上手印，于是29天的拘留罪就宣判了。祖诒三人愤怒地大喊："请问，我们违犯了贵国哪条法规？"提审官慢条斯理，瓮声瓮气地说："日本警章，第一款第一条。"三人面面相觑，谁也没读过他们的警章，祖诒大声说："请把警章条款给我们宣读一遍，或给我们自己看看。"提审官耷拉的眼皮，终于抬了抬，狡黠地笑了笑："你们不是帝国大学的学生吗？不好好念书，东窜西窜，又想游行示威，又想革命，为什么不研究一下大日本帝国法律？"

看来是欲加之罪，何患无辞，三人无言以对。三人只好在囚房里，坐呀！熬啊！过了一周，狱警打开了囚房门，无比蔑视地对祖诒三人说："大学生，给你们一个悔过自新的机会吧！去农场干活！"

接下来，三个文弱书生每天起早摸黑地在狱警的监视下垦荒。他们挑石头、推土，每天都累得筋疲力尽，只要动作稍有迟缓，狱警们便拳脚相加，嬉笑大骂："哈哈，支那人就是东亚病夫！"甚至戏弄道："只要你们说一声自己是东亚病夫，我们就放你们一马，哈哈！”祖诒气得咬牙切齿，恨不得跟他们拼了。裴千昌、吴家振暗暗拽了他一下：“咱们好汉不吃眼前亏。”就这样，在这煎熬中度过了两周，三个白面书生，已被折磨得形如枯槁，皮肤黝黑。

有一次，吴家振挑石头时脚底一软，摔了一跤，狱警走过来，不由分说，挥起藤条便一顿抽，家振受不了，嗷嗷直叫，叫声越大，抽得越厉害。祖诒和千昌实在不忍再看，冲过去，三人抱成一团。结果，那狱警大声嚷嚷："反啦！反啦！想造反啦！”那一叫，几个狱警过来了，把三个人分开，分别毒打一顿。家振已被打得皮开肉绽，衣服上渗着血，有气无力地说：“你们不要折磨我了，干脆把我们枪毙了。”狱警冷笑了一声，回答实在冷酷："日本的一颗子弹，还不情愿落在你的身上，日本是个法治国家，也不这样乱做。”好一个法治国家！三个人熬到了第二十七天，眼看还有两天就可以出去了。

可是，那天一早起来，吃完难以下咽的早餐，狱警便让他们收拾东西。三人以为可提前出去，可一出门，发现一辆警车在等着他们，准备把他们带到另外一所监狱。他们知道，按照日本的法律，拘留在同一监狱时间才是连续的，换了地方得重新计算时间。三个人心里一凉，崩溃了，如此下去，要到什么时候才能结束，那真是长夜漫漫无尽头。

据说，奋武一直没见到哥哥祖诒，心里十分着急，四处打听也没结果，他想来想去，决定去请个日本人打听，便想到了帮他们租房子的小姐姐千鹤子。他初来福冈时，租不到房子，因为当时日本人一般不乐意租房给中国留学生，奋武通过师兄介绍了认识了一个日本姑娘千鹤子，找她帮忙租了房子。后来哥哥祖诒入学时，也是她帮忙找的房子。

奋武找到千鹤子，把近一个月来没见到哥哥的事说了一遍，千鹤子一听，也十分着急，祖诒三人怎么会突然失踪了，会去哪里?

她想到了警察局，会不会被日本警察关押了？日本警察无故关押、虐待中国留学生的事已常有耳闻。

千鹤子有个哥哥在警察局工作，她急忙去求哥哥帮忙打听，哥哥查了查名单果真发现祖诒三个人，于是跟狱警好说歹说，才让他们三人按时结束拘留，回学校读书。

8月13日，一个狱警来到囚房说："警察局本来要重办你们，幸亏你们的日本朋友说情，现在提前放你们出去。出去了，记得一定要多说日本好处，不要说日本坏处。"旋即，拿了三支笔和三张白纸，令祖诒三人照着一张纸写"悔过书"。起初三人都不肯，但狱警强迫得厉害，千鹤子哥哥在一旁也着急得不行，三人只好勉强照抄：自加入国民党，心里非常懊悔，愿从此改过自新，并且对日本政府这次办法，认为公正……

临走时，狱警又给了他们最后一番教训：你们到日本读书，家里多么希望你们学业有成，国家多么需要你们做贡献，若你们不改邪归正，不但对不起祖国，日本也不许你们逗留了！如此亲切！如此堂而皇之！真不能不感谢他们呢，然而看看脸上的黄瘦、身上的伤痕，不知道该如何感谢了。

回到学校后，一天，三人偶遇藤野院长，他脸上掠过一丝阴阴的冷笑，却一直没有盘问他们这些日子去哪里了，去干什么了，仿佛什么事也没发生过，三个学生被拘留了一个月，学校却平静得很。

不过，这一经历和教训，却更坚定了祖诒今后想走的路。本来前一阵听到，师兄郭沫若因在《请看今日之蒋介石》一文中，声讨蒋介石背叛革命的行径，而被国民党政府通缉，流亡到日本，祖诒对今后为国民党政府效力感到困惑，而如今，他却觉得眼前这个岛国已让他从心底里唾弃，无论如何也要为自己的祖国效力，虽然祖国贫穷落后，祖国政府有种种的不是，但毕竟那里才是自己的国家。

不久，学校的中国留学生秘密成立了国民党支部，来自中国的师兄弟们一致推举祖诒担任了党支部常务委员。祖诒没有犹豫，默然答应了。从此，他经常秘密组织中国留学生开会，参加抗议日本侵略活动。

学校官方虽然没有抓到可靠证据，但是对杨祖诒这个中国学生已另眼相看。又过了一年多，1929年冬天，祖诒终于要毕业了，他很高兴自己学业已成，但，是去是留？祖诒再次面临着人生重大抉择。

第十五节 归去来兮

对于祖诒来说，毕业就意味着离开日本。他对这个岛国，已不再眷念，虽然学校曾经有意挽留他，藤野院长也狡黠地对他说过，只要他愿意留下效忠大日本帝国，他将财源滚滚，而他已无念这些恃强欺弱、吮吸弱国来的不义之财，在日本待了多年，他太了解他们了。

世界列强之一的日本，曾经自己是如此向往。他年少时发奋读书，立志考入日本的帝国大学，那时日本的一切对自己是何等的有吸引力！如今，他却怅然若失。日本凭着自己的先进和强大，穷兵黩武，直指中国，入侵中国，侮辱屠杀中国人民的行径，令人发指。

在日本的中国留学生也难以幸免，遭受了难以忍受的蔑视和侮辱，那些往事依然历历在目。他入学后，理应高高兴兴地领取官方学费，但他却发现所领取的官费是那么的恶心。

日本号称利用庚子赔款，即《辛丑条约》的赔款，资助中国留日学生，但每个接受资助的中国学生，都必须按照日本文部省对华文化事业部的要求填写一份“誓约书”，以示对日本政府感恩。那“誓约书”内容是：“今次依照日本政府成案之对支那文化事业之支那留学生给费实施大纲，自大正××年××期，每月领支补给学费金××元，不胜感激之至。为此，誓当专心勉学，毕业之后，并愿体奉右记主旨，奋勉奉答恩眷之隆，特为誓约。”庚子赔款本为日本在世界局势的压迫下才退还给中国的，中国留学生对日本又有何“恩”可感？这完全是对中国留学生人格、国格的侮辱！

当时，几个中国留学生都愤愤不平，想把这“誓约书”撕掉，但撕掉就意味放弃官费，而日本读书生活费用昂贵，官费是每个学子梦寐以求的资助。最后，他们被学长劝住了，弟弟奋武说：“我们好不容易才考取官费生，如今遇见这状况，不能说放弃就放弃，我们可向中国政府报告情况，争取更改誓约书，更要学好回国。”大家都私下较劲说：“奋武说得对！我们暂忍屈辱，待学成归国，报效祖国！”虽然事情已过去，但他心里久久难以平静，只要想到这些，心中就犹如吞了几个苍蝇一般恶心，又暗自思念起家中的老母亲、兄弟。

弟弟奋武毕业后，已毫不留恋地离开了日本，回到中国，先到江西井冈山，与家中母亲选配未婚妻谢良筹完婚。谢氏虽是女流之辈，却酷爱读书，在奋武留学日本时，她已去了吉安和南昌读书。婚后不久，谢氏随奋武去了浙江自治学校，奋武当老师，薪资丰厚，谢氏在家料理家务，却见缝插针地读书，说也要考大学，两人甚是情投意合。

母亲和哥哥棠城都指望祖诒和奋武读书后能出人头地、光宗耀祖，以便杨府这个客籍家族不再受当地土籍人欺负。

母亲慈祥的目光又在他记忆中涌现。母亲是一个富家闺女，知书达理，虽然自己没读多少书，却懂得读书的重要。哥哥也是宁可自己辛苦，一人苦心经营庞大的家业，也要让两个弟弟出去读书。哥哥曾经想捐献部分土地参加井冈山革命，却被中共湖南省委派来的特派员周鲁打断了，说革命要跟豪绅划清界限，这一度让哥哥心里很是茫然。但家境还是可以维持，大侄儿池烈结婚了，小侄儿池照也已长成了英俊少年。

祖国的一切是那么亲切，亲人们似乎都在呼唤他，归来吧！归来吧！

祖诒回望自己在日本漂泊的十多年，从二十出头到三十多岁，他人生中玫瑰似的青春都消磨在这岛国了，岛国留下了他人生中最珍贵的回忆，岛国的风物伴随着他成长成熟，远处横亘的青山、林立的工厂烟囱、无数的船舶和桅杆、银色的沙滩、辽阔的大海、汽笛的尖叫、狭小的古街、简朴的书店、温婉的老妇人、穿和服的美少女……他太熟悉了。而他最割舍不下的是善解人意的姑娘千鹤子，他们从认识开始，千鹤子就没把他当外人，教他当地俚语和风俗习惯，得空便和他一起去逛街，去书店，去海边。祖诒谈家乡的风土人情、田舍瓜果，谈家中的老老小小，千鹤子都听得津津有味。祖诒不方便时，千鹤子还帮他联络中国留日学生，她虽然不太懂政治，但却有一颗同情之心。

如今要离开这岛国，告别曾经熟悉的一切，纵使祖国的岁月艰苦煎熬，纵使祖国的人情冷暖无常，纵使日后无数青少年也像当初的自己一样重蹈自己的足迹，自己也断然再与这岛国无缘，不愿意想起这岛国。他想在心里与这岛国来一次干净的告别，让日后的岁月冲蚀那些被蔑视的经历。

但此时此刻他心情却复杂了，脑子常常不自觉地陷入一种情绪羁绊中。自古多情伤离别，更何况自己在这岛国度过了十多年的青葱岁月，如今一走，也许是今生今世都不会再回来了。

祖诒咬了咬牙，决定去买归国的船票，他竟然斗胆买下了两张船票，而后，心中又忐忑了。千鹤子美丽善良的眼睛总在他脑海中晃动，祖诒心里怨恨的是这岛国，并非这善良的姑娘，总得去告别吧，万一她愿意跟自己回国就一起归去，祖诒心里期盼着。

临行前的晚上，月儿明亮，冷风萧萧，两人裹着厚厚的大衣，从学校一步一步顺着道路慢慢往前走，仿佛不知道哪儿是尽头，厚大衣也不像平日那样保暖，冷风一丝一丝地钻进了心坎。祖诒心乱如麻，感觉这个世界从来没这么冷过。他始终低着头看着地面，仿佛很怕碰到千鹤子的眼神，不知如何启齿。走了一阵，千鹤子像心有灵犀一般，感受到祖诒在跟他道别，终于忍不住轻轻拉了一下他的衣角："怎么今天不说话？"祖诒终于鼓足勇气把船票塞到千鹤子手中。顿时，她什么都明白了，只是没有预计到事情来得这么快，这么突然，她连再思考的余地都没有了。这几年，祖诒的英俊和才华已深深印记在她心里，祖诒忧国忧民的抱负也使她一次又一次的感动，千鹤子知道自己无法挽留他，只是掩面低泣。祖诒搂着她："你跟我一起走吧，不然今晚就是告别。"千鹤子抽泣："让我考虑一晚！"

第二天，祖诒早早来到了码头，却没有进候船室，他在出入口来回走动，不时又看看表，心里满怀着对千鹤子的眷念。还有半小时船就要起航了，祖诒一咬牙，拎起手提箱，三步并作两步走向入口，当他再一次回头望时，突然看见一个熟悉的身影在海岸边朝自己跑来，"千鹤子！"祖诒眼前一亮，拼命挥手，幸福和感伤一起涌向心头。千鹤子的母亲在后面小跑追赶着，手里挥着一块手帕，边抹泪边叫喊："闺女，我的好闺女，到了中国要懂得照顾好自己！经常往家写信！"祖诒挥手示意："阿娘，请您放心，我会照顾好她，以后她会回来看你的！"

可是，在那个频繁战争的动荡年代，人，生如飘萍，死如尘烟，谁都没法预料自己的命运是什么样。千鹤子这一走，就把她的余生留给了中国，且把他乡当故乡，日后的几十年，历经磨难，始终没能再回家乡看母亲一眼。

第十六节　初到南京

祖诒回国后，带着未婚妻先回到老家井冈山拜见母亲和兄长，把婚礼办了，又带着她来到南京就业生活。

南京，这座六朝古都，风雅流韵。烟波浩渺的长江，碧波荡漾的玄武湖，迤逦苍翠的钟山，古色书香的夫子庙，流光溢彩的秦淮河，无不令他感到亲切，仿佛这一切便是祖国的召唤。对于满怀才情和豪情的他来说，这就是自己骨子里眷念的祖国啊。

因为祖诒在日本曾是参加抗议日本出兵中国的学生代表，国民政府官员对其有所耳闻，他到国民党中央政府谋职，递上简历后，很快被国民政府立法院院长看上了，立即批准录用他。

上班的第一天，祖诒穿着笔挺的中山装，头发理得整整齐齐，戴着时尚的金丝圆眼镜，手提着公文包，精神抖擞地来到斛斗巷的一栋四面方正的二层古式楼房里。这里原为清朝江南提督张云翼的宅府。接待人员见他是日本九州帝国大学归来的留学生，满面笑容地把他引到了院长办公室。院长见到意气风发的祖诒，像大哥一样亲切招呼他："小兄弟，欢迎你回国，加入我们的队伍！"祖诒谦逊地微笑着，上前握手："以后还请院长多多指教！"

接待人员送茶上来了，院长示意祖诒在靠背椅上坐下，客气地说："哪里，哪里，我正需要你这样的人才啊，纵观中国现状，令人忧心忡忡啦！"院长呷了口茶，叹了口气，又说道："日本动辄向中国出兵，固然可怕，但更可怕的是，日本学者整天研究中国，而我们中国人呢，只怕日本出兵，不知怕日本的研究，每每空喊打倒抗议而已，如此下去国何以堪？"

院长的深谋远虑让祖诒心服口服，祖诒望着院长焦虑的神情，知道了自己工作的定位，说："院长，我回国工作，有这样的想法，我在日本学习时间比较长，几乎访遍了整个日本，阅读过很多政治经济方面的书籍，对日本的内阁主张、议会政策、政党派别、军事动向、外交、财政等都有所涉猎。那时，我身在国外看国内，深感中国国民之懦弱，痛心疾首！"

院长看着这个有灵性、有血性的青年，心里觉得很满意："小兄弟，你对日本熟悉，文笔又好，我早读过你的文章——以后在我这里工作，专门介绍日本的情况，让我们的国民多了解日本。了解了，我们心中有数，才能有应对的办法！"

祖诒满口应承，喜悦之情溢于言表。院长见状，直截了当谈起了自己的想法："小兄弟，我们立法院有个编辑处，你就去编辑处工作。那里最近创办了一个刊物《时事月报》，每月一期，其中有个国外时事专栏，急需用稿，尤其是介绍日本方面的稿。你今后多为刊物供稿，介绍日本，写文章，做翻译，我们都需要。"

入职后，祖诒每天清晨便早早起来听国际新闻，傍晚一放下碗筷又守在收音机旁听，尤其是日本相关新闻，一条也不放过。祖诒的工作很快便有起色了，《时事月报》的国外时事专栏每期都有他的几条新闻稿，日本的重要时事如滨口内阁和枢密院的消息、议会解散与选举、政友会新政策、社会民众党分裂、海军军费缩减内幕……都让他刊发出来了。

通过听广播，祖诒了解到：日本海军通过二次补充计划，继续增加舰艇数量和吨位；实施陆军改制，空军扩充……每次他听到这些新闻，总有一种不祥的预感涌上心头，预感中国很快就要陷入战争之中。

从此，祖诒更加关注日本新闻。他居住的小屋子，每到国际时事播放时间，满屋子便是叽叽呱呱的日语声。祖诒全神贯注地边听边记录，表情严肃，眉头紧锁，若有所思。他不时发出声声叹息，他夫人却坐在一边望着窗外发呆，情不自禁眼圈红了。祖诒仿佛意识到什么，以高八度的声音召唤："夫人，刚才那句是说什么？播音员说得太快了。"夫人嗔怪："我没注意听，我对政治没兴趣，我仅仅是因为你才来到中国，如今想家乡却不容易回去了。"祖诒俏皮地说："夫人见谅！见谅！我初来乍到，要积极报效我的祖国！""我理解你，只是突然间，心里好难受，不知母亲现在怎么样了！""等周末，我带你去钟山，那边风景独好，正是樱花灿烂时，那里还有一些残梅，樱花是你喜欢的，梅花是我喜欢的。"祖诒说完便呵呵笑了。夫人说："其实，我也喜欢梅花，梅花和樱花很相似，颇有异曲同工之处。"祖诒示意夫人靠近，故作神秘凑在她耳边说："等我积蓄多了一些，我们建一个很大的家，生几个聪明漂亮的宝贝，那时你就不想家乡了。"夫人羞得脸上飞起红晕，顺手拿起一本书，朝祖诒拍去："你就在我面前嘴巧，在外面怎么就巧不起来呢？"

其实，祖诒早已心里有数，正在考虑买地建房子。自从留学回来，光宗耀祖的事还没开始做呢。老家井冈山的乡里乡亲也巴望他为家乡争光，他们得知祖诒在南京国民政府工作，都引以为豪，来南京办事的、找工作的都会过来找他，在他家里歇歇脚，吃顿家常便饭。这个小家常常是一拨人走了，一拨人又来了。

一年后，家里来的人更多了。弟弟奋武的夫人已是两个孩子的母亲，却奇迹般考入南京文化大学。奋武也到南京工作了，进入中央陆军军官学校当教官。哥哥棠城原本是井冈山有头有脸的豪绅，只因想参加革命而被拒之门外，弄得心里很落寞。

更糟糕的是，国民党反动派与红军展开了激烈战斗，井冈山经常枪声不断，炮声震天，山上的土匪又趁乱出来打劫。祖诒不忍心让母亲和哥哥一家老小在混乱的战火中度日，于是想把一家老小接来南京。棠城本来已心灰意冷，现在两个弟弟都在南京，一听要把他们都接到南京，顿时眼前光亮了，于是带着母亲、夫人、大儿子池烈夫妇和小儿子池照来南京了。

棠城到南京后，住无定所，心里一直郁郁寡欢。他年岁已大（50多了），不太适应南京的生活方式，想挣钱，却无用武之地，便越发惦念起自己的家园。舒适气派的杨府是他心里挥之不去的梦乡，那是年少时跟父亲一起打拼创下的家业，他又时常想起自己被革命拒之门外，始终难以逾越人生陡然失意那道坎，积郁成疾，身体每况愈下。

祖诒为了安顿一家人的生活，每天从早到晚忙碌着，打拼赚钱，除了上班也兼做一些生意。1933年，他用积攒的一笔钱在御道街买了一块地，准备建房。

但还没等到祖诒的新房建起来，本来就身体状况不佳的棠城一病不起。几个月后，棠城夫妇相继去世。

第十七节 月儿弯弯

祖诒大约又花了一年的时间，建了两幢青砖青瓦的小四合院，共八间房，因为家乡来往的客人比较多，所以必须多准备几间客房。

经过精心整理和修饰，房屋已初具心目中的样子，祖诒又嘱咐大侄子池烈帮他挑了几件古朴家具。布置好后，祖诒带着母亲，大哥的两儿子池烈、池照，一家十来个人便住进来了。

门外是一片野草地，有个让大家休息的坪地，旁边种着橘子树、枣树、石榴树、柿子树，以及一些梅花和樱花，还有一片菜地，这就是南京的杨家小院。

这里略显冷清，没有新街口的繁华热闹，没有秦淮河畔的灯红酒绿，但却是一个得天独厚的好地方。大院紧靠御道街。御道顾名思义，是当年皇帝出行之道，道路宽阔大气，笔直向北延伸，经光华门直通明故宫午门，颇接皇气。街道两旁是郁郁葱葱的塔形雪松，威严整齐，像两排夹道而立的卫兵，南面是一条逶迤的护城河，每到夏秋季节，微风从河面而来，雪松沙沙作响，凉爽宜人。

如今，祖诒已成了杨家名副其实的顶梁柱。

那晚，祖诒下班回家，提着公文包，从御道街分叉的一条小石路嚓嚓地走进来。早在院子门口张望的奋武的两个孩子——刚入小学的池秀和上幼稚园的池先，一听到脚步声，便咿呀叫喊："二伯回来了！开饭了！开饭了！"

默然行走的祖诒，才想起来，今天是中秋节。弟弟奋武带着夫人和两个小侄子过来了，大侄子池烈也从苏州回来了，大家一起到杨家院里团圆赏月了。祖诒蹲下身子，抱起了池先："二伯工作忙，回晚了一点，你饿了吗？"池先天真地一噘嘴："二伯，我不饿，大家都在等你呢。"祖诒呵呵笑了："小鬼精！这么会说话了。"

这个四世同堂的大家庭给他添了许多负担，也给他带来许多欢乐。自从大哥棠城和大嫂在前不久因生病相继辞世，杨家的担子全压在他肩上了。为支撑这个家，安排一家人的生活，他每天早出晚归，已经很多天没跟家人一起吃饭了。

今天是中秋节，是杨家人该好好团聚的日子，杨家人来到南京几年，东住住，西挤挤，终于有了个像样的家，只遗憾劳累一辈子的大哥大嫂，来到南京没过上几天像样的日子就走了，想到这里祖诒心里一阵酸痛。

母亲听到外面说话，探出头一看，见是祖诒回来了，于是高兴地大喊了一声："大家快进屋，开饭了！"满满一桌子香喷喷的家乡菜，让大家食欲大开。只是杨家兄弟不太沾烟酒，每人只喝了一两小杯老家冬酒。

饭后，池烈和奋武把两张八仙桌抬出来，拼在一起，夫人们摆上月饼、花生、橙子，说是望月。男人们坐了一张桌，女人和孩子们坐了另一张桌。

祖诒夫人抱着刚出生的儿子也出来了。她刚坐下，祖诒忍不住把儿子抱过来，30多岁了，他才有这个儿子，宝贝得不行，每次回到家总是亲了又亲，看了又看。孩子跟他像一个模子刻出来的，眉眼清秀，儒雅可人。祖诒又念叨："儿子啊，快快长大，希望你比爸爸优秀，将来能在国际舞台上为国家效力。中国太弱，遭列强欺负，爸爸今生没做到的，希望你能做到！"祖诒给儿子取名力宇，源于《尸子》中的："四方上下曰宇，往古来今曰宙。"那正是祖诒在外闯荡多年的心愿，希望儿子能顶天立地。当时谁也没想到，多年后，祖诒的这个儿子果然成为在国际舞台上为祖国效力的名人。

奋武听了觉得哥哥话中有话，迫不及待地问："哥，最近日本对中国有什么动作？"祖诒脸上掠过一丝忧郁，沉默片刻，奋武又问："哥，你现在在国民党中央党部做宣传工作，对当前时局了解得比我们更清楚。"祖诒示意奋武去打开他的公文包，拿出他编的杂志《国际周报（南京）》："你翻翻就知道了，国无宁日啊——"

池烈在一旁听着，叹气道："日本在东北建起了伪满洲国。蒋介石派了百万大军在江西老家作战，说要消灭共产党，消灭苏区。老家的田地山林不知被战火糟蹋成什么样子了。"

祖诒接着又说："淞沪抗战后，日本得寸进尺，退出国联，更加肆无忌惮。前不久，日本驻南京副领事藏本突然失踪，我曾见过藏本，与他谈过话，感觉他精神不正常，但日本颠倒事实，借机污蔑我国政府无维持治安能力，说要代替南京政府搜查，还好后来在明孝陵紫霞洞中把人找到了。藏本一个人趁夜来此，是想自杀的。"

奋武越听越激动："越来越不像话了，日本要在我们的地盘搜查，无法无天了！这不明摆着挑衅嘛！""可是，我们的政府还是一忍再忍。"祖诒心情低沉，欲说还休。终于还是忍不住，又说起了另一件事。由于他对日本内部事务非常熟悉，常被国民党中央宣传部的同事称为“日本通”，部长去日本领事馆与日本总领事须磨“联欢”时，把祖诒带去当翻译。“那天，须磨在联欢会上公然侮辱中国，说中国人做事三部曲：第一步马马虎虎，第二步没有办法，第三步算了罢。我听了非常气愤，拒不翻译。”须磨见他不翻译，指着他吹胡子、瞪眼睛，破口大骂：“一个支那的小翻译胆敢跟我较劲！”随后便是一阵放浪形骸的狂笑：“哈哈……”听到这种浪笑，祖诒感觉身上的血直冲上大脑，在日本留学时被侮辱的情形再一次涌现。他瞄了一眼部长，部长端坐在椅子上默然不吱声。说到这里，祖诒黯然泪下：“国家弱，我们在哪都受气吃亏啊！”

奋武和池烈默然无语，翘首望月。夜色很清，月亮很圆，月桂树下的吴刚永远是挥着斧头砍树的姿势，重复着徒劳却不能停息的动作。

月色洒在大院里，如流水一般静谧，院子里除了秋虫的唧唧声，便是孩子们无忧无虑的叽喳声。祖诒回过头来，看了看一旁的女人和孩子们，祖诒夫人在织毛衣，池烈夫人牵着女儿蓬蓬在蹒跚学步。

奋武夫人在教儿子看月亮，领着孩子们唱道：

> 月儿弯弯照九州，
> 几家欢乐几家愁，
> 几家夫妇同罗帐，
> 几家飘零在外头？

蓬蓬也咿呀学着，吐字不很清楚，但却有节奏有韵味。蓬蓬穿着祖诒夫人编的一件粉色绣花针织外套，乌黑的波波头，明亮的眼眸，羊脂玉般的肌肤，在月光的映照下像个瓷娃娃，甚是清新脱俗，似蓬莱仙子下凡尘。

祖诒看着几个活泼可爱的孩子，心情稍好了一些，对着大侄子说：“池烈啊，蓬蓬水灵可爱，虽是个女孩，你可要用心培养，不能马马虎虎对待她。”池烈讪讪地笑了笑：“多亏叔叔和婶婶照顾，蓬蓬才长得这么灵巧淑雅。”蓬蓬是杨家来南京后添的第一个孩子，祖诒见这孩子的第一眼，便脱口而出：“钟灵毓秀，这孩子就叫钟灵吧，以纪念南京，南京的钟山聚天地灵气，南京玄武区还有一条钟灵街。”池烈夫妇连连点头称好。

大家说话间，棠城的小儿子池照回来了。池照在中央军校学习，属防空高射炮部队，近一米八的个子，一身戎装，腰板挺直，体态健美，五官棱角分明，飒爽英姿自然流露，杨家男士的优雅洒脱全集中在他身上了。祖诒马上招呼道：“池照终于换班回来了，来这边坐，一起唠家常。”“二叔，今天大家是不是在议论日军要打南京了？”池照担忧地问。“国府如此下去，日军打进南京也不足为怪。”祖诒无奈道。“池照，听说你当见习班长了，要好好带兵哦，以后我若是听到你的兵投诉你，我要处罚你的。”祖诒拍了拍池照的肩膀，笑了笑。池照“唰”的一声，敬了个军礼：“报告长官，池照遵命，一定善待袍泽！”

池照的出现让这个家充满了光明和希望，但他却是最让这个家担忧的人，这年头的军人，生命早已交给了战争。

第十八节　梅花不了缘

1936年冬天的一天，漫天飞雪狂舞了一夜。到了第二天晌午，雪停了，天空放晴了。

这时，杨家小院来了个客人——一个戴着毡帽、裹着黑毛呢大衣的中年男子，精神抖擞地从御道街走进来，皮靴踩在雪地上吱吱作响，池烈夫人开门一看，回头对着里屋喊："祖诒，来客人啦！"祖诒答应着，迅速穿戴好，迎出门。嘿！这是祖诒的老朋友、商务印书馆的王总经理。

因为祖诒翻译了日本晖峻义的《卫生和空气水土》和《卫生和衣住清洁》两部书，王总经理准备把这两部书作为国民阅读的自然科学小丛书出版。

昨天，王总经理来电恳切地告诉他，他之所以要出版这两部书，是看重这两本书的现实价值。外国人一直歧视我们中国人不懂卫生、不讲卫生，多年的积弱积贫，导致国民素质差，实在让人痛心。新生活运动已经力推好几年了，但还没有适合老百姓阅读的生活用书，这两部正好了。祖诒只好在家里加了个晚班，把尚需要拿捏的一些地方校改完毕。

王总经理见了疲惫的祖诒，热情握手：“杨先生，辛苦你！让你熬夜了！”他一双炯炯有神的眼望着祖诒。“王总亲自来寒舍取书，蓬荜生辉咯！请进屋坐。”祖诒客气道。“杨先生谦虚了。我一路走来，白雪皑皑，皎如白玉；青松挺立，冰姿傲然；红梅吐芳，暗香袭人，南京竟有这等雅致的地方！”王总经理妙语连珠地夸了一番杨家院子的风景，进屋那一刹那，一缕清冷而温馨的阳光随身映入厅堂，窝在屋里读古诗的几个孩子高兴地喊起来：“出太阳了！我们可以出去玩雪了！”

一群最大不过8岁，最小才3岁的孩子，池秀、池先、蓬蓬、力宇、英丽、伟夫争先恐后地跑了出来：“哇，好美啊！”听到孩子们的欢笑声，夫人们纷纷从屋子里出来了，跟着孩子们围着梅花树笑逐颜开。

这是杨家院子里梅花开得最旺盛的一年，悠悠的清香弥漫在寒冷的空气里。“好香啊，阿妈抱我起来，我要摘几朵梅花做香包。”蓬蓬和英丽两个小姑娘努力地踮起脚，伸长脖子，嘴里嚷嚷着。三个小男孩开始捏雪球，打雪仗了。雪球一碰到梅花，雪花和梅花飘飘洒洒，像仙女散花一样。

奋武夫人招呼道：“孩子们，别闹了，过来，我们来学梅花诗句！”孩子们立刻停下来了，一起围过去，眼巴巴地望着这位学识丰富的阿妈。奋武夫人微笑着说：“孩子们，梅花是我们的国花，梅花品质高洁，与别的花不一样，别的花是春天开的，梅花是冬天开的，越是严寒，开得越艳丽。梅花代表我们的民族精神，斗霜傲雪，永不屈服。从古至今，中国很多文人都喜欢梅花，他们写过很多吟咏梅花的诗句。你们在学堂、在家里都读过关于梅花的诗句，看谁能背出来？”

六个孩子争先恐后地举手，“我能！”“我能！”“池秀，你年龄最大，你先来。”奋武夫人开始点名了。“梅须逊雪三分白，雪却输梅一段香。”池秀眼睛一眨便念起来了。“有梅无雪不精神，有雪无诗俗了人。”池先摇头晃脑地接上了。“不是一番寒彻骨，争得梅花扑鼻香。”力宇迅速接上了。力宇虽然年龄最小，学东西却快得很，过目不忘。“力宇好棒啊！还有谁？再来一句。”奋武夫人高兴得继续发指令了。“零落成泥碾作尘，只有香如故。”蓬蓬和英丽两个小姑娘不甘示弱，一起大声念道。三个男孩一撇嘴挑刺了：“没有梅花在诗句里，这不算。”两个小姑娘不服气：“要算，那是写梅花的诗句。”孩子们七嘴八舌争得起劲。

祖诒和王总经理寒暄几句，听到外面孩子叽叽喳喳的争议，忍不住走出来了。祖诒饶有兴致地说：“我们院子里的只是普通的红梅，梅花的珍品是绿梅，香味最浓。南京有座梅花山，山上有很多梅花，还有数百年的梅王，下午带你们去看看。”听说下午要去看梅花，孩子们一阵欢呼雀跃。

从此，梅花仿佛与这个家族结缘了，在艰难和受凌辱的日子里，梅花成了一个个柔弱书生的精神寄托，他们不折不挠，不同流世俗。我母亲蓬蓬更是把梅花当至尊之物，嵌入女儿们的名字中，在我少女时代总觉得不好听，俗气，曾刨根问底：“为什么要在我们的名字中取‘梅’字？”母亲说：“我喜欢梅花！”“您为什么喜欢梅花？”“梅花有傲骨，却无傲气。”我似懂非懂，但很认真地认同了母亲的回答。

可是细想想，又觉得不对。我家生活过的地方从来没见过梅花，只是每到寒冬腊月时，偶尔会听到母亲自言自语地说：“该是梅花开放的时候了。”我试探着问：“您见过梅花？”“见过！那是满山遍野的梅花啊。”母亲下意识地自言自语道。我穷追不舍地问：“在哪里见过漫山遍野的梅花？”母亲不语，又陷入了忧郁和沉思。

直到父亲去世后，母亲孤苦无依，来到南昌与二姐一起生活，在南昌的母亲儿时的学友告诉我们："你母亲出生在南京，在南京上过幼稚园和小学。"我这才恍然大悟。原来，南京这座梅花城，早已在年幼的母亲的心里扎下了根。

虽然她在之后的生活中饱经沧桑痛苦，但心里却一直暗暗珍藏这段美好记忆，只在夜深人静、夜不能寐、月儿高挂时，那些往事才如游丝一般，慢慢地从她内心深处抽出，抚慰着母亲受伤的心灵。而我们子女只是偶尔从母亲嘴边，若隐若现地捕捉到一些南京的影子，梅花啊，雨花石啊，钟山啊……连最受母亲宠爱的我，也只能把这些影子当成母亲的隐私，不再打破砂锅问到底，怕触动母亲心灵的伤痛，每每与母亲聊到她幼年的时光，故事总是虎头蛇尾，戛然而止。

无独有偶，2018年的春节，我又见到了祖诒的外孙女。30多年前我曾见过她，那时祖诒的儿子杨力宇第一次回故乡宁冈探亲，我们巧遇了，她是天之骄子大学生，我是懵懵懂懂的小初中生。那次匆匆的家族聚会后，我们便各奔东西，并没有继续联系的意识，只是后来听亲戚说她去美国留学了。很多年过去了，她在美国成家立业了，但坚持每年春节回中国看望她母亲。这年，她母亲来广州过年，她也从大洋彼岸飞来广州。我领着她们一起在花城广场散步游玩，惊讶地发现这母女俩都痴迷梅花。为烘托节日的气氛，广场旁边布置了一个小花园，里面有几株开得正灿烂的梅花。一见到梅花，年近80的老母亲，竟径直走了过去，娴熟而优雅地摆出一个闻梅香的姿态，她习惯地举起相机拍下了那美丽的瞬间。我忍不住问她们："你们也喜欢梅花？""对啊！我在美国没见过梅花，以前每次回国都不是梅花开的季节，这次一定要找个地方好好赏梅。"她说。"我们杨家人都喜欢梅花。"她母亲又补充道。

顿时，我觉得，在我们之间已然逝去的时空，拉远了的距离，因梅花瞬间走近了，仿佛未曾离开过。几天后，她们离开了广州。后来祖诒的外孙女又专程去了南昌梅岭赏梅花，她拍了很多梅花的照片发给我，常说英语的她，还兴致勃勃地用中文作了一首赏梅的诗，赠给她母亲留念，让我佩服得五体投地。

常念赏梅约，今始终成行。
枝头摇春意，曲阶映晚情。
豫章“忆汉月”，西洋“醉花荫”。
同梦孤鹜飞，齐望红浪云。
君心两相知，蜜意暖冰心。
时时嘱珍重，百年共踏青！

第十九节　逃离南京

南京杨家院子里的梅树一年年地粗壮起来了，每逢春季梅花开后，祖诒便给它们疏枝造型，整了几年，梅树越来越优雅，孩子们也一天天地长大了。杨家人离开故土在南京生活的这几年，人丁兴旺，忙工作的，忙看孩子的，忙读书的，一家人的生活繁忙而有节奏。

1937年7月7日，日军在北平城西南，悍然发动卢沟桥事变，不知打破中国多少家庭的宁静，不知改变了多少人的命运，从此，杨家院子再也无法安宁了。野心勃勃的日本帝国主义再也不满足在中国东北的利益，企图把战火蔓延到华北，鲸吞中国，建所谓“大东亚共荣圈”。

日本叫嚣三个月灭亡中国，于1937年8月9日在上海虹桥机场挑衅，13日淞沪会战爆发。中国军队在上海拼死抵抗三个月多后，日军的狂妄遭到重挫，但中国军队也损失惨重，最终全面撤退，上海沦陷。上海沦陷后，离上海不远的国民党中央政府所在地南京，立刻感觉唇亡齿寒，华丽的古都顿时像失宠的娇儿，花容失色，人心失范。

玄武区国府路的国民政府大院再也不像以前那样从容而优雅。蒋委员长的会议一个接一个，内容不予全面公开。大院中轴的长廊里，工作人员个个面容严肃，步履匆匆，时而几个人聚一起，耳语几句，又走开了。办公室的文件散乱一地，纸片四处飞扬。

祖诒下班回来，路边已多了一些背着布囊、拖儿带女的上海难民。他们面容憔悴，衣服邋遢，有的随意在路边躺着，有的沿街边乞讨。曾生意兴隆的铺子已关了一些，小学和幼儿园学生没法上学了，校舍成了难民休憩所，里面妇女叫喊声、孩子哭闹声混成一片。中华民国的首都南京，已成了一个惶恐不安的城市。

上海传来的消息越来越紧张，祖诒与奋武、池照的联系比以前频繁了，每天傍晚都要在电话里私语一阵。为确保一家十几个人的安全，奋武把夫人和孩子全送到了祖诒家。在那里孩子们或跟私塾老师读四书五经，或跟奋武夫人念诗词，做手工游戏。

池烈在苏州岳父母那边有一份很不错的工作，搞建筑设计，但一听到上海已被日军占领，便草草地结账，回南京与家人团聚。

一天下午，奋武急匆匆地进了大院，招呼正在院子里玩耍的夫人和孩子们进屋，表情严肃地说："不好了，日本兵往南京方向进军了，很快要打到南京！"一听到"日本兵"这个字眼，那凶残无比的、挥舞着明晃晃的刺刀肆意屠戮中国人的形象，霎时就像噩梦一样填满了一屋子人的脑海。夫人们和孩子们刚刚嬉闹时脸上的笑容，霎时收敛得无影无踪，大惊失色："啊？！我们怎么办？怎么办啊！"六个孩子吓得哭了起来，池秀、池先、英丽围过来抱着奋武大腿说："阿爸，我怕，我怕。"力宇、蓬蓬、伟夫嚷嚷道："我怕，我要阿爸，我要阿爸。"

奋武见状，怕吓着孩子们，连忙换了语气："孩子们别害怕，我们会把你们转移到安全的地方。”然后转身对祖诒夫人、池烈夫人说：“你们先收拾东西，给大家准备点路上用的食物和药品。池烈已去外面找马车和包装袋了，估计很快就回来了；池照明天一早会到这里给我们送行。”接着又说：“哥已经想办法去买票了，明天一早我们坐马车去火车站，立刻离开南京。”虽然上海沦陷后，杨家大小已感觉忐忑，心里早有预感，但当真临近时，恐惧仍压抑不住。

晚上，池烈早早回来了，接着奋武也进家门了，祖诒回来比较晚。家佣做了一些简单的饭菜，大家都没什么胃口，草草吃了一顿晚饭。这是杨家在南京的最后晚餐。饭后，大家忙着整理东西，收拾打包，每个人都心事重重。

祖诒换下中山装，穿上深灰色的袍子，拉着池烈的手进了书房，奋武随后也进来了。三人坐在茶几旁喝了几口茶，祖诒犹豫地对池烈说：“侄儿，日军很快要打到南京，国民政府已准备迁往陪都重庆，奋武和池照将随中央军校迁往重庆西北的铜梁，我的工作可能有变动，要从考试院调去做抗日宣传，没有这么早离开南京。我想让你带着你奶奶先回井冈山老家避避，现在那边已经安全，不打仗了。”池烈心里明白，乱世之中，安全最重要，叔叔在中央政府工作，如今战事来了，事务繁多，一大家子人在这里，确实不方便，便说：“您放心吧，我带奶奶和一家老小回井冈山。老家还有田地房屋，也比较安全。我可以去宁冈中学谋份教书的职业，给家里贴补费用。”

奋武迫不及待地：“哥要去哪个部门工作？”祖诒略加思索说：“学长郭沫若先生从日本回国了，蒋委员长召见过他。现在蒋委员长对抗战已有决心了，希望郭沫若先生留下来做抗日宣传工作。他与我联系过，说九州帝国大学的校友在南京政府从事宣传工作的人很少，很希望我加盟他的队伍，他非常需要熟悉日本事务、能对日本方面做抗战宣传的人。且按蒋委员长的计划，不是所有部门都去重庆，我们抗战宣传部门要迁往武汉。我暂时不能去重庆，在武汉待多长时间，还需要看战争情况。”

奋武听到这里，压抑不住地说：“还看什么战争情况，一直都糟糕！国民政府内部意见不一致，某些人私通日本政要。那个汪某人，依我看，很虚伪，不是一个真正的爱国者。”祖诒做了手势，打断了奋武的话，招呼大家早点休息，明天一早要赶路。

可是，大家紧张得没有睡意，只有几个小朋友像往常一样入睡了。大人们围着家里的收音机，惊恐地听着里面不断传来日本兵的消息：日本兵到苏州了，到无锡了……炮声隆隆，惊天动地，似乎整个屋子都在震动。

又有报道，日本兵在某地屠杀了多少老百姓，奸淫了多少妇女，越听越毛骨悚然，恐惧像噩梦一样弥漫了整个屋子，大家个个忐忑不安，仿佛日本兵就要从御道街包抄过来了。夫人们下意识地蜷缩着身子，男人们都紧锁着双眉，咬紧牙关。

最理性的是祖诒，他极力规劝大家：“你们还是去休息吧，明天要赶路，路途遥远，耗费精力，今晚要养足精神。据政府预计，日本兵最近几日是到不了南京的。”大家听了这才松了口气，各自回房间休息了。

天刚蒙蒙亮，就听见马的嘶鸣声，马车已在院子门口等候。男人们扛着东西，女人们牵着孩子，一起上了马车。车夫急忙扬鞭策马，两个小姑娘蓬蓬和英丽却闹起来了：“我们要带着梅花走。”几个大人都着急催促：“别闹，快赶路，不然日本鬼子来了！”

祖诒却郑重其事地在门口的梅花树上折了两支带着花苞的梅枝，分别给了她们俩，又蹲下身子，张开双臂抱着她们各亲了一下，算是跟这两个小姑娘告别。祖诒对她们说：“你们喜欢梅花，梅花很漂亮，她跟别的花不一样，别的花爱开在春天，梅花却爱开在冬天，越是寒冬腊月她开得越艳丽，以后你们也要像梅花一样坚强，凌寒不惧，不怕艰难！”两个小姑娘很懂事地点点头。

上车后，马车飞似的向火车站奔驰，未等靠近车站，已见人山人海，马嘶人叫，一片混乱。

车站的广播正在播放那段林森以国民政府主席身份发表的、震撼人心的《国民政府移驻重庆宣言》：“自卢沟桥事变发生以来，平津沦陷，战事蔓延，国民政府鉴于暴日无止境之侵略……国民政府兹为适应战况，统筹全局，长期抗战起见，本日移驻重庆……”

车站播音员一字一顿、缓慢而沉重的语句，像铁锤一样一下一下地敲击着每个人的神经中枢，本来就混乱的车站，愈加混乱，哭声喊声马叫声混成一团。人们都在使出浑身解数，往站内挤，口里冒出雾气，身上冒着热气，人们已无心思分辨是冷是热，只知道一门心思，争分夺秒地往前挤，能往前挤几步危险就迟来几步，生命便有一线希望。警察已难以控制眼前的混乱局面，只能一个劲地吹哨子。哨子声此起彼伏，急促刺耳。

下了马车，进站是个难事，祖诒和奋武只好钻进人群找熟人帮忙，幸好找了两个执勤的中央军校学生，才把一家老小拉扯到站台。虽是冬天，几个大男人却已挤得满头大汗。池照个子高，领着奋武、池烈，扛着大包在前面开路；奋武夫人、池照夫人扶持着母亲，挽着包袱，牵着孩子，步步紧跟。突然，两个小姑娘被挤散了，声嘶力竭地叫：“阿爸！阿妈！”祖诒在后面，知道出状况了，赶紧循声而去，在人群里把俩孩子拽住了，朝前面大喊：“奋武，你们先进车厢，我把她们从车窗送进去！”

轰隆隆，轰隆隆……火车沉闷闷地响了几下，准备启动了，祖诒迅速地抱起穿得圆乎乎的蓬蓬往车窗里送，又抱起英丽往车窗里送，刚刚放下手，送行的池照从车上跳了下来，没几秒钟，火车开始喷着浓烟，缓缓地启动了，不一会便消失在眼前。站台上，留着蓬蓬和英丽在慌忙之中掉下的两枝梅花，已被踩得花枝零碎。

奋武和池烈离开南京约半月后，南京沦陷，日寇烧杀抢掠，泯灭人性，南京瞬间变成了人间地狱。

第二十节 投身抗战

在国民政府主席林森发表迁都重庆宣言广播的三天前，国民政府文武官员已纷纷乘车马或舰艇，分水陆两路西迁。日军的枪炮声已在耳边，隐约可辨。百姓如惊散的羊群，携老扶幼，力不从心地向西转移，哀求声、哭诉声，声声揪心。

1937年11月26日，年逾古稀的林森在无限悲凉中带着一部分官员先抵达重庆，受到地方政府及市民的热烈欢迎。林森抵达后立即组织筹备办公设备和整理文件，五天后便开始办公。另一部分官员，于12月初随蒋介石及国民政府军事委员会来到武汉备战。

留守在南京的唐生智部队顽强抵抗无果，日军对南京的包围圈不断缩小。12月1日，日军攻占江阴要塞；7日，攻破南京外围的第一道防线，来势凶猛。

日军步步逼近。10日，日军逼

至南京城下，华中派遣军司令官松井石根向唐生智发出最后通牒，限其当日中午前交出南京城。唐生智拒复，令炮兵开炮予以回答，当晚命令城南守军退回城内加强城防守备，同时关闭所有城门，用石块、沙袋等垒实，并做巷战准备。次日，松井石根恼羞成怒，调动主力猛攻紫金山、雨花台。

12日十时前后，雨花台被日军攻占。日军占领雨花台后，居高临下，用炮火轰击中华门，中华门及西城垣多处倒塌，部分日军在炮火掩护下突入城内。紫金山主峰尚在中国军队固守之中，两军在紫金山第二峰、西山一带主阵地鏖战，火光冲天，浓烟滚滚，双方枪声在山谷密林中呼啸怒号，响彻云霄。中央军校教导总队的将士高喊："紫金山就是紫金山，绝不是富士山！"日军死伤很多，中国军队也伤亡惨重，甚是一寸山河一寸血。激战至下午六时，天已昏暗，防守第二峰的第五团防线被日军突破。接着，南京城处处告急，中华门已被日军占领，城内四处起火，军民混乱不堪。

唐生智已预料形势急迫，早在一小时前，召开师以上将领会议，宣布放弃南京突围。时已夜幕降临，冷风萧萧，中国军队阵营大乱，消息无法送达各军营，官兵们惊慌失措，慌乱奔逃，摸黑涌向燕子矶江边。13日拂晓，只见许多失去军官指挥的散兵游勇，三五成群地奔跑至江边，不顾天寒地冻，在逃命求生的本能驱使下，"扑通！扑通！"地往长江跳。顿时，波涛滚滚的江面，人头浮动，满是抱着木柱、门窗、木盆等漂流的人，救命声、嚎哭声，声声凄厉。

此日，日军在松井石根和第六师团师团长谷寿夫的指挥下，占领了南京城，大肆屠杀中国军民，让这座六朝古都、风雅流韵的中华民国首都变成了人间地狱！

池烈带着一家老小逃回井冈山，依然心有余悸。若是没买到车票，或没能上车，一家老小皆会成为恶魔屠刀下的冤魂。

祖诒离开南京后，带着夫人和儿子力宇辗转来到了武汉。

此时的武汉人口骤增，国民政府的党、政、军机关及其首脑、要员，以及各党派、各阶层的代表人物，知名作家、艺术家等均纷纷聚集武汉。此时，国共两党展开了第二次合作。八路军在武汉成立办事处，中国共产党在武汉成立中共中央长江局。中共中央派出代表周恩来、王明、博古等来到武汉，就两党合作关系问题进行谈判。

1938年初，蒋介石做出了改组军事委员会的决定，在军事委员会下增设政治部。蒋介石任用自己的心腹陈诚为部长。为掩人耳目，说陈诚在淞沪抗战时担任过左翼军的指挥，是“开明军人”；再任用第三党负责人之一黄琪翔为副部长，黄琪翔是北伐时有名的军人，曾任国民革命军第四军军长。陈诚邀请共产党负责人周恩来任副部长，借以收揽人心。中共代表团和周恩来最初婉言推辞，后来中共代表团从抗战全局出发，并征得中共中央同意，周恩来才应邀出任。

政治部经过一番研究后，决定下设第三厅，分管抗战宣传，收揽文化界抗战名流。在讨论第三厅厅长人选时，大家一致认为，厅长必须是文化界声望很高的人，数来数去，落到郭沫若头上，郭沫若又被推上了政治舞台。

周恩来又找到博古、董必武商议第三厅的宣传方针、组织机构、人员安排、党的活动方式等。经过一番筹备后，1938年4月1日，政治部第三厅在武昌昙华林正式成立。政治部第三厅在一所残旧的校园内，重新整修了一幢两层砖木结构的楼房，将之作为第三厅的办公楼，这就是当时向全国发送抗日宣传信息的中心。每天都有大量日文抗日标语、传单、漫画、小册子、歌曲、各种通行证，以及对日反战广播喊话等，从这里发出。

祖诒作为一个精通日语、对日本事务熟悉的重要人才，被编入了负责对日宣传及国际宣传的第三厅第七处，处长范寿康，曾留学东京帝国大学。该处其他成员基本都是日本留学归国、满怀抗战豪情的爱国志士。爱好和平的日本友人鹿地亘等人也加入了该处。

文化名流如杜国庠、傅抱石、田汉、洪深、董维键、郁达夫、冯乃超、吴新稼、阳翰笙、胡愈之等，齐聚第三厅。如今，国难当头，谁也不谈政见，不谈主义，不谈治国主张，大家唯有一个目的，就是务必抗日！各党各派名流都积极为抗战助一臂之力，郭沫若在武汉街头当众发表演说，号召大家投入抗战；老舍呼吁作家多写大众作品，提倡"文章下乡，文章入伍"，成千上万从东北、华北、华东来到武汉的知识分子，投入抗日宣传队、文化工作队、救亡演剧队……

第三厅刚刚成立，恰逢台儿庄战事顺利推进。1938年4月3日，第五战区司令长官李宗仁下达总攻击令，经四天激战，中国军队重创日军濑谷支队、坂本支队。日军残部于7日向峄城、枣庄撤退。此役共毙伤日军两万余人，缴获大批武器、弹药，重挫了日军的气焰，是抗战以来中国正面战场取得的最大一场胜仗。

台儿庄战役的胜利给本来消沉的国民政府打了一剂强心针，全国人民欢欣鼓舞，武汉的群众激情澎湃，到处游行，高喊："打倒日本帝国主义！"

各机关、团体、学校都在高唱：

大刀向鬼子们的头上砍去，
全国武装的同胞们，
抗战的一天来到了，
抗战的一天来到了。
前面有东北的义勇军，
后面有全国的老百姓，
咱们中国军队勇敢前进！
看准那敌人，
把他消灭！把他消灭！（喊：冲啊！）

大刀向鬼子们的头上砍去！（喊：杀！）

政治部第三厅的工作人员更是激情飞扬，热血澎湃，每天从早忙到晚，借着台儿庄大捷，组织了声势浩大的抗日宣传周。武汉街头载歌载舞，儿子力宇每天都吵着要出去看热闹，只是刚到武汉时夫人添了女儿，祖诒忙着工作，两人都顾不上带儿子出去，于是交代他自己去，但别走远，只能在昙华林附近看看。对此力宇已很知足了，每次回来都非常高兴，还要找棍子当道具，绘声绘色地在家里表演街头宣传抗战的动作，街头的哥哥姐姐如何打鬼子。他以棍子当刀枪，咬着牙"呼呼"地比画着，逗得祖诒夫妻两个直乐。

在武汉，祖诒的工作就是每日监听日本电台，将所得情报分别抄送国民政府军事委员会各相关部门，以及八路军办事处，此外，他还负责对日军战俘问话，了解日方情况，适时做统战工作。他浑身充满着热情，精神抖擞，走路的脚步也快了很多。他感觉，自己自回国以来所从事的工作，没有什么比这更有意义、更有价值。

当他歇下来时，他觉得心里有很多话想告诉母亲，母亲回井冈山了，自己没在身边千万不要让老人家担心。一天晚上，他忙完手头的翻译工作，依然亢奋无比，于是提笔给母亲写了一封信：

阿妈：

见信如晤！我和妻儿在武昌尚好，弟弟奋武和侄子池照随中央军校西迁重庆，已在铜梁安顿下来，一切平安，勿念！

这些日子，我在郭沫若先生的政治部第三厅第七处开展对日宣传和国际宣传工作，工作很忙，但我觉得很有意义。我看到了国家和民族的希望，那是一个置之死地而后生的希望。我们国军奋起抗日，让一向趾高气扬的日寇在台儿庄受到重挫。全城人民欢欣鼓舞，我的热血也沸腾了。当年我在日本求学受尽侮辱；学成归国，在国民政府效力近十年了，常常忍辱负重与日本领事打交道。而今，我终于能舒展身心，仰天长啸：“打倒日本帝国主义！”我们的国民有如此的豪情，我相信我们迟早能把日寇赶出中国。国民政府重返国都南京之时，也即我们杨家回南京团圆之日。

拜托池烈照顾好家里，教育好侄孙。

祖诒　敬上

民国二十七年四月十日

第二十一节　前线来信

台儿庄大战后，日军又发起疯狂进攻，并计划对中国后方城市进行大规模空袭。日本恶毒密谋在4月29日“天长节”（即裕仁天皇的生日）时，空袭武汉，以胜利向天皇祝寿。日本电台扬言说，这将是一次“无区别”大轰炸，不区分军事和民用目标，旨在摧毁武汉，把这座城市“从地图上抹去”。从实力上说，中国空军远非日本空军对手，飞机少得可怜，汉口机场停着一些用来蒙骗日军的木制飞机，一旦开战，天空基本很难找到中国飞机的踪影。但是，让日军万万没料到的是，正当日本飞机逼近武汉时，一队银光闪闪的飞机群，呼啸升空应战，原来苏联援华空军已秘密抵达武汉。在持续40分钟的空战中，十几架日本飞机被击中，拖着浓烟滚滚的长尾从空中坠落，结果，“四二九”大空战以中方出奇制胜而告终。

日军气急败坏，改变策略，继续从陆战着手，部署围歼中国主力军，从南北两个方向向徐州西侧迂回包围，徐州压力重重，难以抵抗。蒋介石召集要员研究策略后决定放弃徐州。日军攻占徐州后，沿津浦铁路，直逼武汉。1938年夏，武汉保卫战拉开了序幕，日军很快攻陷了安庆，沿长江南北两侧及大别山一线分三路进攻武汉，形势十分危急。7月17日，国民政府军事委员会紧急命令国民政府及国民党中央驻武汉各机关，限五日内全部移驻重庆。10月，武汉失守。

祖诒带着妻儿随国民政府迁到了重庆，把妻儿安顿在偏远的城郊南岸又息马场后，自己每天坐车颠簸到渝中区的天官府八号政治部第三厅上班。工作环境艰苦恶劣，办公地点在一座石头坡上的一栋三层的房屋里。此处原为重庆第一任市长潘文华内弟的私人住宅。斜坡上有两棵巨大的黄葛树，树枝茂盛地伸向空中，把整栋房子掩映得像在树林中，周围全是丛生的小树杂草。从外面看谁也想不到这是一个重要的抗日宣传战地，算是比较安全理想了，但进进出出不是上坡，就是下坡，遇上下雨，得特别留神，如不小心脚底打滑，后果不堪设想。

此外，每天还必须面对日本飞机轰炸的危险，出门上班的路上，耳边只要听到防空警报声，就必须马上钻进附近的防空洞，稍后，头顶日机噩梦般的轰炸便开始了。

由于日军占领武汉时，付出了惨重代价，速战速决的意图，可以说到此已破灭。从此，中国抗战进入战略相持阶段，中国军队得以喘息。

此时，国共两党有一个共同的想法：抗战到底，绝不和谈。陆军大学代理校长蒋百里写的《国防论》中总结了一句话：“万语千言，只是告诉大家一句话，中国是有办法的！”这个办法就是“胜也罢，负也罢，就是不要和他讲和”。不久后，毛泽东的《论持久战》也发表了，系统地阐述了中国实行持久战，以获得对日作战胜利的战略构想。

中国军队在上海、南京、武汉、长沙等城市的会战中，消耗了大量有生力量，蒋介石适时调整策略，带着主力部队钻进了山城重庆，凭借大巴山脉和长江天险进行战略防御，保存实力，以作日后打算。日本大本营眼看蒋介石的正规军钻进了巴山蜀水不出来，心急如焚。日本是小国，长期战争的消耗，必然造成国内物资不足，战费筹措维艰。

重庆地势易守难攻，若以陆军从地面攻入，难！"蜀道之难，难于上青天！"若以海军从长江攻入，难！长江三峡，"绝壁横天险"，"无风波浪狂"。无论从陆路还是水路进攻都不易取胜，唯有一计可行，即用飞机从空中袭击，轰炸！

1938年12月，日本大本营对日军下达了第241号大陆作战命令，命令日本陆军及海军航空部队组织"航空进攻作战"。一个月后，再次下达第345号大陆作战令，"攻击敌战略及政略中枢，须集中兵力，投入优良飞机，特别是要捕捉、消灭敌最高统帅和最高政治机关"。在此命令的第六项中，还特别指示："对中国各军可以使用特种（毒气）弹（红色弹、绿色弹、红色筒），但使用时须尽量避开第三国之居住区域，混合使用，对毒气的使用必须严守秘密，不留痕迹。"日本妄图以轰炸摧毁中国的抗战意志，把蒋介石炸出来和谈，只要能和谈，日本就取得了胜算。

自1938年2月18日开始，重庆便开始遭受噩梦般的轰炸。起初，日军缺乏对地面目标的详细资料，加之重庆雾多，难以判断目标，投了不少空弹，到了四、五月份，天气好转，日机时时飞临重庆上空，防空警报响了停，停了又响起，重庆全城在日机的肆虐中，一次又一次遭受灾难。日军凭借空军的绝对优势，横扫重庆上空，肆意空投炸弹，仅在1939年5月3日、4日大轰炸中，日机在市区投弹300枚，造成6300余人伤亡。在1938年至1943年日机持续了五年半的重庆大轰炸中，死难者在1万人以上，被毁房屋17600余幢。

重庆山城从上到下都被炸得面目全非，市中区27条主要街道，有19条几乎被炸成废墟，城中大火蔓延，彻夜不息，死尸枕藉，血腥味焦土味弥漫，甚至树枝上也挂着断臂残肢，惨不忍睹。

祖诒每天上下班途中随时都会遇上轰炸警报，必须马上就近躲进防空洞，等炸完了，才能出来继续前行。如果轰炸时间长，没办法回南岸家中，便与其他同事一起，随便在办公室吃个便饭，在椅子上打盹过夜。

警报声、轰炸声给重庆的天空笼罩了层层灰暗的恐怖，人们每天面临着不可预知的死亡，在飞机的轰炸声中心烦意乱的工作。祖诒感觉除了强迫自己集中精力完成日常的工作任务，给第三厅《敌情研究》报送信息文稿以外，根本没法再静下心来写一篇有思想性的文章。离开南京后，他已经有几年没发表论文了。

最让祖诒担心的是在重庆西北的弟弟奋武和侄儿池照，已久没见面，也没消息，不知他们是否安全？尤其是池照，该是从铜梁的中央军校毕业了。池照是空军地面部队的，是否被派遣去前线作战？国军急需飞行员，他是否去参加飞行训练了？

自蒋介石带领文武官员来到重庆后，成都空军的防御作战任务加重，但作战能力不强，没有雷达设备，远不是日本空军的对手。

我方飞行员出战的死亡率非常高，那些热血满腔的飞行员都是20出头的英俊小伙子，身穿皮夹式飞行服，头戴护目镜，足蹬皮靴，生命旺盛得像一朵朵刚刚盛开的鲜花，每一次出行都是把生命交给了蓝天，能否再次归队，全看命运的造化，现实的残酷让人唏嘘不已。

池照怎么样了祖诒无法得知，心里总是七上八下。他的办公室桌上叠了一堆刊载空军消息的报刊，如《航空杂志》《中国的空军》《青年空军》《中央周报》《宇宙风》《良友》。一起办公的同事都知道祖诒有个英俊的侄儿在空军部队执行任务，一旦翻到空军的消息，总是招呼祖诒："杨先生，拿去看看有没有你侄儿的消息？"杂志上有翔夫的《六一一成都空战记》、黄希志的《千山丛上单击追敌记》《万古云霄：成都追悼阵亡将士》……无论是追击日机，还是追悼空战阵亡将士的文章，祖诒总要仔细看一遍，确认是否有池照的消息。

突然，有一天，吃过中午饭，从外面进来一个通讯员，对着祖诒使劲挥舞着一封信，大喊："杨先生，成都空军部队来信啦！"祖诒心里一惊，说不出是高兴还是紧张。"烽火连三月，家书抵万金"，祖诒急忙接过信一看，信封上的字迹遒劲洒脱，竟是池照的笔迹，心才有所着落，拆开阅读：

尊敬的叔叔：

很久没见了，家中一切平安吧！

自知悉军事委员会政治部第三厅迁来重庆后，我一直想着联系你们，只因我是战时的军人，肩负着保家卫国的重任。日军的疯狂轰炸，对我们的人民造成的损失和伤害，已经不是数字可以计算的了。

每当听到警报在空中响起，我们的人民咬紧牙根，紧握拳头，期盼我们神勇的空军去搏斗；每当看到我们的人民被炸得身首异地、肝肠横飞时，我真想立刻冲上蓝天，把一架架恶魔般的日机撕碎！

叔叔，请原谅我，还未来得及向您报告，我已奔赴战场作战了。战争的残酷是人们无法想象的，每天我和战友们都在生死离别的血泪中度过。直到如今，我才有时间给您写信，因为前不久经历了一场激战，负了点轻伤。在此，我向您报个平安，也报个喜，在激战中我立了功。我排接受了伏击日机任务，我指挥全排战士，采用探照灯近战战法，交叉照射，迎头照射，把日机照得晕头转向，击落一架日机，但我们因此遭受日机疯狂的报复性扫射。我排大部分战士受伤，我手部受伤，住院一段时间。现在弹片已取出，部队让我出院后小休一周归队，我想趁此机会带上媳妇去探望你们。我一直惦着力宇小弟，他的学习怎么样了？他非常聪明、悟性很高，将来一定会成为国家栋梁之材。

烦请叔叔把家庭地址以加急电文给我，我随即就去找你们。

池照　敬上

民国二十九年六月八日

读完信后，祖诒心里像落下了一块大石头。因为哥哥走得早了点，他对池照的成长付出了很多心血。如今，池照已长成一个有血性、有情怀的青年才俊，祖诒心里是满满的骄傲，却又怯怯地担忧，生命对于每个人只有一次，祖诒不敢往下想，心里只暗暗地为池照祈祷。

明天池照要过来了，祖诒心里又是满满的喜悦和期待，儿子力宇不知问过多少次了，池照哥哥是不是去打日本飞机了？他什么时候来咱家？我想听他讲前线战斗的故事。

第二十二节　辞别雾都

重庆，城是一座山，山是一座城，不愧是一座与生俱来的山水之城，一个防御作战的好地方。除了巴山蜀水的阻隔，更有如梦如幻的迷雾。从1940年10月至翌年5月，几个月的雾季给重庆罩上了一层安全面纱，日机不得不暂停轰炸。重庆好不容易有了一个喘息的机会，人们稍微有了正常作息的生活。

1942年春天，奋武带着儿子池先从铜梁来重庆探望阿哥祖诒，路虽然不算太远，竟然走了两天。一路不是盘山道，便是公路被炸毁不得不绕道，坐一段车，走一段路，上坡，下坡，感觉像走在家乡井冈山的群山里。不同的是家乡没有这么多雾，这里却是雾起雾散，如心头的阴霾，挥不去，赶不走。

因日军轰炸影响，整个巴蜀之地物资严重匮乏，物价飙升。偏偏一些不法商人，与贪官污吏勾结，囤积居奇，大发国难财。重庆市区在蒋介石的眼皮底下，尚且敢如此猖狂，地处偏僻的铜梁更是有过之而无不及。

中央军校的师生生活也十分艰难，校方常常为筹不到粮食和生活用品发愁，学生们吃不饱也要训练，应急时还要开赴战场。

奋武看着这些令人气愤的现状，提议校方向政府呼吁严惩铜梁不法商人，但被校长按住。校长无奈地说："杨先生忍忍吧！难道你想当第二个马寅初？马先生自从得罪了政府，至今还在监狱啊。我知道你刚正不阿，但现实就是这样，更何况你还有妻儿一大家啰！"听完校长的话，奋武心里很憋屈，回到家里，看着妻子带着三儿三女喝着稀得像水一样的稀饭，孩子们个个面容清癯，不禁悲愤交加。

他痛苦地思考了一夜，觉得自己该做决断了。第二天一早，奋武又找到校长："校长，我理解你的难处，学校人多，物资少，大家都饿肚子。我在学校不是军事教员，只是个教法律和日语的，我干脆辞职回老家去教书吧，一方面减少学校负担，另一方面我几个孩子在老家或许还能吃顿饱饭。"校长惊讶地说："杨先生，你可要考虑清楚，如今铜梁算是比较安全的地方，中国那么多地方都被日本鬼子占领了。""请校长放心，我老家在井冈山，日本鬼子并没有占领。我回到家乡，还可以为家乡培养人才，发动家乡的年轻人为国抗日，比我在铜梁发挥的作用更大。""如果是这样——杨先生，我支持你！"校长拍了拍奋武的肩膀。

奋武交完辞职报告后，准备安排妻儿回老家的事，但回去前，他还有一个心事，就是想去重庆见见阿哥祖诒，也算是一个道别吧。为此，他带着二儿子池先风风火火地赶往重庆。两天后，他终于翻过山道弯弯的歌乐山，看到了重庆市。

正值中午时分，山城的雾慢慢散开，眼前有一条曲折的河道出现了，水不多，停泊了一些小摇船。儿子池先马上判断这是嘉陵江，大喊："阿爸，快到二伯家了。"眼前的重庆到处都是残垣断壁，满目疮痍。又走了一个小时，过了长江，他见到祖诒带着儿子力宇在江边张望着。几年没见了，两兄弟情不自禁地拥抱起来；两个孩子却生疏了，且长高了许多。在离开南京时，两个孩子都还是小不点，现在却都是文雅俊秀的小少年了。

祖诒带着奋武父子进了小镇的小餐馆里，先吃午饭，问两孩子想要吃什么，两孩子竟异口同声道："要苞谷粑粑！"在这年头，能有口饭吃就不错了，倘若不在餐馆里，哪有这东西。不一会儿，一盘黄澄澄、香喷喷的苞谷粑粑端上来了。祖诒还点了一个重庆火锅，待锅底和配料端上来，滚开麻辣汤料，先下荤菜，吃完又下素菜。四个人美美地吃了一顿，辣得一身热乎乎的，两个孩子不停地抹脸上的汗，本来疲惫的奋武父子，一下子便精神了。

饭后，四个人走出小餐馆，看到街头一个穿长袍、戴黑毡帽、架小墨镜的中年男子拉长嗓门吆喝："西洋镜咯……拉大片咯……"只见一群孩子围着一个雕花小木摊档，弯腰弓背，瞄着眼睛往木框子里看，不停兴奋地喊着："哇，好漂亮！好漂亮！"力宇和池先都闹着要去看西洋镜。

祖诒打断他们："你们都是小少年了，该去看长知识的东西了。"池先趁机打了个擦边球："二伯伯，重庆有什么好电影看？或有什么好戏看吗？"

祖诒微微一笑，摸摸池先的头："小鬼精，算你运气好，来得是时候。现在正是重庆雾季公演，今天正在国泰剧院预演郭沫若先生写的话剧《棠棣之花》，是以历史反映现实的剧，弘扬我们中华民族精神，号召国民坚持抗战、反对投降。我带你们去，跟文艺院团的朋友说说，让你们两个小家伙去学习，不过，看完要谈体会哦。"

祖诒安顿好池先和力宇两个小少年看戏后，便和奋武漫步到长江江畔，兄弟俩几年没见，想说的话太多了。两人边走边聊着家事。不一会，阳光开始收敛了光芒，江面迷雾氤氲而起，慢慢地爬上了河岸，漫进了山坡的树枝中，包裹着残破的房屋、稀疏的人群。

奋武心中又忧虑起抗战："中国大片国土已沦陷在日寇手中，重庆已遭轰炸四年，民不聊生，眼前到处都是难民依着断垣，席地而居，实在让人心痛心伤。这场战争要持续多久？"

祖诒沉默了，一时不知从何言说，默默在雾中行走一阵，才慢慢开口："中国抗战形势如今变得复杂了，日军侵略方式也变复杂了。我们工作的第三厅，仿佛在风雨中飘摇，一开始国共两党握手言和，一大批不同党派的知名人士进来工作，拉开轰轰烈烈的抗战宣传序幕，满腔热情地干了两年五个月，第三厅却渐渐演变成了军事文化工作部，不少人对此颇有微词。不久后，又发生了皖南事变，整个政治部震撼极大，事情的来龙去脉充满着烟幕。原本说国共两党商定将新四军调到长江以北，但当新四军启程移防，经过安徽泾县云岭时，却遭到几乎十倍于己的顾祝同和上官云湘部队的袭击。战斗了七昼夜，新四军弹尽粮绝，九千人中只两千突出重围，少部分被俘，其余都被杀，军长叶挺被扣押。之后，蒋介石硬说新四军'叛变'，宣布取消新四军番号。事后，我们政府对此事不做任何解释和报道，甚至影响力大的报纸《大公报》和《申报》都不报道这件事。但我注意到一个问题，以前《申报》刊载过不少新四军的消息，但在皖南事变发生前的半年多时间里，有关新四军的报道就突然消失了。皖南事变发生后，周恩来首先向张冲提出严重抗议，又向蒋介石、何应钦、白崇禧、顾祝同分别提出抗议，为《新华日报》题写了充满悲愤的题词：'为江南死国难者志哀'和'千古奇冤，江南一叶。同室操戈，相煎何急！'之后，中共南方局秘密印发了《新四军皖南部队惨被围歼真相》。国共两党的关系已不像我们初建第三厅时那样和睦了啊。日寇对中国内部的政治势力似乎也摸得清清楚楚，不再像前两年，发起疯狂的军事进攻，而在谋求其他手段，如拉拢汪精卫。汪精卫潜逃越南，发表'艳电'，公开投降日本。当年那个不惜生命参与行刺清朝摄政王载沣而锒铛入狱的青年才俊，已一去不复返了。”

祖诒像一个政论家一样，把当前局势分析得鞭辟入里。奋武听完，已怒火冲天：“无论如何，我们都要坚持抗战，我赞同蒋百里校长的观点，以时间换空间，绝不投降，绝不求和！至于汪某人，我早就看出来了，他只是个软骨头，虚伪得很，就是一副卖国贼的嘴脸！”

奋武秉性耿直刚正，他的眼里是容不得沙子的，而他的直觉判断往往又很准，这是他曾经对汪精卫的断言，后来一步一步得到印证，为此家人和朋友都说他有一双火眼金睛。更有意思的是，奋武的内弟谢焕赠了他一首打油诗：

斜披睡衣似袈裟，
无聊且把精卫骂。
借问上校何事乐，
美酒一瓢胜清茶。

“奋武，汪精卫不是我们的当权者，国民党不承认他，共产党不承认他，中国人民更不承认他。”祖诒压抑不住愤怒，接着说，“汪精卫逃离陪都重庆时，蒋委员长十分恼怒，据说，即刻在重庆黄山官邸召见了军统局副局长戴笠。戴局长心领神会，前几年军统的特别行动组策划了好几次刺杀汪的行动，偏偏次次出差错，这汉奸命大噢。”

奋武终于切入正题，说出了来意：“阿哥，我要离开巴蜀回老家了。眼看着我们中央军校培养的学生一个个牺牲在战场，我的心像在流血一样痛。我们抗战的前途在哪里？还要抗战多少年？”

祖诒见奋武这么激动，又谈起了局势：“你担心的问题，正是全中国人民担心的问题。前不久，《好男儿》和《中山月刊》两个杂志的总编都找我，要我写几篇文章分析一下日寇的战争心态及其策略的改变。我整理思路，写了《日寇“大东亚省”的剖视》《对于敌人的教训》《日寇从“东亚新秩序”，到“东亚共荣圈”的一点分析》三篇文章，已分别刊发在这两刊物上了。依我看，日寇不再像九一八事变时自大狂妄了，经过武汉会战之后，他们已感觉到光采用军事手段，永远征服不了中国。他们把这次侵略中国的战争称为‘中国事变’。现在日本陆军高级将领及军事评论家公然发表见解，要以军事以外的手段解决中国事变，呼吁他们的国民要接受十年，甚至百年战争的痛苦。日寇原以为战争就是发财，只要一开战，日本就富发。但目前来看，日寇已付出巨额战费，却并不能发财，虽然占了那么多地，在华北设立了一个华北开发公司，在华中设立了一个华中振兴公司，当初计划不小，资金也不少，但最终是有名无实，毫无业绩。日寇在中国建立的伪满洲国傀儡政权，既不能帮他们解决经济问题、军事问题，又不能帮他们削弱抗战力量。日寇因国内全力生产军需品，各项生活物资极端缺乏，粮食、蔬菜、棉花、火柴、木炭等日用品，无一不严格限制购买，甚至出现粮荒，外出饮食，需领用食券。他们的国民生活得十分痛苦。我们从一些战俘口供得知，日本国内对战争的情绪极其低落。战争将继续到什么时候？一百年呢？还是两百年呢？其实，1939年欧洲战争爆发后，为应付新的国际形势，日寇希望早日结束在中国的战事。然而，中国的抗战意志不减，日寇很难找到和谈的时机。”

“既然如此，为什么还在扩大侵略？日寇的策略已从建立所谓‘东亚新秩序’，转变到了所谓‘大东亚共荣圈’，范围越来越大，大家有目共睹！”奋武极其气愤地反问。祖诒解释说：“日寇侵入中国，犹如走入宝山，却无所获，他们哪能甘心。他们认为中国战事不能解决，所谓‘东亚新秩序’不能实现，那是由于英美作梗。英美采取了援华政策，因此日寇现在要改变策略，必须以英美为对手，夺取英美在亚洲的殖民地，切断英美援华途径，打败中国实现所谓‘东亚新秩序’，而建立所谓‘大东亚共荣圈’就是解决这一问题的途径。”

奋武见哥哥研究日本问题如此深刻，不得不佩服，但对中国抗战前景依然心存忧虑，战争究竟何时是个了结？中国人民何时能过上安稳日子？自己从此离开重庆，离开任教多年的中央军校。那些满怀家仇国恨的、即将奔赴战场的学生，又让他心中无比牵挂。

眼看时间不早，估计《棠棣之花》快结束了，兄弟俩转身往回走，抬头一看，山城已笼罩在雾中，远望天空的残月一片朦胧，视野中的残垣断亘，横梁断木，变得模糊了。雾掩饰着现实，面目狰狞的、祥和端庄的，都披上了一层面纱，神秘莫测，只有闪亮的几点星星灯火才让人感觉到清晰，像远方的希望。不管希望有多大，只要能有一点点，心里总是在期待。突然想起，郁达夫的一首诗《雁》中的句子“文化人要做识风浪的海鸥”，霎时心情又晴朗起来了。

第二十三节　老书院新貌

经过多日的路途劳顿，奋武终于带妻儿回到了家乡井冈山。这里，群山万壑，苍松翠柏。一条银链般的山溪，长歌浅唱，时而奔腾如脱兔，唱着豪放的山歌，时而潺潺似少女，吟着淳朴的乡村絮语。

在山溪缓缓如絮的地方，只见雕梁画栋、古色古香的殿阁相连，一排排鳞次栉比的马头墙翘向蓝天，前面大院有一方月牙池塘，上面架着一座玲珑的小拱桥，又名状元桥。这便是由附近三县宁冈、酃县（今改称炎陵县）、茶陵客籍绅民于清朝道光二十年（1840年）捐款集资修建的龙江书院，为三县客籍的最高学府。

当年书院选址时，费尽客籍豪绅一番心思，多次相聚商议，意见各异，有的考虑交通便利的地方，有的考虑居住密集的地方，最后，倡导人宁冈杨坳村吴典勋说：“依我看，我们最重要的是考虑出人才，我们的祖先因战乱从中原南迁至此，远离都市，儿孙们的读书成问题，我们要让后代们出人头地，为国争光！为祖辈争光，这才是关键的问题！”

豪绅们一致同意吴典勋的意见。之后，请来风水师看地形地势，看了好几处，风水师终于在龙江开阔处停下来，顾目神盼了几分钟，又捋了捋白胡子，笑着微微点头：“此处坐西南朝东北，背依五虎岭，面临龙江河，形如五马归槽，必是出鸿鹄之地啊！”

地址选定，建筑师按照客籍人崇尚的风格，建成了占地面积近八亩地，格局为“九井十八厅”的书院。书院前后三进，左中右三组，中间组依次为门厅、明道堂、文星阁，左右两侧分别为启秀斋、珍席斋、锦心斋、报功祠、漱芳斋、梯云斋、步月斋、崇文祠。各祠斋开宗明义，雅趣生辉。最高的文星阁，高三层，斗拱挑檐，阁顶藻井装饰双龙戏珠浮雕，栩栩如生，登楼远眺，风光尽收眼底。书院东西外围墙两偶侧门，名分为道德藩、诗书圃。书院内天井错落有致，回廊逶迤，光影婆娑，和风如酥。

书院没有让客籍绅民失望，历经百年，培育了不少国家栋梁之材，祖诒和奋武也是在这里启蒙的。后来连绵不断的战火，使书院一次次地毁了又修，修了又毁。

土地革命时期，书院焕发了新的风采，工农革命军在这里创办了第一期军官教导队。朱毛会师后，在此培育了一大批治国之栋梁，如谭震林、贺敏学、张令彬、陈士榘等，这抑或真是“山川钟毓之灵气，井冈翠竹育春笋”。

红军离开后，龙江书院平静了，不再有昔日的热闹喧嚣。因在国民党反动派“围剿”红军的战争中，书院再一次被炮火炸得七零八落，当地政府做了一些修补，并更其名为宁冈中学，但一直冷冷清清，难返昔日的繁盛与书香味。学校房屋破旧，无人管理，稀稀落落的几个老师和松松散散的几群学生，不知何时为上课，何时为放学。

可是，在1942年5月，书院却神奇地恢复了往日生机，学生突然间多了一倍，校门口悬挂了一枚巨大的崭新的六角形校徽，每个角上都一个醒目大字，共六个字，即“德、智、体、真、善、美”，左右各三条水波纹。每天清晨校园内歌声、操练声，响彻云霄。

偶有行人驻足倾听，那是一首新校歌，颇有特色，富有诗意，令人精神焕发：

笱峰苍苍，龙江泱泱，灵秀毓宁冈。初中创设文化昌，擘画费周详。教育宏施，群英辈出；声华彪炳，事业辉煌；文明锐进，科学发皇；栽成桢干，国之光。

春风浩荡，化雨汪洋，童冠并相将。希贤希圣希先烈，遗教用宪章。扩充知识，扫除文盲；三民主义，大放光芒，抗战胜利，建国悠长；复兴民族，固吾疆。

老书院复活了，乡里乡亲乐得合不拢嘴：“我们的孩子有好地方读书了！”“宁冈中学终于有专职的校长了，那是留学归来的大学士，杨奋武教授啊。”

话说，奋武自告别铜梁，带着妻儿，走走停停。池秀、池先、英丽三个孩子大一点能自己走，健丽和安丽两个太小走不动，只好放在箩筐里挑，还有最小的儿子必须抱在手上，虽然请了两个挑夫，但路途遥远，山路崎岖，好不容易才回到老家，全家人都已弄得灰头土脸。

侄子池烈夫妇忙碌了几天，为奋武打扫整理房屋，白露乡的杨府又热闹起来了。邻居不时问：“池烈阿哥，你家小叔到了没？”侄孙女蓬蓬和侄孙伟夫每天都欢天喜地在门口张望，终于在路边看到了：“三爷爷，回来啦！”

奋武回到家先拜见母亲。几年没见，母亲苍老了许多，见到奋武，异常激动，颤抖着：“孩子，回来就好，家里安全，不打仗了！你二哥还好吗？”奋武一一回答了母亲，让老人家放心。

池烈不由得问起弟弟池照，这个尚在铜梁抗日的弟弟，每每想起他心里总有几分难受。奋武安慰说：“大侄儿请放心，小侄儿聪明机灵，曾在抗战中立过功，如今是空军部队的连长了。”池烈笑了：“我弟弟有出息，但希望他注意安全才好，战场上子弹不长眼啊！愿老天保佑他！”

池烈离开南京后，回到老家生活，进了宁冈中学教书，成为家庭经济的支柱。池烈媳妇帮着料理家务，练得能干而麻辣，如今，已不再是羞答答的样子，动作麻利，应酬干练，显然成了家里的内务大管家了。孙侄女蓬蓬长着一张白里透红的瓜子脸，出落得文雅秀丽，亭亭玉立，如夏日清晨含苞待放的荷花。她不仅学习成绩优异，而且是学校的文艺骨干。

奋武回到家里没几天，宁冈县县长胡良玉便派人送来邀请函，恳请他到县党部商谈担任宁冈中学校长职务的事。那天，奋武起了个早，穿着中山装，精神抖擞地到了县长办公室。工作人员热情地端上井冈山毛尖茶，胡县长高兴地与他握手：“杨教授，欢迎您回家乡，你可要为家乡的教育做贡献啊！”

两人寒暄了几句，胡县长便切入主题，很期待地说：“杨教授，我们宁冈中学的校长本来是我兼任，但如今战争形势复杂，事务缠身，我已无暇顾及学校管理，需要一名专职校长才行啊，县党部四处物色，大家意见不一致，觉得没有一个能压得住场面的人物，宁冈中学毕竟是一所三县最高的学府。”

奋武边认真听着，边点头微笑。胡县长停了停，接着又说：“如今，你回家乡了，正是我们所期待的，你是我们这里学问最高的学者，谁也没法跟你比，希望你出任此职务，为家乡做贡献咯！”奋武扶了扶眼镜，呵呵笑了：“感谢县长和乡亲们的信任，我能为家乡百姓做贡献，也是我今生今世之福分！”那副金丝眼镜框后的眼睛明亮诚恳，仿佛在告诉胡县长，他一定会把这所中学办出当地最高水平。

奋武上任后，带上妻儿在学校附近的镇上租了一间非常简陋的房子。房子不足20平方米，房间的最里头，用几块木板搭了三张挨在一起的床，中间一张简易餐桌和凳子，靠窗口处放了一张书桌，作办公用。一家大小八口，吃住会客，都在这一间房子里，全挤在一块，颇为艰苦。

在这里的工资，虽然不怎么样，每月是几担谷当工钱，但与在铜梁比，总算好一点，生活安定，妻儿能有口饱饭吃。

奋武上任后，大刀阔斧地对学校进行了整改，聘请了当地有名的大专学历的人任教师，凑齐各科教师，自制校徽，创作校歌，制定校规，禁止师生赌博，三教不改的，就开除。几个月时间过去，宁冈中学的精神面貌便焕然一新了，师生们的精气神出来了。

第二十四节　青年从军

1944年10月，日军压境，临近的永新、茶陵相继陷落。莲花、永新交界处的炮声不时传来，宁冈老百姓虽凭借着大山为天然屏障，尚能居于家中，但隆隆的炮声却让他们惶惶不可终日。

一天早晨，从宁冈中学调到县党部任教育科长的谢焕老师，急匆匆地跑进学校见奋武。“杨校长，我们刚收到县政府紧急文件，蒋主席在国民参政会上发起十万知识青年从军运动，各县要成立从军指导委员会，发动知识青年从军，宁冈中学是要重点发动的学校。”谢科长开门见山地道。

他把蒋介石号召知识青年从军的情形说了一遍：“目前日军为完成‘一号作战计划’，打通大陆交通线，贯穿河南、湖南、广西进行大规模进攻，占领了大片国土。不久前，日军占领了贵州南部重镇独山，如同一把锋利的尖刀，从侧面插入中国软肋，来势凶猛。贵阳震动，重庆岌岌可危，中国又一次面临灾难。”奋武听了，心里一沉：“情况如此紧急，我们要赶紧发动知识青年从军。”谢科长又解释：“知识青年从军是自愿的，且有一些优待政策，比如，提高生活待遇，编成特种兵，等等。在校的青年从军者可保留学籍，战后复学可以享受种种优待，如择优选择留学深造等；公职人员35岁以下从军者，可保留原职薪金，战后可升职加薪，并可参加留学考试；战场牺牲者除享受一般抚恤金，还另有优待。”

奋武听后，若有所思，微微点头：“知识青年从军是抗战的大事。中国抗战到今天，牺牲了多少人？知识青年已受了国家缓征的爱护，如今，正是国家需要他们的时候，我们要马上发动！”奋武立即召集全体教职工进会议室开会。会上大家叽叽喳喳商议了一阵，决定分头行动，召集学生家长会，组织文艺宣传队，布置动员大会会场。

一周后，恰逢10月10日，中华民国的双十节。龙江河边的草坪上人山人海，彩旗招展，锣鼓喧天，广场中间搭了个舞台，上面挂着一条红色横幅——“宁冈县知识青年从军运动启动大会”。舞台被里三层、外三层围得严严实实，学生及县公务员在中间，外围的是老百姓，舞台的一侧的是一群穿红戴绿、化好妆准备表演的学生和老师。

新上任不久的胡文祥县长做了个开场白。

青年们、乡亲们：

你们好！自中央发动知识青年从军以来，《中央日报》、中央广播电台等新闻媒体开始高声鼓噪“一寸山河一寸血，十万青年十万军”，连篇累牍的宣传口号——“国家第一，民族至上”“军事第一，军人第一”“国破家亡军安在”见之于报刊，听之于广播。各地知识青年争先恐后、热烈投效，各报每日以巨幅刊登从军者名，令人心中感奋，这才是我们抗战胜利的保证，国家强盛的基石。国家重视知识青年，爱护知识青年，知识青年已受到征兵缓招的优待。如今，前线告急，陪都重庆危在旦夕，国家需要我们知识青年志愿从军。各地知识青年纷纷投笔从戎，自愿报效国家。我相信，我们宁冈县的知识青年，也不甘落后，会有很好的表现。凡身体健康，适服役年龄者，请毛遂自荐，闻风而起，争先报国……

台下，响起一阵热烈的掌声。接下来是奋武的讲话，他动作利索，阔步登上舞台，台下一双双年轻炽热的眼睛充满着期待。奋武紧握拳头，铿锵有力，字字珠玑：

同学们、同仁们：

当兵是极光荣、极神圣的事业！青年是国家的主人，知识青年尤其是国家的精华。我国历史上，每当国家危难时，有志之士，莫不投袂而起，振臂投军，担负起救亡图存的责任。这种光辉往事，史不绝书。国父孙中山领导知识青年革命，蒋主席领导黄埔军校青年北伐完成统一，这都是知识青年从军最光荣的史迹。今日欧美在战场上叱咤风云的将领，都是在第一次世界大战中受过洗礼的知识青年。蒋主席亲自指定蒋经国、蒋纬国两个儿子加入青年军，共赴国难。知识青年有知识，有自动判断能力，队伍中增加一个知识青年，就相当于增加了十个普通士兵！当前，国家危如累卵，前线战况十万火急，正是国家需要我们知识青年的时候，我们理应挺身而出，义不容辞地担负起这光荣的责任！

奋武慷慨激昂的陈词，直击着每个青年的胸膛，人们已经按捺不住内心的激动，突然有个学生高喊：“天下兴亡，匹夫有责！”此言一出，呼应声便一浪高过一浪。

正在此时，二胡和笛子和声而起，抗日名将孙立人作曲的《知识青年从军歌》雄壮地响起：

君不见，汉终军，弱冠系虏请长缨，
君不见，班定远，绝域轻骑催战云！
男儿应是重危行，岂让儒冠误此生？
况乃国危若累卵，羽檄争驰无少停！
弃我昔时笔，著我战时衿，
一呼同志逾十万，高唱战歌齐从军。
齐从军，净胡尘，誓扫倭奴不顾身！

十几个身着军服的学生从舞台一侧跃上台，意气风发，英气勃勃，边跳边唱。台前几个“小战士”，儒雅文气，动作洒脱大方。大家定神一看，竟然是杨校长的儿子池秀、池先和女儿英丽及池烈的女儿蓬蓬，不由得会心地笑了。

一支舞蹈后，县教育科的谢科长，不禁热血沸腾，一个箭步飞舞台，大声朗诵了匈牙利爱国诗人裴多菲的诗句：

生命诚可贵，爱情价更高。若为自由故，两者皆可抛。

谢科长此言一出，感人肺腑，朗诵完诗后，他跳下台，分开人群，径直朝舞台另一侧的服兵役报名点走去，向征兵台的教导员行了一个军礼，大声道：“报告教导员，本人谢焕，报名从军！”大家一阵愕然，接着，便响起雷鸣般的掌声，谢科长成为宁冈县第一个自愿报名上前线抗日的知识青年。他能下这个决心，实在是不容易。他家庭殷实，父亲是闻名遐迩的老中医，自己结婚不到两年，儿子才一岁多，正是新婚燕尔、你侬我侬之时，哪能割舍下来，开步上前线。

人群有点骚动，有人窃窃私语道：“人之常情，他没必要这么做啊！”奋武走近谢科长，情不自禁地拥抱着他：“我的好兄弟，你可要想清楚呀！”“我身为本县教育科科长，我不上前线，谁上前线？‘人生自古谁无死？留取丹心照汗青’！”谢焕毫不犹豫地回答，却忍不住眼睛红了，泪水不自觉地滑落下来，他迅速用手一捽，露出坚强而自信的笑容，接着又说：“祖父教导我们，人生在世，不是只经营自己的小天地，要立德、立功、立言。现在正是我遵听祖父训导的时候了，我家人一定会支持我的！”

第二个报名的是奋武的得意门生钟应瑞，一个稚气未脱实际年龄未满18岁的小年轻，硬是把自己年龄改大了几个月。他是保送入宁冈中学的优等生，经常向奋武请教读书和人生的问题，两人无话不说，十分投缘。小伙子走到台前，行了个军礼：“本人钟应瑞也报名从军，不灭倭奴誓不还！”奋武有点愕然，心里一酸，但还是镇定地伸出大拇指：“好样的！青年就应该这样有志气有抱负。”接着，几个年轻老师和学生也纷纷报名，之后陆陆续续都有人报名。

奋武万万没想到，在这个知识青年不多、符合条件者更少的小县城，不出半月就有200多人报名，体格检查后，只剩下40人，谢焕、钟应瑞均在列。

奋武为入伍青年专门安排了3个月的军事培训，聘请教练教他们操练刺杀、射击、投弹等。另外，他自己又教他们学习日语，因为考虑到，当他们跟日本鬼子打仗时，可以对他们喊话；如果俘虏了日本兵，还能跟他们交谈。

眼看入伍青年都要上前线了，“风萧萧兮易水寒，壮士一去兮不复还”，奋武突然感觉心里空落落的。他们报名的时候，自己是那么激动、欢喜，好像看到了抗战胜利的曙光，如今他们真要走了，心里却难以舍下。那些在他身边亲如手足的青年同事，那些在他讲台下聚精会神听讲的好学生，都像他的小兄弟，此刻要从眼前辞去，要上战场，而战场不测，谁也说不准。

想到这里，奋武心如刀割，但不赶走日寇，中国人民始终过不上平安日子。这些青年是为国为民上战场的，学校该给他们留下点什么。奋武想来想去，决定把他们的名字刻下来，让他们永远留在人们的心目中。于是，奋武吩咐学校老师去找一块石碑，把他们的名字刻在石碑上，又设计好基座，立在学校状元桥旁边。

从此，每当奋武缓步路过石碑时，都要看一下这些名字，这里的每个名字都代表着一颗火热的爱国心，他们期盼着国家的平安，家乡人们的幸福。他们渴望的面孔、焦急的眼神，以及对日寇的愤怒，都在奋武脑海中一幕一幕显现。

石碑，在那里默默地矗立了20多年，虽然后来在一场浩劫中被毁了，但石碑上镌刻的故事却永远铭记在每位见证者的心中，流传在当地乡亲们一代接一代的故事里。

第二十五节 状告恶霸

奋武是个秉性正直的人，在宁冈中学任校长4年后，一件事让他感觉心里很憋屈。

这件事的起因是学校校舍的维修。他任校长后，学校学生人数翻了一倍，教室课堂不够用了，需要资金维修被战火损坏的校舍，于是他起草报告向县府申请维修费，但报告递上去一年多，杳无音信。抗战期间，政府说要支持前线抗战，县里经费紧张，如今抗战结束一年多了，经费该好转了，可是依然没人理睬。

他问了学校的老教师，他们都摇头叹气："杨校长，我们这里就是这样，很多年前就是这样，没办法啊。"奋武一听很诧异，学校是附近三县最高学府，如果政府不支持，往后怎么办学？怎么维持这里的师资和生源水平？

奇怪的是，县政府仿佛并不

差钱，县长胡文祥大人一出场，绫罗绸缎，金银细软，马车士兵，应有尽有，俨然一个土皇帝。有一次，胡县长到与学校隔江相望的操场训话，扯着嗓子喊："乡亲们！宁冈是一个风水宝地，四面环山，物产富饶。抗战胜利后，国民政府希望老百姓过上好日子，出台了一些恢复经济的措施。这两年来，我们县的经济明显改善了，你们的日子正慢慢好起来啦！"台下百姓都咬牙切齿暗骂："有你这豺狼在这里，我们永远没好日子过！"而后，有人在低声数落胡县长搜刮百姓的劣迹。奋武去学校，正好从此路过，听到老百姓的议论，心里明白了大半，难怪学校维修经费总批不下来。

事也凑巧，不久，胡县长竟然来到宁冈中学参加校庆会，他巧舌如簧，恬不知耻，大肆吹嘘他在宁冈的政绩。奋武越听越气愤，想给他一点颜色瞧瞧，当场指着校训"礼义廉耻"四字，含沙射影地对学生说："同学们，我们学校的校训是这四个字，以后走上社会，千万要记住，不要像某些人那样口是心非，与校训背道而驰，专干一些非礼不义、寡廉鲜耻的勾当。"胡县长脸色霎时变了，红一阵青一阵，额头直冒汗。

奋武一不做二不休，暗中发动宁冈县有正义感的青年，向上级政府控告胡文祥在宁冈的所作所为。经过一段时间的明察暗访，奋武把胡县长搜刮百姓的情况摸了个清楚，起草了状告书，准备告发胡文祥。但状告书起草完了，谁去送？送去哪里？又让他焦心了。

如果送上一级政府吉安，可不行，曾听池烈说，胡县长在吉安有靠山，万一状告书落入他手里，谁也逃不脱干系，个个都得束手就擒。如此，只有送省府去，但那是越二级政府的状告，能受理吗？而且如果时间拖长了，说不定事情就传到胡县长的耳朵里去了。想告发他，真的不容易，必须要有策略，要瞒天过海，暗度陈仓。

周末，奋武回到杨府，见到池烈，便将他拉到一边，试探说："大侄儿，我想找个人去南昌送状告书，你看谁比较合适？"池烈胆小怕事，听奋武这么一说，吓得眼睛都瞪圆了：“叔叔，哪个有这么大胆啊，敢告胡县长？吃了豹子胆啦！咱中国老百姓，自古以来有句话说，屈死不告状！”池烈的话，让他心中茫然了，池烈说得不错，但百姓这么多委屈，如果没有人主持正义，让贪官下马，让清官上任，老百姓的日子会越来越难。

当年自己留学时，选择了法律专业，专攻法律这么多年，从事法律教育这么多年，不就是希望我们的社会更公平和正义吗？如今，遇见不平事，如果自己也跟普通百姓一样，只顾容忍和忍受，这还像一个法学大学士吗？既然自己学成了这个专业，就应该帮地方百姓扛大事，如果自己不去扛，老百姓今后还怎么相信有公平正义？想到这里，奋武觉得再艰难的事自己也要扛下去。

1946年暑假，奋武决定自己扛起告发胡县长的重任。他疏通了一些朋友关系去送状告书，并与哥哥祖诒取得联系，得到了祖诒的理解与支持。祖诒写了一封信给省府的老同学说明了情况，再让奋武去找他。奋武心里像吃了一颗定心丸，但状纸怎么送出宁冈，又是个大问题。胡县长眼线多，最近，似乎有些警觉，学校里时不时有一些政府的安保来巡察。这些人进了校园，东瞧瞧，西瞧瞧，感觉没事才走人。

看来，此事不能轻举妄动，必须慎重行事。他私下召集学校几个关系铁杆的教师到他的住处商议。晚饭后，他把妻儿全都支开，让他们出去广场玩耍，再让大儿子守在门口附近，如有陌生人走近，立刻吹口哨示警。

几个铁杆老师平日都非常支持他的工作，而这次反常了，一进他家门，除了招呼“杨校长好！”“杨校长吃过饭了吧！”便各自找地方坐下，缄口不语。奋武只好先开口说：“各位同仁，告发胡县长的状告书已写好，但谁送去省城合适？”几个人噤若寒蝉，你瞅我，我瞅你，没人发话。

一个年轻老师终于忍不住了：“依我看，这事并不简单，胡县长有很多眼线，白天恐怕出不了本县就会被拦截，他们要是缴获了状告书，大家都没好果子吃。胡县长心狠手辣，搞不好就会被他们活活打死。”“那就晚上去吧？”“晚上去在县内是比较安全，能混过胡县长的眼线，但出本县是要过七溪岭的，那是非常危险的地方。七溪岭上七里下八里，是几千层石阶垒成的傍山险道，森林茂密，道路陡峭，又都是羊肠小道，如果没有月亮，晚上根本看不清，一踏空，摔下去，连命都没啦。”“那选个有月亮的晚上出发。”“可是谁愿意去？”小房间的空气又开始凝固了。“还是我去吧！但我离开的时间，麻烦大家照顾好学校。”奋武自告奋勇。

大家愕然了，七嘴八舌议论起来：“杨校长出面恐怕容易招惹胡县长的眼线，太不安全。”“但是到省城要见大官，只有杨校长有这口才。”“让杨校长化装一下，穿农民衣服，当是去走亲戚。”“这样吧，由我护送杨校长走出本县，到永新坐车。”一直沉浸在思考中的林士元老师开口了。林老师是学校的体育老师，高大威猛，机灵聪明，有一身好武艺。“好！这样比较好！”大家终于松了口气，一致通过了。又有人提议：“杨校长不在时，还请池烈当个临时替身，打打掩护。池烈远看有几分像杨校长，让他穿校长衣服，每天在校园里转转。”

一切商量妥当，奋武与林老师选了一个月色明亮的夜晚，从家中秘密出发。两人各背了个布袋，带了一些干粮，林老师特意带了一个火把、一柄短剑、一根武术棍。他将武术棍包装了一下，给奋武当手杖用。

出门后，两人不敢走大路，只走没人的小路、山路，走到天亮就找客栈睡觉休息。他们穿过古城，走到了新城，再走便要翻七溪岭，那是当地百姓望而生畏的“蜀道”。

安全起见，林老师让奋武在客栈休息，自己到处打探，看看是否有胡县长的眼线跟踪，确认无人跟踪后，两人决定当晚翻越七溪岭。

七溪岭陡峭，直让奋武心里打颤，他一个书生，从来没有走过这样的夜路：呼呼的山风，夹杂着飞禽走兽“呦呦”“嗷嗷”的凄楚哀号，着实让人毛骨悚然。

路上，林老师不时地拽住他的胳膊，生怕他打滑。两人费力地往上爬，爬一阵，歇一阵，爬到山顶已是半夜，接着，又要下山。奋武脚底发软，颤巍巍走到山下，天色已微微发亮。到了永新的龙源口，一条清澈小河哗哗地流淌着，两颗提着的心终于放下来了，这里已不是胡县长的管辖地域了。

再往前走了两个时辰，奋武便搭上车了，兜兜转转，到了省城，找到祖诒的老同学，递上状告书。

省府长官一看，状纸条理清楚，证据充足，马上重视起来，几天后便组织了调查队，由奋武带路到宁冈进行调查。胡县长闻风，弄了两匹马，拖了财物，连夜逃出宁冈。老百姓得知胡县长逃走，暗自高兴，街边人家门口都放一坨牛屎，意为：贪官像牛粪一样，令人讨厌。

胡县长走后，老百姓拍手叫好，伸出大拇指：“杨校长真了不起！一个书生竟然能把恶霸县长告下来了！”从此，奋武校长名声大噪。

第二十六节　离乡赴台

胡县长逃跑后，省府给宁冈县任命了一个新县长叫李俊。李俊为官清廉，口碑很不错。“上面政府派来了一个清官县长”的消息传到宁冈，老百姓心里十分高兴。李俊上任那天，老百姓依当地习惯，街头门口家家都放了一盆水和一面镜子，意为欢迎清官到来！别小看一个偏远的小山城，老百姓文化并不高，但心里却如明镜一般澄澈。

李俊上任后，立即着手惩治贪官污吏，将原胡县长手下为非作歹的官吏全部清查干净，县政府形象一下好起来，老百姓个个拍手称好。抗战胜利后的宁冈，老百姓生活困顿，农业生产力衰弱，大家都希望让生活好起来，但当时旧的社会结构已不适应发展，新的社会结构尚未搭建起来。为此，振兴农业、发展教育成为大家心中的愿望。

老百姓把希望寄托在新任县长

身上。李县长准备召集本县的仁人志士商讨建设宁冈县的策略。杨奋武听到李县长召唤，心潮澎湃，晚饭后，他独自在校园里来回踱步，静静思考到夜深人静。他抬头仰望，只见天空疏星残月，四周群山巍峨，静默无声，除了偶尔的虫鸣，一切寂寥无比。突然，一个念头在脑海闪烁，他将全国和宁冈进行了对比分析。凭着多年求学和任教的经验，他觉得宁冈远离大城市，地处山区，四面环山，相对独立，发展工业目前根本不具备条件，只能通过发展农业林业改善老百姓生活，带动乡村建设，如果在宁冈搞乡村建设实验，该是最合适不过的，等取得一定经验后还可向他县推广。乡村建设实验可借鉴教育家梁漱溟先生的做法。梁先生曾经在山东邹平推行了十年乡村实践，是非常成功的。邹平自1931年底建立第一个生产合作社，实验区不断扩大，到1937年，山东省107个县中已有70多个被指定为乡村建设实验区，若不是日军入侵山东，再有一年，山东的每个县都将变成乡村建设实验区。

第二天清晨，奋武心里特别清明、兴奋，颇有一种世人皆醉我独醒的感觉，感到自己责任重大。他找到侄儿池烈和刚从前线回来的内弟谢焕，还有学校的几个年轻教师，把自己昨天晚上的想法说了一遍，又把梁漱溟的乡村建设理论、精神陶冶、乡村自治、乡村教育做了一番解说，并鼓动说："乡村建设将是我们中国的大势所趋，井冈山经过几次土地革命，农民有了部分土地，生产热情也高了，现在应该是推行乡村建设的时机。"大家觉得杨校长讲得有道理，现在是有很多弊病，比如政治不上轨道、生活散漫、自家顾自家等，这些都是旧思想作祟，乡村建设就是要改造这些旧思想，把农民组织起来，建立互助组，在生产中学习和运用科学技术。池烈补充道："乡村建设应从基础工作入手，比如说，乡村礼俗、农村经济、农业知识、土壤肥料、水利建设，这都是与老百姓切身生活和利益相关的东西，这些改造好了，其他东西自然会好起来。"突然，谢焕若有所思地说："据我所知，梁漱溟先生的乡村建设是把乡、村一级的行政机构全部去掉，在邹平只保留了一个县政府，如此，是个大动作啊，我们不仅要有李俊县长的支持，还必须要有省府主席的支持。梁漱溟先生之所以能在山东推行乡村建设，是因为他成功地说服了当时的山东省主席韩复榘。韩复榘是‘山东王’，他在山东没有行不通的事，他当时就是把邹平县作为山东‘特区’。邹平县可以不向省里交税，每年还要从省里拿一些补助。梁先生建的邹平研究院实际上代替了全县的行政管理功能，研究院的知识分子们工资也都来自行政经费。”池烈生性本分：“我看，这就是问题的关键，我们能得到省府主席的支持吗？我看难呐。”

奋武不以为然，心想，事在人为，虽然眼前有困难，但只要大家去努力办，还是能办成的。因为办成了状告恶霸县长这么一件大难事，他心里大长了信心。他把几个人讨论的结果，写成一份报告，准备等李县长召集时递上，恳请县长支持。

终于等到李县长召集的那天，奋武把他与学校老师商议的借鉴梁漱溟在山东邹平实践的做法，在宁冈推行乡村建设的设想陈述了一遍，又将写好的报告呈递给李县长。李县长听了频频点头，但他觉得做这工作不能草率，要有充分的准备才能向省里汇报，希望杨校长带领学校老师先做一些初步的调查工作，摸摸底，看看全县土地分配、文盲人数、风俗情况等。奋武回到学校后，立刻组织调查，成立了几个专题调查小组，让池烈、谢焕等人分别担任组长，把任务分配给各组员老师，让大家利用课余时间走访各村调研。宁冈山多，交通不便，调查老师常常只能徒步走访，才把任务完成。结果发现，当地老百姓约80%以上是文盲，光扫盲的任务就很重，师资严重不足，甚至有的村没有一个可以开班识字的地方，老百姓对读书识字兴趣也不大，认为占了他们劳作的时间。

因乡村教育涉及面广，需要政府在经济和政策上的支持，李县长盘点了一下家底，发现远远不够，便想等上头的指示再开展工作。等来等去又过了大半年，依然毫无动静，而北方国军和共军交战的消息却频频传来。

奋武眼看一腔热血化为乌有，自己却无能为力。他曾经满怀豪情地支持抗战，如今抗战胜利了，他想大显身手搞乡村家园建设，但却寸步难行。他不知脚下的路究竟该往哪里走，越来越闷闷不乐。

此时，他收到一封来自南京的信，拆开一看，原来是老朋友国民政府立法院副院长魏道明写来的。魏道明受国民政府之托即将前往光复后的台湾任省政府主席，他相信奋武的能力及为人，希望奋武与他一起前往台湾任职。奋武觉得在家乡干不出什么名堂，不如出去看看，于是只身前往。他先担任了一段时间的台湾省训练团总务长，觉得没什么兴趣，不能发挥自己的长处，认为自己骨子里还是喜欢教育行业。魏道明知道他的心思后，遂了他的心愿，把他调到台南工学院担任训导长。当时，奋武的二儿子池先正在丰城读中学，一得知父亲在台湾的大学任教的消息，闹着要跟父亲去读书，便自个儿从丰城赶去台湾投奔父亲了。

第二十七节　惨遇车祸

抗日战争使中国大地伤痕累累，满目疮痍，但在1945年，中国人民终于看到了胜利的曙光。

1945年2月的雅尔塔会议、7月的《波茨坦公告》敲响了法西斯的丧钟，日本法西斯已经穷途末路。日本国内因长期战争，消耗严重，国民生活物资短缺，凭票供应的物资制度，无法维系。在日本已内外交困的情况下，美国又给了他们致命的重创——8月6日、9日分别在广岛、长崎投了一枚原子弹，8月15日，日本裕仁天皇宣布无条件投降。

作为世界反法西斯战争重要战场的中国战区，捷报频传。人们早已抑制不住内心的喜悦，在电报和家书中迫不及待地向家人传递抗战胜利的喜讯，想象即将到来的幸福。

8月下旬，池照已随部队离开重庆，由西向东开进，准备接管上海。将士们笑逐颜开，个个穿戴整齐，威风凛凛。路上的百姓个个兴高采烈，在马路边等候一睹国军的风采。百姓们将家中的鸡蛋、馒头、老酒拿出来犒劳回上海的国军，那些久被禁止的爆竹，终于重见天日，到处可以听到“噼里啪啦”的响声，人们不惜掷金购买高价鞭炮庆祝胜利。

沿途商家纷纷打出“欢迎国军凯旋”的标语。小学生、小青年举着旗帜高喊：“收我失地，还我河山！”中国胜利了，我们被列强霸占的国土该收回了。中国人民盼望已久的胜利终于到来了，怎能不让人欣喜若狂?

虽然部队行进速度比较快，战士们却感觉轻松愉快，不时向路边的百姓挥帽微笑致意。

池照坐在大卡车上，呵护着妻女，让人眼羡。他眼望前方，心里说不出的甜蜜，情不自禁地自言自语：“我们终于胜利了！战争结束了！”池照从21岁奔赴抗日战场，历经8年，所有的青春都洒在抗日战场上，白净的皮肤已晒得像熟透的石榴，红里透黑，挺拔的身材变得更成熟健壮，所幸的是看到了战争的胜利，这才是人生莫大的荣耀!

因为打仗，池照婚后，与夫子聚少离多，后来部队战事少了，终于有团聚的机会，生了个秀丽的千金。现在抗战胜利了，家属们一起随部队回城。身旁的小战士俏皮地凑到池照耳边：“呵呵，连长，你以后可以多回家陪夫人孩子了。”池照听了小战士的调侃，一拳砸在他背上：“小家伙，闭上你的嘴巴！”“哎哟，连长，没日本鬼子打了，就打我啊。”战士们一起哈哈大笑起来。又一个小战士接话了：“咱们说正经的，连长在抗战中立过功，我们回城后，等着长官给你晋升哦。”“连长升了，可要请我们这些小兄弟一起热闹热闹。”小战士们全笑了。

几日急行军后，部队终于到了上海郊区吴淞江北岸，就地扎营待令。9月是个捷报频传的月份，不断有令人激动的喜讯传来。9月2日，日本外相重光葵、日军参谋总长梅津美治郎分别代表日本天皇、日本政府和日本帝国大本营在美国“密苏里号”军舰上签署了对同盟国无条件投降书。9月9日，中国陆军总司令何应钦在南京中央陆军军官学校大礼堂主持中国战区受降仪式。9月11日，第三方面军司令官汤恩伯在上海接受日军第十三军司令官松井太久郎投降。大家一听到这些消息就沸腾起来了，互相拥抱道喜：“我们马上就可以进上海啦！”

一天下午，团长派池照带几个战士进城区采购药品，因部队伤员缺医少药，有的伤口在恶化。池照唰地一声立了个军姿：“是！”“好样的！池照。”团长满意地点点头。池照带着几个战士坐上吉普车正准备出发，突然，一个小战士提醒：“团长，我们几个爷们采购药品，恐怕不在行，还是请嫂子一起去。嫂子在医院当过护理，她懂药品，也知道用量和搭配。”大家都觉得这建议好，于是准备绕到家属区请池照夫人一起走，池照有点犹豫：“她要是去的话，恐怕车子坐不下。”“连长，咱们都很瘦，挤挤就行。”“再说现在城区多热闹，也让嫂子去见识见识。”“嫂子买东西细心，不会弄错。”……几个战士七嘴八舌地求情了，池照拗不过大家，只好依着他们了，心想这里离城区不远了，约莫才半个钟头的路程，于是同意了，便让战士们和夫人先上车，往里坐，自己坐在外边，又怕挤着大家，于是打开车门站在踏脚板上。

路上大家欢歌笑语，谈论着这些天听来的上海“十里洋场”的新鲜事，车里的谈笑声一浪高过一浪。吉普车在布满炮坑的路面颠簸前行。太阳开始西斜了，殷红的余晖暖暖地洒满了大地，希望和幸福在每个人的心里荡漾着。

吉普车一路摇摆到了大兴坊，突然，迎面来了一辆大卡车，两车缓缓相逢，大卡车不慎摇晃了两下，吉普车像一个站不稳的孩儿一样，车里“哎呦”一阵乱叫，然后车身一歪侧翻进了路边的壕沟，门口的池照感觉胳膊嘎吱一声，火辣辣的，眼前一片漆黑，随即不省人事了。

大卡车向前“吱崴吱崴”地蛇行两三米，停了。司机满脸通红、汗涔涔地跳下车，急忙打开吉普车左边的车门把车里的人一个个拉出，可是站在右边门口的池照已被车身压住了，鲜血慢慢地从军衣军帽边缘渗出，池照夫人顿时脸色惨白，惊恐地大喊：“池照！池照！”眼泪忍不住地直流。

几个战士顾不上自己身上的擦伤、撞伤，急呼：“快救连长！”卡车司机找来一根粗绳，大家费了九牛二虎之力，把吉普车挪开了，把池照从下面慢慢移出，池照的头部、胳膊全是鲜血，战士们咬紧牙眼泪汪汪地：“连长，你千万要挺住，我们救你！”

大卡车载上池照一路喇叭紧鸣，飞速前往最近的医院。不一会，到了医院，几个大夫马上展开抢救，输血，输氧，忙碌了一阵。池照脸色开始红润了，缓缓睁开眼睛，看着夫人，微弱问道：“我在哪儿？女儿呢？”“女儿马上就抱来了！”“天快黑了，我要回家了。”“好的，我们很快可以回南京了，祖诒叔叔也快回南京了。”夫人已泪流满面。几句话后，池照又闭上了眼睛，脸色变白，过了十几分钟，池照慢慢张开了口，很艰难地说：“我要回井冈山，8年没见池烈哥哥他——们——”池照的声音慢慢弱得再也听不清楚了，头一歪，眼睛就闭上了。“池照——！”“连长——！”一声声的疾声呼唤，池照却再也听不见了。大卡车司机脸色惨白，泪水刷刷地流，噗通一声，跪倒在地，不停磕头：“大夫，求求你们！一定要救救他，他是很了不起的抗日英雄，国家的栋梁，人民的骄子啊！我愿意拿我的命换他的命！”

在场的医生们都难过得别过脸去，不停擦着眼泪，他们曾经在战场上抢救过多少伤员，见过多少的死亡，都不曾像今天这样伤心动容。如今所有的苦难都熬过去了，幸福正像花儿一样在眼前开放，而他，正当29岁，生命最灿烂的时候，却在这当儿离开了。他在战场驰骋了8年，不知在多少子弹和炮火中蹚过，都没有倒下，而今天却倒在车祸中！

战友们悲恸地呼喊，夫人悲恸地呼喊，在寂静的月色中，显得多么凄凉，这是冷月无情，大地狰狞吗？

两天后，接到加急电报的祖诒和池烈立刻动身来上海，处理池照的后事，两人悲痛欲绝。卡车司机见到他们，下跪叩头，泪流满面：“大哥，我该死！我该死！我的命给你们了，你们想怎么处置都行！”池烈泪如泉涌：“我弟弟都没有了，我要你的命还有什么用！”因种种不便，池照的遗体不能及时送回家乡，只好先送到南京火化。几天后，池烈带着弟弟的骨灰和弟媳、侄女一起乘车回宁冈。

路上，池照夫人抱着女儿不停抽泣，池照不在了，她对以后的生活一片茫然。池烈掩面落泪，时不时撒一把纸钱，泣声道：“阿弟回家咯，阿弟回家咯……”他从来没想过，这个前程似锦的弟弟在抗战中都能够顺利生还，而今却遭遇意外，命归黄泉。纸钱在秋风中飞舞着，凄凉得如一片片秋天的落叶。生命太无常，太不可思议了。

之后，杨家人对池照因车祸离去的事，一直难以接受，无人敢提起，只怕碰到全家人的痛处。甚至，几十年过去了，杨家长辈，如我母亲、舅舅、姑婆一说到池照，无不黯然神伤，扼腕叹息。我母亲曾不止一次地对我说，她的池照叔叔很优秀，人品好，得人喜欢，在抗战中立过功，是个前途无量的军官，天妒英才啊！池照的骨灰送回家乡后，安放在杨府的祠堂，一直到1948年的冬天，才跟辞世的奶奶一起上山安葬。

我曾翻阅杨氏家谱，里面对池照的描写是：“壮志轩昂，事功当无量。”可是万万没料到，他的生命却那么短暂，如流星划过天空一样，闪耀了，惊喜了，消失了，唯留遗憾无穷尽。

第二十八节 喜忧大还都

人世间有些事情是突兀的，超乎了你的预想。本来好端端的一件事，却突然换了个方向，好像被恶魔拖住了，无法控制地拐弯逆转，你不知从何纠正，也不知从何阻止，只能放任自流，在时光的踟躇中默默地接受着一切的来临。

抗战胜利了，祖诒期盼回南京的愿望终于可以实现了，他和所有的南京国民政府的官员一样，希望早日回到离别8年的家园，重温从前的天伦之乐。但万万没料到的是，自己的得意侄儿池照在随部队前往上海，光荣地参加了接收上海任务时，因车祸英年早逝，祖诒心里蒙上了一层挥之不尽的忧伤。

1945年12月初，国民政府派各院部一部分工作人员先回南京办公。祖诒带着儿子力宇登上东进的火车，随部分工作人员返还南京，筹备国府大“还都”，并送儿子进国民政府新接手过来的金陵中学读书，让他有个好的学习环境。

在车上，大家兴致盎然，有人抑制不住兴奋，无比感慨地说：“看来有天意啊，我们西迁重庆时，大家相互安慰说，重庆是个好地方，有吉祥之意——重庆重庆，重复欢庆，我们一定会胜利回南京，今日果真如此！”听完一车厢的人都哈哈大笑。

然而，回到阔别8年的南京，满怀的激情恰如被浇了一盆冷水。这里，虽然山河依旧，长江滚滚东流，紫荆山壮丽如昔，但却已物非人是了。

8年的摧残，使南京像一个经历过沧桑巨变的老人，曾经的金陵王气已消失得无影无踪，那些古韵流芳的亭台楼阁、雅致清闲的独家小院，如今皆是满目疮痍。

走进国民政府大院，到处破败不堪，房屋漏雨，油漆脱落，抗战前新建的、富有现代气息的子超楼，五层、六层平台大面积积水，西花园的树木草坪被炸得七零八落，原本清澈的湖水几乎变成臭水。

走进考试院，四楹三门的古牌楼大门依然壮观气派，雪松林立，东西两大院散落的貌似宫殿的明志楼、衡鉴楼、公明堂、武德楼、宁远楼、华林馆、图书书库、宝章阁依然各就各位，精致美观。红门白墙，雕梁画栋，蓝色的琉璃瓦在阳光的照射下熠熠发光，但这堪称超凡脱俗的花园官署虽幸免于战火的摧毁，但它的每一个角落仿佛都在讲述，伪国民政府上演的一幕幕傀儡的丑剧，国民的唾弃谩骂之声不绝于耳。

如今走进这大院，祖诒心情不一样了，去重庆前他曾经在这里工作，现在又回到这，再担任法规秘书，心中最大的愿望是这里恢复从前的严肃庄重。一起返回的几个工作人员按照戴季陶院长的要求，努力回忆国府迁都前的考试院布局，力图恢复原貌，重修尊孔复古的风格。

国府行政院及所属各部都齐心协力为蒋介石的“还都”做准

备，以尽快恢复战前的格局，让“还都”后的工作人员和家属有地方居住和办公。中山路全部翻修，中山门、挹江门重新改建，自来水及地下水道要改进……需要赶时间的工作很多、很杂。

让祖诒心情久久难以平静的，还有光华门御道街的杨家小院。踏进院子像是踏进了废弃在荒野的古屋：几间平房被炸得狼狈不堪，屋顶斜塌下来，屋角炸了个口，下雨漏水；院子长满了杂草灌木；离开时长得正旺盛的梅树和樱树，如今已像年迈的老人，蔓蔓枝枝，缠缠绕绕，树干长了许多深色的疙瘩；屋子里潮湿的地方长满了苔藓和蕨类。

8年了，南京发生了沧海桑田的变化。当年离开时，这里人来人往，络绎不绝，奋武、池烈的孩子常在这里读书戏耍，节假日中小侄儿池照英姿飒爽地前来探望，家乡井冈山的乡里乡亲也常来做客——他们只要来了南京，有事没事都爱在这里歇个脚、住两晚。那时他几乎每天都要准备两桌人的饭菜，如今，孩子们长成花季少年，自己从一个身强体壮的中年人，变成年过半百的大伯。艰苦的抗战生活，让自己面容清癯，平添了几分憔悴，额头些许的白发在提醒自己韶光易逝。人生艰辛，睹物思人，忍不住地热泪盈眶。

岁月带走的仿佛全是原来的快乐，却没有带来新的欢喜。如今，回到南京的家，自己栖身之地也不成样子，更不用说带上夫人女儿和侄儿一起生活了，儿子力宇放学回到家中，读书做功课的地方都没有，好不容易清理出两间房，两个人将就地住着，要维修这房屋不是一朝一夕的事。

祖诒每天除了处理考试院的文稿，整理考试院公报，就是在家维修房屋，陪儿子一起看书、读报。休息日，祖诒也常带着儿子沿着御道街旁边的护城河转悠。走进秦淮河一带，记忆中这里曾经是日夜笙歌，公子翩翩，佳人俏丽，人流如织，如今却是冷冷清清、行人稀少，水面泛着浑浊的绿藻，一些随风飘荡的污物，几条破旧的画舫停在桥头，偶有几只燕子在头顶盘旋，尖叫几声又钻进了旁边破旧的屋檐下，颇有“旧时王谢堂前燕，飞入寻常百姓家”的凄凉。

“还都”的喜悦，在残酷的现实面前被驱赶得无影无踪，那些早进入南京的“接收大员”，个个如洪水猛兽，中饱私囊，人性的贪婪丑恶暴露无遗。

他们首先将贵重物品瓜分，不少人都有了自己的小汽车、洋房、小老婆。山西路一带洋房集中，被他们瓜分，分不完的，则贴上封条，不准他人使用。那些从重庆来的接收人员到了南京逛大街，坐车、吃饭、买东西都不给钱，开口就是：“老子打跑了小日本，享受这点算什么！”市民只好对接收人员睁一只眼闭一只眼。日本人摸清了接收人员的企图，投其所好，在接收账单上做文章。更让人忍无可忍的是，美国兵驾着吉普车在街上横冲直撞，压死市民，竟无人管治。

人们盼望已久的抗战胜利，国民政府“还都”，重建家园，如今却变成这样，全国人民欢天喜地的“大接收”，成了“大劫收”。街头的一首民谣，道出了对“还都”的心痛：“想中央，盼中央，中央来了更遭殃。”

实际上，当时蒋介石还在重庆，对“还都”南京，一拖再拖，内政外务纷纷扰扰，纠缠不清。

至于“还都”，定都什么地方？大家提议了三个地方：南京、北平、西安（或兰州），三派代表都据理力争，表达自己的愿望，最终达成了统一意见，认为“西南是抗战的大本营”，“东南是建国的大本营”，国都必须定在南京，否则对不起孙中山先生，对不起在抗战中牺牲的英烈。后来，国民政府“还都”终于有了眉目，蒋介石在1946年5月发《还都令》，定于同年5月5日“还都”南京。

《还都令》公布后，国民政府官员像是吃了定心丸，心情舒畅很多。当晚，祖诒带着部门的几个年轻人，高高兴兴来到秦淮河得月楼小聚。楼里甚是喜气，客人多了一些，小二们楼上楼下地忙着。几个人找了一个靠窗的桌子坐下，拉开通花屏风，在菜谱上点几个特色菜：桂花咸水鸭、金陵鸭血粉丝汤、京都排骨、京式锅塌子、蒜香炸鲈鱼、翡翠虾斗，小王写好菜单，举起手挥了一挥。小二笑嘻嘻过来了，接了菜单："客官，还需要点啥？"几个人齐声道："不用啦，赶紧上菜吧。"

一会儿，菜一个个地端上来了，几个人边吃边天南地北地聊，从家事谈到国事。小陈高兴地说："国民政府还都总算有眉目了。""是啊，还都了，国家就该开始建设了！"小王接着说，"杨秘书，你家公子学习优异，正好赶上建设好时代啦！""呵呵，希望如此啊！希望如此啊！""你们说说，我们要怎么建设？""我看杨秘书最有研究，最近，我读了他在《新中国月刊》发表的一篇文章，说得很有道理。"

几个人把目光集中到了祖诒脸上。祖诒若有所思地说："当然，该从经济入手，我说的经济是包括工业国防资源及其他重要经济要素在内的。""依你的观点，我们国家该怎么进行建设？"小王急切地问。"我们国家积贫积弱，当然要把国防建设放在第一位。中国地大物博，如无相当的国防，更加引人窥视，中国百年来不断被入侵，其原因就在此！"说到此处，祖诒有些激动。"杨秘书知识渊博，见多识广，看问题就是不一样。"几个年轻人一起夸赞了祖诒。

突然，小王压低声："听说蒋主席一直在限制八路军和新四军，之前对中共参加受降的态度模棱两可，暗藏玄机。""当时，蒋主席让原伪上海市市长周佛海为上海行动总指挥，率30万大军负责控制京沪杭三角地带，就是不想让共军进入。"小李接话道。"是啊，命令中共军队原地待命，国军积极向东部和北部推进受降。"……

几个人窃窃私语了一阵，来时高兴的心情，现在烟消云散了，又落得满腹忧虑。抗战有抗战的艰难，战后有战后的烦恼。

第二十九节 迷离的『国大』

蒋介石的“还都”南京计划，推了一次又一次，终于定下来了。1946年5月5日，国民政府正式还都南京，举行了隆重的还都典礼。

南京的春天略带一点寒意，而“还都”的喜庆让全场每个人的心里都暖洋洋的，天公也作美，阳光明媚。蒋介石夫妇率国民政府数千名军政人员，浩浩荡荡来到中山陵前祭拜孙中山先生，场面隆重，声势浩大。只见军政官员胸前佩戴的勋章、绶带，军人大沿帽的帽徽，以及近百名中外记者手持的相机，在阳光中明晃晃的一片。

祖诒和考试院同仁们跟随着蒋介石夫妇出席“还都”典礼，忙碌了一天，回到家中已是晚上八点了，感觉有点疲惫眩晕，毕竟已不再是八年前的体质了。儿子力宇迫不及待地问起父亲还都庆典的壮观场面：有多少媒体记者，有多少外宾？蒋主席讲话说了什么？祖诒只轻描淡写地描述了一下，他没心思与儿子交流这些粗浅的话题。

其实，他心里时时担忧着，国民政府的下一步棋如何走。国民政府虽然“还都”了，但却一直是个松散的机构，政出多门，随意性很大，不同派系更是在各耍各的一套，没有集中的国家意志。中华民国成立至今还没有一部真正的宪法。召开国民会议是孙中山先生生前念念不忘的一件大事，当年只因军阀当道，没法召开。北伐完成后，刚依照孙中山建国构想，开始训政，各省制定宪法的呼声越来越高。到了1931年，日本挑起侵华战争，因内忧外患，政治形势复杂，全国各省代表基本不能集中一起开会。原计划于1937年召开国民代表大会，制定宪法，但代表选举耗费时日甚多，代表选举完了，全面抗战又开始了，制宪会议一直没有召开。那些十年前选举出来的代表，十年之后才有机会出席会议，说起来都觉得伤感又荒唐。

如今，政治状况也好不到哪里去，各省呼吁召开国民代表大会，制定宪法，而实际响应者寥寥。会议时间一推再推，原定1946年5月5日召开的大会，不能如期召开，便将召开日期改为同年11月12日，筹备工作做完了，却又不得不改期，再推迟3天。

祖诒没有参加这次选举活动，也没有参加会议，但手下的几个小青年，每天都去国民大会堂协助工作，见面免不了聊起会议中的新鲜事。国府大院的文件和简报，首府南京各大小媒体，无不报道会议现况，来自不同派别的文章，像百家争鸣一样，展开了对制宪会议的评说和报道。会议开了十天，甚是扑朔迷离，甚是热闹，像是一场没有排练就出场了的戏。

十年前选出的代表，十年后开会，如今谁代表谁，谁也说不清，共产党和民盟没有代表参加，几个小党派说好了有代表来的也没见到。最后，会议以“人民”的名义产生了一部《中华民国宪法》，同时，也制造了一些利益小集团。该宪法公布后，立即遭到共产党、民盟的同声谴责，纷纷发表声明不予承认。

时局如此混乱，似乎一切都在变化中，祖诒忧心忡忡，无法判断国家今后的走向。当年留学归国的他，满怀豪情，怀揣救国救民的理想，希望赶走侵略者后，能按照孙中山先生的遗愿建起一个“三民主义”的国家，人民过上安定生活，国家迅速发展经济，正好能发挥自己所学的专业优势，为积贫积弱的国家经济建设出力，让人民早日摆脱贫困。然而制宪会议暴露的种种怪相，让他仿佛闻到了国民党与共产党厮杀的火药味。

制宪会议结束了，进入行宪国民代表大会的筹备阶段。根据已定宪法，开始部署大会代表选举，国民政府成立了中央选举总事务所，负责国民大会代表和立法委员直接选举工作。

各党派选举纠纷不断，你方唱罢我登台，惹得美国驻华大使司徒雷登心急如焚，忙向美国国务卿报告了情况，提议“鉴于选举有可能危害和谈的效果，建议应该延期选举”，但被国民政府委员会否决，蒋介石坚持认为“举行选举是走向宪政的必要步骤”，不能停止。

于是，全国上下纷纷成立选举事务所进行代表选举，各地都把本籍人心所向的知名人物推举为候选人。在这重要关头，祖诒被推到了历史前台。祖诒的家乡宁冈正好分配到一个代表名额，但是候选人有两个，一个是他自己，日本九州帝国大学留学归来，现任中央考试院法规委员；另一个是彭百川，美国哥伦比亚大学留学归来，现任中央大学的教授兼中央大学师范学院附中校长。

因为彭百川是邻县永新籍，只在宁冈居住过，是新城西门的彭家人，他本人在档案里的籍贯里也未曾填过宁冈，所以不是真正的宁冈籍人，他以宁冈籍竞选“国大代表”，并不符合选举法，但他在中央国府的一帮支持者一心希望他当上“国大代表”。本来乡亲们不知这内幕，只是彭百川太珍视这个机会了，他很想努力搏一搏，为了能竞选上，彭百川的同仁们到宁冈龙市、古城、新城、大龙到处宣传造声势，甚至出动武装，拉选票。

宁冈县的乡亲们见这架势，反而反感了，私下打听：彭百川何许人？乡亲们窃窃私语："我们怎么好像没听过、没见过？"几天后，乡亲们终于摸清他的情况，纷纷表示不赞同。

两派的支持者，展开了激烈论战。彭百川的支持者，公开抨击杨祖诒说：杨祖诒是日本留学生，我们抗战14年才赶走日本鬼子，现在不能再选一个曾在日本留学的人当"国大代表"，我们要选美国留学生，美国政府是支持我们的，如果彭百川当选我们的代表，他必能更好地代表乡亲们的利益。

杨祖诒的支持者出来应战，抗议说：杨祖诒是留日大学生，但是杨祖诒不是亲日派，抗日战争期间他在国民政府军事委员会政治部第三厅工作，还担任过国民党中央党部对日宣传委员会编审组组长，对抗战胜利功不可没。还有一点，明眼人都知道，杨祖诒的籍贯才真正是宁冈，杨家自发迹以来，为人本分，帮当地百姓做了不少好事，保护了百姓的平安。

道理越辩越明白，人心越来越有所向，祖诒在舆论上占了上风。

再则，祖诒的弟弟奋武曾在任宁冈中学校长时，因为民除害，把贪官胡文祥拉下马，深得百姓信赖。他的学生积极参与，支持杨祖诒竞选，帮他印发了一些宣传资料。投票后，祖诒以绝对优势高票当选了"国大代表"。但整个竞选过程中，祖诒却一直在南京，并没有回家乡，恰如当地乡亲流传的一句话，祖诒当选"国大代表"，实在是皇帝不急太监急！祖诒生性温文尔雅，不热衷这种激烈的政治活动，一直抱着中庸的态度。

但是，祖诒在南京眼见行宪"国大代表"的选举过程，甚是开眼界、长见识。选举纠纷不断，舞弊且不用说，连选举法也遭到小党派民社党和青年党的强烈反对。因为他们人少，靠投票没有优势，闹得选举法不得不被修改，于是蒋介石加入一条"须经政党提名方可当选”。如此一来，那些大量靠拉“选票”的代表们马上又像炸开的油锅，这些眼看要落选的代表，挖空心思想出了一个“好”主意：抬棺材大游行。

1948年3月28日，国大会议开幕的前一天，几十名代表一哄而起，抬起大棺材就上街了，打出“誓死保卫民主权利，国大代表坚决反对指派”等标语，浩浩荡荡，看热闹的人排了几里路，中外记者忙着抢拍。本来祥和的气氛，被这群人搅和得非常扫兴，蒋介石气得咬牙切齿，最后不得不动用了大批宪警特务，才平息了风波。

“国大”会议开幕那天，国府路前车水马龙，熙熙攘攘。祖诒跟所有代表一样，精神抖擞地来到了这座融西方剧院与民族风格于一体的国民大会堂，彻底体验了一次当“国大代表”的滋味。会场布置得庄严肃穆，当来自全国各地的代表无比兴奋地走进会场时，顿时热闹开了，或忙着找位置，找熟人，或三五成群，聊天交流，工作人员楼上楼下地跑着。叫喊声，说话声，摄影记者一闪一闪的镁光灯的砰砰声，交织在一起，犹如大集市。祖诒不爱凑热闹，冷冷静静地走了进来，遇见几个熟人，点头招呼了几声，便找到自己的位置坐下，等着会议开幕和投票。

会议开了一次又一次，票投了一次又一次，经过了近一个来月的百转千回，被选举人在一场场的智商与情商的激烈较量中试比高低，终于选出了总统蒋介石和副总统李宗仁。

马拉松式的“国大”会议算是告终了，疲惫的代表们终于完成肩负的历史重任。

后来，祖诒进入教育部担任要职，然而，国民党当局却江河日下。

第三十节　冬天的葬礼

1948年的冬天，是一段复杂多变的岁月，全国人民都在关注着华北的战局，国共双方的决战结果将决定双方的命运，也将决定中国的命运。南京自上而下的军政人员都密切关注前方战局的变化，而杨祖诒却不一样，家里尚有一件非常重要的事要办，再也不能推迟了。他的母亲大人三年前已辞世，没上山，入殓后放在杨府祠堂，已用石灰、木炭封存三年了，还有侄子池照骨灰自从南京运回来后，也一直存放在祠堂尚未入土，就等风水先生选坟山和吉日，然后一起上山——当地有个风俗，入殓遗体存放祠堂不得超过三年——如今，他自然要回家乡为母亲操办一个像样的葬礼。

偏远的井冈山依然与往年一样，寒冷僻静，说天寒地冻一点也不过分，霜已下过多次，杨府前院的池塘和水沟都结了一层薄冰，屋檐下挂着长长的冰凌，在屋外说话，人人口中都像吞云吐雾，每日清晨后园子里的杂草和树枝都像披着一层白纱，蔬菜被霜打得硬邦邦的，直到中午才能消失，菜叶便软绵绵的耷拉下来，唯有前院的梅花精神抖擞地绽放着，让人觉得冬天里尚存一线生机。

家家户户都在烤火取暖，有钱人家围着炭盆烤火，没钱人家蹲在炉灶边或坐被窝里暖身子。男人们常在家里干点修修补补的室内活，或劈柴打牌喝酒，女人们做做针线活，或教孩子识字。总之，就是不想出门，或尽量不出门，一旦出门那是必须穿上厚厚的棉衣，把身子捂得紧紧的，不然寒气无缝不入地往骨子里钻，让你直打哆嗦。

但是，柏露乡的杨府却异常喧嚣，门前人流不断，铜锣、喇叭、鞭炮响一阵停一阵，屋里屋外都是白森森的一片，唢呐与铜钹演奏出来的哀乐，时而高亢，时而低沉，时而叹息，时而悲吟。杨府的厅堂和院子全摆满了八仙桌，附近村民的鸡鸭鱼猪，不停地往府上送，邻居男男女女来府上帮忙，杀猪的、杀鸡鸭的、煮饭的、炒菜的、洗碗的、打扫卫生的，忙忙碌碌。

消息不胫而走，全县人都知道了，祖诒和奋武都自远方归来了，为母亲大办葬礼。

按照当地风俗，杨府是富贵人家，办丧事绝不能草率，必须按富贵人家的规矩操办。尽管杨家如今家底大不如从前——近些年，杨府也已断断续续卖出一些田地和木山，府上的收入在逐年减少，家里已是捉襟见肘——但是只要这气派的房屋还在，在乡邻们的眼里杨家就依然是富豪家族。

况且杨府的两名日本九州帝国大学留学归来的学生祖诒和奋武，在当地是响当当的人物。祖诒一年前当选“国大代表”，还是全县乡亲们热情支持，踊跃投票投出来的，那是中华民国第一次行宪国会的“国大代表”，在全国为数不多，好几个县才有一个，身份尊贵自不用说。奋武从重庆回宁冈后，担任过宁冈中学的第一任专职校长（以前的校长是县长兼任），校长在当地老百姓眼中，身份不一般，有文化有地位。去年他受老同学魏道明这位国民政府任命的第一位台湾省政府主席的邀请，去台湾省任职，在乡亲们看来，奋武也是一个很了不起人物。

尽管当时国共两党的军队一直在酣战中，双方投入兵力已逾百万，东北、华东野战军势如破竹，国民党政权每况愈下，人心惶惶，南京政府已开始向台湾转移金条和物资，为日后撤退做打算，政府一些要员也陆续买机票、船票去台湾。在局势多变的风口浪尖上，祖诒和奋武却要回到天高皇帝远的井冈山奔丧，心里甚是没着落，但也是没办法，母亲大人丧事不能不办，况且已选好坟山和吉日，实在不能再拖了，面子上的事终归要按面子去办，决不能亏待老人家。

于是，老人家的三个儿子，三家人一起凑钱办葬礼。祖诒从南京回来了，奋武从台湾回到家乡，大儿子儿媳棠城夫妇早已去世，由长孙池烈当门户。老人家已是儿孙满堂，在南昌、吉安、吉水读书的十几岁的孙子孙女池秀、英丽和曾孙蓬蓬、伟夫都赶回来了，唯有在台湾读书的池先和在南京读书的力宇，因路途遥远没能赶回家乡，几个在龙市读书的十来岁的孙子孙女都在家中等候大人吩咐，还有几个学龄前的孙子孙女和曾孙毅夫不知所措，只是忧郁地看着。

池烈夫人一向节俭，三家人筹划葬礼时，她不停念叨着："要会打算，会划算，不会划算穷一世。"开始时杨府做了一个大概的收支预算，但葬礼一铺开，很多开支便无法预计了。

葬礼规格很高，礼节繁缛。葬礼的总指挥，也称提调，是当地的名人。灵堂设在杨府中间的祠堂里，负责灵牌位点笔的点主是县长——即为灵牌的"某某之灵主"的"主"字点上面一点，事先由一位教书先生，写好一个"王"字，然后县长点上面一点，意即尊长同意此丧事——完毕，孝子贤孙哭拜跪谢。点主立即将点笔投向人群，大家踊跃争抢，谁抢到了笔，预示谁家孩子将来能读书成才。还请了道士诵咒，做法事，烧官钱超度亡魂，造化升天。最花钱的还是请戏班子，吹奏哀乐，亲戚朋友按顺序随礼生唱赞祭奠，孝子贤孙在孝幔内跪谢，每天要唱好几场戏。

每天从早到晚人流不断，纷纷扰扰。来吊唁的人很多，上至政府官员，下至乡邻百姓，有骑马来的，坐车来的，坐轿来的，也有徒步几十里来的，门口的卵石路让人踩得油光发亮，亲友陆续而至，用白纸包奠仪、挽联、香烛、纸钱上门吊唁。祖诒、奋武和侄子侄孙几个都披麻戴孝，见一个跪地谢吊一次。来吊唁的亲戚、朋友达千人，院子里屋子里到处都是人，叽叽喳喳、窃窃私语的说话声、哀歌哀哭声、诵经声、铜锣声，交织在一起。祖诒和奋武每天都累得两眼发黑，双腿发软。

葬礼持续了七天七夜，戏班子唱了四十多场，流水席摆了七天七夜，无论谁进门，都必须好菜好酒招待。厨房忙着炒菜热菜，炉火从早到晚没停过，屠夫忙着杀猪褪毛，开腔破肚，然后把一头头猪肢解成一块块肉，又让厨师炒成一盘盘菜。大家已记不清，想不起杀了多少头猪，前院里的猪毛都堆成了小山。一天下午，打扫院子的邻居，竟然从一堆杂毛中翻出一头已杀的、还没褪毛的猪，大家愕然了，心里才明白这几日杨府的银子在哗哗地往外流。

前面二三天的酒席，来往的人还守点规矩，但到了后面几天就乱套了，杨家人自己也分不清，是友非友，是故非故，反正进门的人都必须好好招待，无论面熟的，还是面生的，进来了都招待吃饭，结果，有不知从哪里冒出的叫花子，有北方逃荒而来的难民，有在附近忙着打牌赌博没吃饭的赌徒，有躲政府壮丁的乡民，他们知道，只要跑进杨府，就能安心饭吃。总之，一片混乱，局面无法控制，甚至有兵跑进杨府抓壮丁，全场愕然、惊叫。祖诒不得不出面制止：“家母丧礼，请不要到府上抓人！”他一开口也就不敢有人再上杨府肇事了，杨府才算妥妥当当把葬礼办完。

葬礼办完，杨家人已疲惫不堪，尤其是祖诒和奋武不停跪地谢吊，已累得虚脱，身子骨如在云雾里飘。

曲终人散后，亲友邻居渐渐离去，杨府又冷清下来，厨房的炉火少了，各居室的炭火盆一个个地被撤走，那闹哄哄的大屋子的人气和暖气慢慢地收敛了，寒气却一点一点地渗入，从屋檐下、门缝里、窗格缝渗进室内，那是喧嚣过后的冷清，不由得让人觉得有点心凉。母亲大人上山了，真的离开了这个家，本来四世同堂的家，少了母亲就是少了一代人，少了一个核心，连最小的曾孙毅夫——一个长得秀气聪明的孩子，也无比失落地念叨："祖奶奶走了，祖奶奶真的走了。"

童言无忌，却让长辈们听进了心里，老人家虽然三年前已离世，但是一直安放在杨府的祠堂，家里人依然觉得老人家还跟大家在一起。想去拜祭，跟老人家说说话，稍移步就到了祠堂，以后却不一样，要上山去祭拜，不容易了。

祖诒的心里也空落落的，母亲大人真的走了，老人家经营了几十年。大家庭以后怎么维持下去，他心里没有着落。前路茫茫，动荡的时局已让他心里常常无奈和感伤，他已不像刚从日本回国那一阵子，意气风发，斗志昂扬；也不像在武汉、重庆做抗日宣传时那样精神抖擞，信心满怀，如今心里有说不出、道不明的苦衷。国之不安，家安何处，路在何方。从日本回国那年，山河是破碎的，国是飘零的，他的心是满满的，而今破碎的山河被一片片地收复回来了，自己的心却在飘零破碎。

第三十一节　在粤受困

在祖诒和奋武回老家井冈山奔丧的这一个多月，战局已发生翻天覆地的变化。这变化来得太突然，太迅速了，甚至连他们自己也不敢相信，蒋介石的精锐部队接连被解放军歼灭，连最后的一个王牌军第五军也在淮海战役中全军覆没。战场的失利预示着政权的瓦解，曾经不可一世的蒋家王朝走上了不可逆转的灭亡之路。

他们还未从母亲葬礼的哀伤中回过神来，就被突如其来的大变局弄蒙了。

奋武和夫人核算了一下，惊讶地发现母亲葬礼的开支已经远远超过了预算，所有积蓄都花光了。奋武本是准备在母亲的葬礼后回台湾的，因为儿子池先还在那里，但如今的局势，走了就不知何时才能回大陆；不走的话，一个未成年的孩子在台湾上学，没有任何的安排和交代；若全家一起走，根本不可能，夫人和儿女共有7人，路费无法筹措，甚至自己一人走的路费都拿不出。

奋武于是跟夫人商量对策，两人在黑灯瞎火中商量到深夜，都想不出一个能让全家人在一起的万全之策，夫人惆怅伤心了一夜。

第二天清晨，依然寒风凛冽，呼呼的北风如催促的战鼓，夫人感觉不做决定不行，计划已赶不上时局的变化了。夫人毕竟是知书达理之人，答应奋武一人去台湾带着儿子池先，自己和其他5个儿女留在井冈山老家。

紧接着，夫人回娘家向亲戚借了五个银洋，给奋武当去台湾的盘缠。她对亲戚千恩万谢，说几个月后一定如数奉还。

当时，从上海前往台湾的人实在太多，大街小巷中人群挤挤挨挨，都想买去台湾的票，机票船票价格一日比一日高，而且很难买到。奋武便打消从上海前往台湾的念头，准备从广州走，没这么多人，而且从广州出发也很方便，先坐小船去香港，再转大船去台湾，费用也不太高。

奋武收拾简单的行李，带上盘缠，先从井冈山到赣南大余县，再越过大庾岭来到了广州。这里，像是另一片天地，虽说是冬天，但到处绿树婆娑，大叶榕、小叶榕布满街道，粉色、紫粉色的羊蹄甲点缀其中，给这座城市增添了骄人的妩媚，殷红的三角梅又给人带来了一丝丝的暖意。奋武疲惫紧张的心稍宽，街上的人们并不像上海一样慌张，行色匆匆，只是感觉多了一些国府官员，据说国民政府的部分机构正南迁广州。

奋武打听了一下，沿着长堤步行到了沙面，只见珠江江面一片浩渺，船只穿梭往来，繁忙如织。

他找到一家船舶公司，到售票处排队，慢慢到了窗口，他从包里拿出五个银洋，说："我要一张去香港的票。"票务员接过银洋，在手里掂量了一下，又拿起一个吹了吹，放耳边听了听，脸上掠过一丝怪异的表情，歪着脑袋，斜着眼睛看了看奋武，说："先生，瞧你模样倒像个书生，该不是有意的吧。”奋武惊讶地瞪大了眼：“你，这是什么意思？！”票务员声音高了八度：“你——这银洋是假的！”“这怎么可能？！是老家亲戚手上借来的。”奋武脑袋“嗡”的一声像要爆炸了。“千真万确！”票务员说完，把五个银洋在手上排开，从窗口递出，然后大声道：“让开！下一位。”奋武从人群中挤了出来，顿时脸色由红变白，又由白变青，一屁股坐在路边的阶梯上，整个人都傻了。

如今走不了，以后恐怕就没机会再走了。儿子池先将一个人流落海岛台湾，之前自己没有对儿子有过任何交代和委托，留给儿子交房租和吃饭的钱没多少，将会很快花光，一个十几岁的孩子以后如何在遥远的异乡生活，想到这里，奋武的心如同掉进了冰窖……

第三十二节 父子诀别

祖诒奔丧后，急急忙忙赶回了南京。他在下关火车站下车，出站后，雇了一辆三轮车回御道街的家。路上，他发现全城已躁动不安，不时响起枪炮声，行人都行色匆匆，汽车、马车、黄包车都飞快地穿梭在街道上，马蹄的嗒嗒声，车轮的吱吱声，汽车的嘀嘀声，混成一片。街头百姓压抑不住兴奋地传说解放军即将围城啦！

回家乡一个多月的工夫，时局的变化让他大感意外。前方战场国民党的军队频频失利，后方空军第八大队飞行员俞渤等5人发动起义，出动飞机轰炸大校场和总统府，蒋介石险些丧命。1949年1月，蒋介石被迫发表“引退”文告，国民政府乱成一团，官员纷纷为自己另谋后路，再打听一下，同事已有不少离开了南京。他踏进屋子，看到儿子在家里安安静静地看书，提着的心终于放下来了。

第二天，祖诒急忙回到考试院，整个院子如败北的战场，平日里同事们整齐端坐的办公室，已零零落落没几个人，室内一片狼藉，纸张散落一地，文件夹、文件盒在桌面东倒西歪地躺着。他急忙来到张院长的办公室，只见几个文件柜已被搬空，房间空荡荡的。张院长坐在办公桌前，沉默忧郁，面无表情，一见他，开口便说："杨委员，你终于回来了，回来了就好！共军快要进城了，国府的局势已容不得细想了，你尽快考虑一下去台湾的事情吧，再晚了，恐怕连票也买不到啦！"祖诒连连点头："谢谢院长关心！我回去跟家里人商量商量，尽快做决定。"祖诒从院长办公室出来，脸色苍白，虽然他早已料到国府将日薄西山，但万万没想到来得这么突然，如雪崩一样，断崖式地垮下，自己还没有做一点准备。

同年2月，趁国民党海军最大的巡洋舰"重庆号"回上海保养之机，舰上年轻官兵与中共地下党联系，成立了"重庆军舰士兵解放委员会"，在长江江面发动起义。"重庆号"起义后，国民党海军犹如多米诺骨牌，发生了一系列起义，千里江防呈现一触即溃之势。3月，在南京有着"御林军"之称的首都警卫师第九十七师师长王宴清发动起义。内部的瓦解敲响了南京国民政府行将就木的丧钟。

南京街头到处都贴上了解放军的宣传单："打倒蒋介石！解放全中国！"解放军攻打南京，已箭在弦上。接下来，又有几个亲戚和同事到家中，劝他赶紧收拾金银细软，订机票赴台。

在忙乱中，祖诒买了两张赴台湾的机票，准备带着儿子力宇一起走。离登机还有几日，祖诒心情沉重，始终不知怎么跟力宇这个小少年解释眼前发生的一切。

于是，祖诒每天带着儿子冒着寒风冷雨，游历南京城，他想跟这座城市做一次诀别。他们最先去的地方是考试院，那是他从1929年归国，来到这座城市起，工作时间最长的地方，也是他心里最留念的地方。他带着儿子走进考试院，深情地环顾这四季鸟语花香的庭院，他告诉儿子这庭院的美丽和特色，旁边的明城墙和玄武湖，给这庭院增添了妩媚，沉淀了历史。接下来，他又带儿子去看了总统府、夫子庙、明故宫、鼓楼、钟山……他边走，边跟儿子讲每幢建筑、每个古迹的故事，从三国讲到东晋、南朝，又讲到隋唐、明清。他告诉儿子南京是六朝古都，这里龙盘虎踞，山川灵秀，人文荟萃，历朝历代的风云旧事数不胜数。

登机前一日，他带着儿子去新街口，再看南京繁华的新建筑群，准备买一些食品在路上吃。两人走到新街口——这是他们节假日常来的地方，高大的新式建筑干净整洁，尽显时尚气息，精致华贵，却并不雍容，街上人头攒动，街头群众喜气洋洋，人群中有人高喊："解放军要进南京啦！""南京要解放啦！"祖诒没来得及多看多想，只是拉着儿子往中央商场走，正想进入，却发现门口围了一大群人，在叽叽喳喳地议论着什么，祖诒挤进去一看，原来是一张人民解放军布告，布告第五条和第六条写道："除怙恶不悛的战争罪犯及罪大恶极的反革命分子外，所有国民党政府大小官员，凡不持枪抵抗、不阴谋破坏者，一律不加俘虏，不加逮捕，不加侮辱；一切散兵游勇，均应向当地人民解放军或人民政府投诚报到。"

这不就是说，国民党的军政人员，只要不与人民为敌的，不搞破坏颠覆的，能投诚自首的，愿意留在大陆的，不是罪大恶极的，都会给予安排工作，给出路，给饭吃吗？

祖诒想到国民政府的一些变故：考试院原院长戴季陶不愿跟蒋介石去台湾，在广州服安眠药自尽；新院长张伯苓对去台湾也颇为犹豫，没有实际行动；国民党军队不断爆出向人民解放军投诚的消息，那自己去台湾有什么意义？有什么出路？自己为什么不能向人民投诚？想到这里，祖诒心情轻松了很多，自己回国这些年来，虽然在国民政府工作，但扪心自问，从没有做过对不起人民的事。

于是，他随便买了一些儿子爱吃的东西，便回御道街的家了。

晚上，夜色深沉，窗外寒风凛冽，一轮残月在缓缓地移动，一会儿被乌云遮住了，一会儿又从乌云中露出一半脸。祖诒在屋子里一遍一遍来回踱步，往事历历在目：年轻时，他远渡重洋留学日本九州帝国大学，斗胆与藤野院长抗争，选择了经济学专业，那时自己的想法，是想等中国统一后，能用自己所学建设国民经济，让积贫积弱的中国富裕起来；留日期间，他又因抗议日本出兵中国，遭受身心屈辱，身陷囹圄；学成归国后，一腔热血报效国家，在日本总领事馆忍辱负重；抗战全面爆发后，不分昼夜、不计安危在国民政府军事委员会政治部第三厅做抗战宣传工作；如今，赶走了日本鬼子，破碎的山河被一片一片重拾起来，自己也年过半百，夫人和三个尚年幼的女儿因生活困难，还留在井冈山，自己要离开这片故土，说什么也不是滋味，他的心里如打翻了五味瓶，现实留给他的选择都是残缺的。

祖诒把儿子叫到跟前，想跟他说话，却欲言又止，倒是儿子开口了："爸爸，我们明天就要坐飞机去台湾吗？"祖诒叹气："是啊，是啊，我正想和你商量这事呢。""我们走了，妈妈和妹妹们怎么办？"祖诒语重心长地说："儿子，你上中学了，是个大孩子了，在爸爸妈妈的眼里你是个聪明懂事的孩子，爸爸有些想法现在必须跟你说清楚，希望你能理解。"祖诒拉着儿子的手，在昏暗的油灯下娓娓道来，把自己的经历从头到尾跟儿子说了一遍。平日里，他忙里忙外的，从来没有那么详细地、认真地跟儿子说过自己的过去，如今这时候了，再不说，可能再也没有机会了。

接着，他把在中央商场门口看到的布告内容告诉了儿子，说自己决定留在大陆，大陆对他是安全的。他相信共产党，共产党有能力统一中国，如今偌大的大陆都能拿下，小小的台湾迟早也会被拿下的。但是，他最不希望看到的是儿子今后可能在新旧社会的交替中耽误学业，儿子是他一生的最大希望，儿子正处在人生中求知求学的美好时光。眼看着，国库的黄金美元被一箱一箱地运往台湾，南京的学术名流陆陆续续离开大陆去台湾，今后南京的教育由谁人主持，自己的身份将怎样改变，祖诒无法预测，但一定要让儿子的学业不受任何影响，只能让儿子一个人跟亲戚去台湾，这样无论今后的局势怎么变，对儿子学业的影响都是最小的。

力宇听完父亲的话，想到以后要一个人在陌生而遥远的台湾岛求学，见不到父母，见不到妹妹们，忍不住眼泪刷刷地流，祈求道："爸爸，你跟我一起走吧！"祖诒紧紧抱住儿子："爸爸也想跟你永远在一起，但是爸目前只有这个办法才能保全你，你是我们一家人的希望，无论在什么情况下，你都要记住爸爸的话，好好读书，做一个出类拔萃的人，以后无论你在哪里，都要为自己的国家效力，始终要记住你是一个中国人。"说着，祖诒自己也抽泣起来。

第三十三节　向人民投诚

儿子离开后，祖诒心里空落落的，不用上班了，同事朋友大多数离开了南京，或去台湾，或去广州，渐渐地没人来串门了，日子就这么清闲下来。他依然从容淡定地住在光华门御道街的家中过着粗茶淡饭的生活，或读书看报，或给院子里的蔬菜地拔草浇水。眼前的事纷纷扰扰，今后的事无法预测。总之，该走的已走了，该来的总会来，这也许就是人生的命数。

1949年4月20日，国共两党的北平谈判有了最终结果，南京政府拒绝签订和平协定。第二天，毛泽东主席、朱德总司令向全体人民解放军下达了《向全国进军的命令》，人民解放军向尚未解放的广大地区进行了规模空前的全面大进军。

“钟山风雨起苍黄，百万雄师过大江。”人民解放军以迅雷不及掩耳之势，从浦口横渡长江。一时间长江江面众船竞发，满载着解放军的船只穿梭于长江南北，下关一带的江面热闹非凡，蔚为壮观。国军留守的空军对江面进行轰炸扫射，但没有进行实质性的攻击，好像在告诉人们他们只是象征性地完成防御任务，不至于让蒋介石面子上过不去，根本阻挡不了渡江大军的前进步伐。

千里江防转眼垮塌，登陆下关码头的解放军沿中山路挺进南京城，国民党守军如惊弓之鸟，面对攻击步步后退，无心守城，仓皇逃跑，唯恐丢了性命。解放军迅速冲进了“总统府”，登上“总统府”门楼，拉下青天白日满地红的“狼牙旗”，换上了一面解放军冲锋时的红旗。这一切过程，没费什么周折，城内虽有少数反动分子搞破坏，时而响起零星的枪炮声，但南京城还是很快被解放军控制。

祖诒独自待在家，消磨着时间，他从来没有把日子过成这个样子，既无聊又不踏实，心里总悬着些事儿。

一天，他突然被门外御道街传来的一阵喧闹打断了思绪。街上敲锣打鼓、载歌载舞，甚是热闹。仔细一听，还有人在喊“南京解放了！南京解放了！”，欢呼声浑厚而雄壮。

祖诒忍不住走出院子去看，只见路旁前两天挂的红色横幅“欢迎解放军进城！”今天换成了“庆祝南京解放！”南京解放的节奏果真这么快！再往街道远处去，宽阔的御道街已人山人海，街道两旁的雪松间插满了红旗，在料峭的春风中猎猎飘扬，到处都是秧歌队，演员们舞着红带，笑逐颜开，街头剧和街头演说随处可见，大型商场的门楼上挂着毛泽东和朱德的巨幅画像，成千上万的人们夹道欢迎解放军进城，甚至，各大学、中学的学生成群结队地跑到太平路、新街口，去迎接解放军入城，有的还搭乘汽车跑到下关去迎接。

进城的解放军战士个个都穿着破旧粗布衣服，打着绑腿，面容清瘦，但却精神饱满、眼神纯朴、神色庄严。路边的老百姓热情地递上毛巾、鞋子、衣物，或一些茶点，但全被他们微笑着谢绝了。

人群里不断有人竖起大拇指：“这才是我们老百姓的军队！不拿群众一针一线！”

解放军进城后，祖诒发现解放军确实是一支爱护人民、纪律严明的部队，心中感慨万千。回想当年国民党军队“还都”南京的状况，两者不可同日而语。国民党兵一出场的架势就像绿林土匪下山，开口就是：“他妈的，老子赶走了日本鬼子，拿这点算什么！”好像赶走日本鬼子全是他一个人的功劳，天下全是他一个人的财产，所见的东西也都是他自家的似的。城里老百姓唯恐避之不及，见了他们便躲得远远的，街头的商店酒店见了他们来了就关门，说不营业了，而眼前的解放军全然不一样，老百姓主动送东西去，他们都不要。

祖诒心里突然就明白了，为什么在国共三年战争中，国民党军队越战越少，士气低迷，在战场上一批批地投诚共产党军队；共产党军队越战越多，士气高涨，后方的老百姓拼着生命也要支持共产党军队，正所谓“得民心者得天下，失民心者失天下”，国民党政府违背了民心民意，终究被人民唾弃了。

解放军进城后，宋任穷带着南京领导干部的新名单和200名南下干部，来到南京进行全面的接收。4月25日，刘伯承、邓小平、陈毅等人先后来到南京。28日，南京市军管会成立，下设军事、财经、交通、政务、文化教育、房地产等六个部门，很快将南京全城的管理工作接管了过来。

5月1日，新的中共南京市委成立，刘伯承任市委书记、宋任穷任副书记，陈修良为市委组织部部长。10日，南京市人民政府成立，刘伯承任南京市市长。几天后，南京市人民政府出台了一个保护公私财产、名胜古迹的布告，不久，又发布了解散反动党团和敌特组织的布告，解散了旧保甲组织，彻底摧毁南京的旧政权。接着，市属各区人民政府相继成立。

中国共产党接管南京政权出手特别快，部署一个接一个地接管下来了，安排得井井有条，虽然期间也出现一些不良现象，但是新南京市领导能及时出手，有效遏制。

因为来到南京的南下干部和解放军大部分是在农村成长起来的，普遍吃苦耐劳，严于律己，但有个别存在较强的农民意识，甚至抱着狭隘报复心理，“地主、资本家滚开，该由我们来捞一把”，出现了抢占好房子、好车子，骄奢淫逸、铺张浪费的现象；有的干部居功自傲，盛气凌人，有“打江山，坐江山”“打倒皇帝做皇帝，打倒军阀做军阀”等思想，不太听指挥，随便骂人，对地下党同志着装洋气看不惯，说人家烫发是火烧的，短袖旗袍是摸鱼的，小腿外露是过河的，高跟鞋是跌人的……中国共产党高层领导人意识到，如此下去，会很危险，历史上农民起义胜利后的骄奢淫逸导致失败的悲剧恐怕要上演。他们及时组织进南京的解放军官兵观看《闯王进京》，进行善意教育。对严重无政府无纪律的事件，进行通报批评，命令犯错误者进行自我检查；对私自挪用收缴物资，拖延不交，导致破坏或损失的，必须赔偿并检讨，情节严重的，必须从重惩处。

眼看着这一切，祖诒心里感叹道，能坐江山的还是共产党啊！自己为之服务了20年的国民政府走上穷途末路，自己在时代嬗变的汹涌波涛中，被一个巨浪打到了人民的对立面，虽说不是自己的心愿，但却成了现实。当年在日本留学时，中国留学生都仰慕孙中山，信仰“三民主义”，接受的是孙中山的“三民主义”思想，认为那才是救国救民的良方。自己一腔热血图报国，加入了国民党，被九州帝国大学的中国留学生推荐为该校国民党支部委员。为抗议日本出兵中国，四处奔波，领导中国留学生抗议日本政府侵华施暴举行示威游行，发生济南惨案后，不计较得失，不顾生命危险，秘密回到上海，向政府报告日本军国主义的一切暴行及准备出兵攻打中国的秘密消息。在抗日战争中，自己在国民政府军事委员会政治部第三厅工作，满怀豪情、夜以继日地做抗战宣传工作。谁也没想到，赶走了日本鬼子，战争却没结束，国家并没有如自己所愿实现和平建国。

如今看来，那过去的20年，恍如一场噩梦，梦醒之后，一切如浮云，如果早知今日，还不如当时不读那么多年书，不去日本留学，不参与政治活动。当年父亲离世时，自己还小，家里并不宽裕，母亲原本打算让他去学手艺，如若当年去学了木匠，如今该是个能工巧匠了；如若学了裁缝，现在定是一个手艺精湛的师傅，但自己却走了读书的路，留学日本学了政治经济，回国后服务了国民政府，希望自己能为国家经济建设出力，让人民摆脱贫穷。谁知回国后连年战争，自己所学的专业根本没派上用场，现在战争结束了，自己却是55岁的人了，头发也花白了，今后的工作在哪里？生活在哪里？想到这些，不由得心中一阵悲凉。

祖诒每天最关心的是新政府的政策，对照新政策检查自己有多少过失，思来想去，坚信自己没有对不起人民的地方，相信自己尚有悔过自新的机会。有一天，他在一份解放军报纸上看到一则消息：有关中共中央对原国民党军政机关和其他官僚机构中的旧人员的安置政策，除了将国民党机关中反动有据、劣迹昭著的部分人员予以处置以外，愿意为人民服务的则尽可能录用。祖诒心里像落下一块石头，庆幸，共产党真的给自己机会了，新人民政府并没有抛弃他这样一个旧官员。

祖诒在家里考虑了一晚，生命有限，人生不能重来，自己还能做什么，只有自觉走到新政府这一边，才能与人民站在一起，这才是余生的出路，于是决定向人民投诚。

第二天，他收拾好家里的金银首饰玉佩等贵重物品，打了一个包袱，决定主动去南京新公安局自首。他打开衣橱，随手换上衣服——那是他以前上班穿的中山装。他穿好准备出门，在镜子前站了站，突然觉得别扭，太笔挺了，感觉是要去政府上班。他又脱下来，在衣橱里找了一阵，找了一件半新半旧的青布便装，抖了抖，往身上一穿，不张扬，这才像去自首的模样。

一路上，他有点忐忑，曾经，自己是国民党的中央政府官员，走在街上昂首阔步，目不斜视，心里满是踏实；如今，世界变了，政府换了新主人，社会整个儿翻新了，自己从金字塔的上层颠到了最底层，转眼间，变成了旧社会的人，是该被新社会抛弃的人，他走上大街，已感觉灰头土脸，抬不起头，但也只能硬着头皮往前走，心里却是忐忑不安。

他埋着头，怯生生地走到市公安局门口，只见里面焕然一新，进进出出的都是身穿军装的人民解放军，个个面带喜色。他猛然觉得身子下面的一双脚像灌满了铅，再也挪不动，心在怦怦直跳，像是要跳出喉咙，活到这把年纪，还从来没做过这种失身份的事，他十分难为情，恨不得地面有个裂缝，自己赶紧钻进去。他站在那里迟疑不定，大脑思维像停止了一样。

不料，门口的值班人员微笑着迎上来，上下打量了他几秒，猜出了他是来投诚的原国民政府官员，便把他领进了一个办公室，一个干部模样的人马上站起来，热情地跟他握手："我们欢迎您向人民投诚！"祖诒腼腆地交上带来的贵重物品，另一个工作人员打开包裹，拿着登记簿，一件件地登记起来。

然后，干部模样的人像拉家常一样，询问了祖诒的情况，祖诒一一作答，工作人员认真记录了他交代的问题：读书经历、家庭情况、在国民政府所从事的工作等。

最后，干部模样的人告诉他："你先在这里参加学习班，在此期间我们会对你交代的问题再做一个调查。"他吩咐下属把祖诒编入了国民党旧人员思想改造学习班，学习共产党新政策、新思想、新社会的生活制度等。

两个月后，公安局对他交代的问题调查完毕，宣布无罪释放，凡带去的贵重物品一律退还。祖诒无比感激地道谢了一番，又回到光华门御道街的家中，顿时，心情宽松了许多，共产党真的信守诺言了，没有为难自己，看来留在大陆的选择没错。

第三十四节 等待的结果

解放南京后，解放大军浩浩荡荡继续南下，势如破竹，所到之处反动派望风而逃。1949年7月到了江西吉安，解放了吉安；9月到了祖诒的家乡，解放了井冈山。

中国进入了一个新旧社会交替的新阶段，那是一个简单快乐的时刻，也是一个纷繁复杂的时刻；那是一个充满希望的时刻，也是一个迷茫失落的时刻。有人洋溢着幸福，有人纠结痛苦。举国上下欣喜若狂，中国人民笑逐颜开，庆祝自己当上了国家的主人，人民可以安居乐业了，但也有少数人因迷失方向而忧郁，他们在煎熬中度过了一个个日日夜夜。

解放军到吉安后，阳明中学解散了，一批批学生参加到解放军的队伍，跟着解放军向祖国的大西南挺进。祖诒的侄孙女蓬蓬就在吉安阳明中学读高中，那时她已出落成一个水灵灵的大姑娘。她明眸皓齿，肌如白雪，面若桃花，爱读书好娴静，从来没想过要改变自己。眼看着社会发生着轰轰烈烈的变化，可战场上的事自己又不擅长，蓬蓬也不知所措，学校解散后，她回到了宁冈，在家休学等候，心里依然向往上大学，甚至继续出国深造，并希望之后学成归国可以有所作为。

在当时，女性读书是凤毛麟角，蓬蓬在当地读完初中后，与男生一同参加吉安市属十县联考考入阳明中学高中部，这是当地老百姓公认的“名校”，一时不知得到多少人的羡慕和赞赏：杨府真是书香门第，女孩子读书也这么厉害，巾帼不让须眉。在阳明中学解散前不久，第一届高中毕业生参加了高考，除个别学生因家庭经济困难放弃外，凡参加了高考的学生都考上了大学，这对蓬蓬的诱惑力太大了，她心里坚信着只要战争过去了，还是能继续返回学校上学， 新中国会需要知识人才的。

在蓬蓬就读的学校里，还有一个女生，叫梦姑，比她小半岁低一年级，也是宁冈人，两人一见如故，亲如姐妹，常结伴出入，形影不离。梦姑爱好读书，也想上大学，但她又跟蓬蓬不一样。当解放大军从北至南，路过江西吉安时，同学们一起载歌载舞上街迎接， 男同学个个投笔从戎，她心情再也不能平静，常常私下里跟蓬蓬说：“可惜我们是女儿身，身体又不够棒，耍不起刀枪，不然我也想去参军。”蓬蓬听了，默然不语。

第二年，阳明中学又有一批同学响应国家“抗美援朝、保家卫国”的号召，参加中国人民志愿军，奔赴朝鲜战争前线，这次梦姑真的下决心要去了，但她很想要蓬蓬跟她一起走：“蓬蓬，我们一起去参加志愿军，好吗？”“我们俩能干什么？行军都走不动。”蓬蓬说。“我们拿不起刀，拿不起枪，我们去前线当护士总可以吧！”梦姑恳切地说。“可当护士不是我的心愿，我还是想上大学。”一向心气高的蓬蓬依然坚持己见。从此，两人各奔东西，梦姑加入了志愿军去了朝鲜，蓬蓬休学在家等候着学校复学。蓬蓬错失这次参加志愿军的机会，成了她日后无法弥补的悔恨。

梦姑走后，她怎么也没料想到，等来的不是学校复学的通知，而是一场未曾料想到的、猝不及防的人生风暴，当时的她无法理解，无法接受，也无法改变，她像一下子被狂风卷起，狠狠地摔进了漫无边际的大海，看不到希望，看不到前途，只能任凭命运之舟漂泊。

那年冬天，大雪纷飞，天气比以往的任何时候都冷。室外寒风翻滚，呼呼作响，仿佛要撕裂这个世界的一切；屋檐上的一根根又粗又长的冰凌，不断被狂风吹断，狠狠摔在地上，咚咚作响；院子前的那两棵梅花树上的小冰凌已被吹得失魂落魄，前几天盛开的梅花在寒风中散落一地。杨府的人都蜷缩在屋子里不敢出门，一家人围着一个木炭火盆烤火取暖，大家的心情显然都不太好。杨家今后的日子怎么过，池烈自怨自艾地望着一家老小，忧心忡忡，但却无计可施。

突然，院子里的大黄狗汪汪地叫了起来，鸡鸭从窝里惊起，咯咯嘎嘎地乱叫乱飞，一群凶狠的汉子冲进了杨府。他们在厅堂大声宣布杨家田产山林从此一律归公，又勒令杨家交出家里的所有金银财物，池烈说："家里值钱的都上交了。"带头的黑汉不信，一挥手，命令手下立即搜查。他们搜了一阵，没搜到什么。

他们心有不甘，带头的黑汉又号令手下将杨家一家老小全赶到院子的空地上。池烈因是杨府的长子长孙，便成为重点拷问对象，但问了一阵没结果，于是下令把他们送进监牢关押起来，又把他们的女儿蓬蓬揪出来拷问。

蓬蓬已被这突如其来的家庭变故吓蒙了，她大部分时间在学校，一门心思想着战争结束了，还要继续上学，念完高中再去欧洲留学，家里的事她从来也不过问。她一问三不知，只顾摇头、哭泣，加之天寒地冻，体质又弱，没多久，已冻得牙齿咯咯作响，脸色由白转青，一阵头晕目眩，坚持不住了，身子一歪，倒在地上不省人事。

那黑汉见问不出什么名堂，便命令几个手下，拿出两张大封条，在大门上贴了一个大交叉，把杨府封了，然后扬长而去。他们走后，人群渐渐散了，蓬蓬依然躺在地面。人间自有温情在，世道总有情义存。邻居陈婆婆实在于心不忍，偷偷地把蓬蓬抬回自己家中，烧热水帮她擦身子，又用棉被给她捂着，弄了三天三夜，终于把她弄醒了，但接下来，蓬蓬发高烧，说胡话："我要去读书。"陈婆婆听了眼泪直流："孩子啊，你现在哪里还有书读？"陈婆婆把蓬蓬当成自己的女儿日夜候在床边，细心照料着，一周后烧退了，才让她出门。

杨府再也不是从前的杨府了，杨府的人一夜间像被一阵狂风吹散了，大人带着孩子出门，去别的人家要几副碗筷、一床旧被，住进了庙里或祠堂里。

后来，池烈夫妇被判刑劳改，他们被送往劳改农场，文文弱弱的池烈干起了扛木头的重体力活，夫人在农场做后勤，算是额外照顾。为争取早点出来，他们表现积极，吃苦耐劳，每天日出而作，日落而息，每晚回到住处，便一头倒床上，呼呼大睡，什么事也顾不上想了。终于，他们被提前释放回家了。

之后，县里在半岭办了个药厂，池烈又被安排去种药材，不久，离开了人世。

第三十五节 煎熬的日子

（一）

池烈夫妇判刑劳改时，家里剩下一女二子，老大是女儿蓬蓬，刚成年，18岁；两儿子尚小，老二伟夫15岁，老三毅夫才5岁。

父母不在家了，蓬蓬成了审讯批斗的重点对象。

她心里后悔极了，当初为什么没有跟梦姑妹妹一起去抗美援朝。同学们参军的参军了，没参军的去工作了，于是，她斗胆向政府提出要求，希望能出去工作。因政府考虑到蓬蓬文化程度高，于是，让她参加教师培训，成为一名人民教师，安排在县里一所村小学教书。对于家里的事，她再也不敢过问。工作几年后，蓬蓬结婚了，随丈夫来到邻县永新城厢小学，渐渐与家里失去了联系。

大弟伟夫带着小弟毅夫相依

为命，一起单干种田，还要帮村里的人跑腿送信。宁冈各地的村子小，山路多，通信很不方便，经常要翻山越岭走很远去送信，有时饿着肚子跑山路，遇上好人家，才会给口饭吃，或给个火把照明。

两兄弟过着饥一顿、饱一顿的生活，身上衣服破了没人缝补，脏了没人洗换，时间一长弄得邋里邋遢。村里有一些孩子恃强凌弱，常常欺负他们，他们不敢还手。毅夫正是长身体的年龄，家里没什么东西吃，营养跟不上，每天还要干农活，那些尚未打完谷子的稻草，上面附着一些或饱满或半饱满的谷子，生产队不舍得丢弃，让他用棒槌槌稻草上的零星谷子，他干得很认真，但因手指长时间地握棒槌，小指头再也伸不直，变成了畸形。

天有不测风云，人有旦夕祸福。有一天，毅夫早晨起来，发现眼睛看不见东西了，他呜呜地哭了， 哥哥伟夫吓坏了，怎么弟弟突然看不见了，他用手在弟弟眼前左右摇晃，弟弟就是看不见，他急了，不知如何是好，跟着弟弟一起哭了。邻居刘大妈刚从外面摘菜回来，路过门口，听见哭声，立刻跑进那间土坯屋子问怎么回事。刘大妈抱起毅夫，扒开眼皮，看了又看，没发现眼球有什么受伤的迹象，她舒了一口气，安慰道："孩子，不用害怕，大妈估摸着你是营养不良，跟大妈回家去，大妈给你做好吃的，让你好好养养，眼睛就会好起来了。"于是，刘大妈把毅夫带回自己的家里，每天给他做三顿好菜好饭，一周后，他的视力奇迹般地恢复了。

因为家庭成分原因，毅夫到了上学年龄，却不能上学。母亲从劳改农场回来了，可着急坏了，杨家本来是书香门第，如今落得孩子没书读，说什么她也接受不了。她三番五次地去找村委会求情说理，村委会通情达理，总算说通了。

毅夫终于能跟村里的同龄孩子一样，背起书包去上学。尽管在学校里他总感觉抬不起头，但有上学的机会，他心里依然乐滋滋的。毅夫很懂事，很珍惜来之不易的机会，学习特别用心，连着几年成绩一直在班级冒尖，小学升初中时，语文考了98分，算术考了

100分，但是因为家庭成分原因，没有升学机会，他只能提前去当起了小农民，下地种田，挣工分。

此时，哥哥伟夫到了结婚年龄，但也是因为家庭成分，找了几年也找不到对象，实在无奈，只能去女方家做上门女婿，剩下毅夫与母亲相依为命。

母亲边劳动改造，边给村里跑腿送文书，每次都必须随叫随到。

后来，终于熬到毅夫草草成了个家，她便一个人生活。如今年纪也大了，岁月不饶人，她患上了眼疾，且越来越严重，视力下降得厉害，眼前的东西一片模模糊糊，她想找点药治疗一下。

那天，正好找到一副便宜的好草药，医生告诉她需要在家静躺着敷，必须敷两小时才有药效。她刚躺下，敷好草药，不巧外面有人唤她去送信，她答应着："知道了，我眼睛正在敷草药，要晚点去送信。"那人却破口大骂，骂得尖酸刻薄。她心里感到害怕，于是，悄悄地在家结束了自己的生命。

（二）

杨府被封后，最幸运的是奋武的几个孩子。奋武岳父是宁冈知名中医，医术精湛，医德高尚，长年行医，治病救人，不仅家底殷实，也积累了良好的人缘。奋武夫人带着几个未成年的孩子回娘家，躲过了一场暴风雨。孩子们在外婆家有吃有喝，算是平安了。

但奋武自己因去过台湾任职，脱不了干系，被送去劳改农场改造。文弱的身体经不起这种强体力劳动的消耗，不久便生病了，农场缺医少药，病便越拖越严重。后来，他们又被转送永新劳改农场，需翻越陡峭的七溪岭，走到半路，奋武身体实在支撑不了，浑身发软，眼前一黑就昏倒了，这一昏倒就再也醒不过来了。同去劳改的池烈恳求几个同伴，架住他，走走停停，好不容易到了永新东关潭。几个人在河边沙地找了一个地方用手扒了个坑，将奋武的遗体草草掩埋，想等过几天后，再用撅头挖出来另行正式安葬，但后来，几个人返回河边沙地寻找奋武的遗体，却再也找不着了，可谓魂归大地无处寻。

祖诒自在南京向人民投诚，从公安局学习回来后，便一直在御道街家中过着简单的生活，他靠前两年卖掉一部分土地得来的钱度日，家中的空地种菜养鸡，想再等等机会，看是否有合适的工作，但等来的却是一场意外。

当他回老家安葬母亲的时候，他九州帝国大学的学长郭沫若已在党的安排下，离开了上海，南下香港，1948年底又在香港地下党组织的帮助下，秘密乘舟北上，绕道东北解放区，到了北平。战后的中国百废待兴，周恩来日理万机。他起草文件，召集民主人士协商征询意见，筹备召开政协会议。周恩来考虑到郭沫若的身份及其在文化界的声望，于是邀请郭沫若协助筹建中国人民政治协商会议第一届全体会议。郭沫若开展工作时，身边缺人手，想到曾跟随他从事抗战宣传的师弟杨祖诒是一位真正的爱国人士，又有才干，想请他来北京工作，但因战后南京国民党政府机构已全被改造，人事变动太大，无法得知他的去向和地址，于是写了一封信到他老家宁冈。

一石激起千层浪，没想到，郭沫若的这封邀请信却打破了祖诒的宁静生活。宁冈县政府的某些人见到信后十分惊讶，那些原国民党政府的官员都纷纷逃往台湾了，唯恐被落在大陆，怎么杨祖诒没逃去台湾，还在大陆？杨府的人全被打倒了，怎么还漏了一个？于是再次审讯了带着儿女在老家生活的祖诒夫人千鹤子。千鹤子不得已，只得承认祖诒尚在大陆。县政府立刻派人前往南京，把祖诒捉拿回来，以“历任伪职，恶霸地主”之罪判刑，没收了他在南京市公安局投诚时交出又被退回的所有财物，将他送去宁冈县看守所服刑两年，后又转送吉安劳改农场。但他实在不懂劳作，人又很老实，加之十几岁便离开家乡外出读书了，没有残害人民的罪行，于是两三年后，便让他假释回家治病了。

祖诒回到家乡后，没有生活来源，他只能靠捡稻穗、捡粪为生。只是大女儿懂事，小小年纪，上完初中，便休学，在医院当了护士，省吃俭用， 不仅供养两个小妹妹读书，还经常在夜里悄悄回家，给父母送一点钱，接济他们的生活。

虽然生活很艰苦，但祖诒一直保持平和的心态。有时，在路上遇见孩子们，对他举起拳头，高喊“打倒杨祖诒！”“打倒杨祖诒！”祖诒就平静而无奈地说：“小朋友，你不用打，我已经倒啦……”岁月的沧桑已磨平了他年轻时的锐气，他已没有言语表达自己年轻时的一腔热血，深叹杨府已走向衰败，自己已无力挽回，只能任其滑落。唯一使他心里感到慰藉的是儿子力宇没有受到影响，他心里默默地盼望儿子能如自己所愿，成为国家栋梁之材，为自己争气。

第三十六节 困顿中成长

（一）

大陆解放了，杨府的人在云谲波诡中跌宕颠簸，两个在台湾与大陆隔海相望的小伙子海庆（即池先）和力宇，虽牵肠挂肚，却无可奈何。

海庆更是心急如焚，父亲走时只说回去一个多月，送奶奶上山后就回来，但过了两三个月也没见父亲的踪影。他每次放学走到家附近，都急切地朝父亲回来的方向望上几眼，希望能见到那个熟悉的身影，走到家门口，就朝屋里大叫："阿爸！阿爸！"却始终无人答应。到了周末，他便跑去基隆港观望。基隆港从大陆过来的人越来越少了，最后邮轮停开了，偶尔还有些散兵游勇，海庆依然不灰心地四处张望，不时询问从码头过来的人，打听父亲的消息，但每次都失望而归。

台湾岛因一下涌进了这么多人，秩序也混乱了，常有一群群逃难的民众露宿街头，沿街乞讨，物资变得越来越匮乏，物价越来越高。海庆心慌了，父亲留下生活用的钱，慢慢花光了，交房租的钱不够了，吃饭的钱也没了，要活下去，要读书，该怎么办？

海庆感到生活的困苦，无着落，他琢磨着，鼓起勇气去找父亲的一些朋友打听父亲的消息，依然无果，开口借钱，可是谁也不理会他，心想："哼，你个小毛孩，谁信你能还钱。"

房租交不起了，他没地方住了，变成了流离失所的孩子，生存的本能驱使他顽强地活下去。他找了个避风雨的地方安顿下来，尽量节省开支，每天有一顿没一顿，吃最廉价的面包和稀饭，有时实在饿得不行，看到垃圾桶里别人丢弃的食物，也忍不住捡来充饥，没过多久，已变得面黄肌瘦。

有一天，他终于扛不住了，感冒发烧，晕倒在路边，幸好遇见好心人，救了他一命。那个好心人见这孩子不错，眉清目秀，身上带着一股书卷气，于是给他指了一条路，介绍他去卖报纸，激励他要靠自己边挣钱边读书。从此，无论刮风下雨，他每天天没亮就爬起来了，急急忙忙洗刷后，便出街去叫卖了，卖完报纸才去上学。

天无绝人之路，一年后，海庆考入父亲曾经工作过的台湾成功大学，在商学院就读。他依然坚持边打工边读书，父亲不在身边了，只能靠自己生存下去，未来总有一天能回家乡见亲人。

父亲没回来，家乡亲人杳无音信，生活困顿，台湾的报纸每天都在刊载共军打过长江，占领了南京、上海、武汉……海庆他又想到了，同在台湾的堂弟力宇，也是一点音信都没有，不知他的情况怎么样，力宇是跟着他父亲托付的亲戚过来的，或许会好一点吧。

又是一个周末，海庆去买报纸，看到报纸上刊登的"毛泽东在天安门城楼讲话，中华人民共和国成立"的消息。他心里很高兴，又很着急，他想方设法四处奔走去找力宇。

终于苍天不负有心人，在寻寻觅觅之中，海庆找到了力宇。两个孤苦无依的小伙子见面了，忘情相拥，放声痛哭，许久心情才平静下来，相互倾诉到台湾的遭遇。海庆这才知力宇的情况也好不到哪里去，他也靠卖报赚钱读书，但力宇读书天赋极高，每学期结束都能名列前茅，得到一等奖学金。

两人聊着聊着，又忍不住地抱头痛哭起来："大陆解放了，台湾与大陆不往来，我们回不去了！""我们再也见不到阿爸阿妈和兄弟姐妹们了！"过了一阵，海庆缓和了一点，对力宇说："阿弟，你学习好，天赋高，好好读书，等你读完大学，再去美国读硕士博士，专门研究中国问题，成为出类拔萃的人才，让大陆与台湾的关系逐步改善，那时我们就有机会回大陆了。"

力宇很认真地点点头，他走过的路，他埋藏在心里深处的乡愁，从此在他年少的心里留下了深深烙印，没想到，少年时，那一句励志的话，竟成了他一生追逐的目标。最后，他真的成了一个知名的中国问题专家，回国后受到党和国家领导人邓小平、方毅等人的接见。

海庆大学毕业后，到了台北中兴大学任教，从事父亲热爱的教育事业，直至退休。

改革开放后，他终于有机会回家乡了，看望母亲和弟弟妹妹，全家人相聚一堂，其乐融融。

（二）

流落在台湾的两个小伙子力宇和海庆均独自谋生，咬紧牙关，坚持读书；在大陆的几个孩子，虽然有父母在身边，然而家里的一切都化为乌有，在风雨飘摇中长大。

奋武的大儿子池秀在1949年之前，从江西工业专科学校毕业，有幸赶上新中国的建设，他被分配到了鄱阳县水利局。池秀满怀热情地去鄱阳上班。局领导见来了一个从省城学校毕业的高才生，又是一个充满精气神、聪慧机敏的小青年，高兴得不得了，一上班便领着他去鄱阳湖转转。刘局长指着那片偌大的湖水说：“小杨，这鄱阳湖是我们这里老百姓的福，也是我们最伤脑筋的地方，治理不好，福便成了祸，我们局就是缺少像你这样的专业人才，能设计能计算，有了你，我们以后就不伤脑筋啦！”

池秀微笑着，望着眼前一片平静湛蓝的鄱阳湖，心醉了，曾经从书本上得知的赫赫有名的鄱阳湖，如今就在眼前，以后还要长期跟它打交道。

刘局长接着又说：“鄱阳湖是中国第一大淡水湖，流域面积达3000多平方公里，遍布了我们整个鄱阳县啦，把它管好了，老百姓便是年年五谷丰登啰！小杨，你好好测量，研究一下，你需要什么东西，我全力支持！”池秀答应道：“谢谢局长的信任和支持！我一定努力。”

池秀上班后，便常常背着一个帆布包，扛着测量仪器，在鄱阳湖边上走一走，又停下来测量、画图、做记录。一年后，他把单位的水文资料全更新了一遍。他摸清了鄱阳湖春夏秋冬的水文，写了几篇研究文章，在省级刊物发表。刘局长见了非常高兴：“我们局里终于有文章见省刊了！鄱阳湖有这样的才子，我们日后名声要传开了。”

不久，局里要在鄱阳湖附近的一条支流做一个水坝，几个老资格工作人员关在办公室里，又写又画又打算盘，忙了一个星期，得出的数字就是不准确，几个人急得如热锅上的蚂蚁。刘局长等得不耐烦了，心想让新来的小伙子算算，正好可以试试他的实际操作水平。

池秀拿了这一叠稿子，回到自己办公室，重新画图计算，第二天，他便拿出结果，请刘局长审阅。刘局长一看，喜笑颜开，满口称赞：“大才子啊，我们单位有大才子了！”从此，池秀常被领导在大会、小会上表扬，此后，他的名字在局里无人不知，认识或不认识的同事，见他总会笑笑，或招呼一声。一向沉默寡言的池秀，都报之以腼腆的微笑，心里甜滋滋的。

其实，他自上班以来，都是顶着内心的痛苦和焦虑在完成每一项业务工作的。他作为奋武的长子，下面尚有未成年的三个妹妹和一个弟弟，最小的妹妹才几岁，家里却经历了巨大的变故，所发生的每件事都让他难以接受：父亲被判刑劳改，在路上病故；大弟弟海庆一个人流落台湾岛，杳无音信；母亲为了让弟弟妹妹不受连累，带着他们躲在外婆家，可是时间一长外婆家也很为难，母亲多么需要他分担家庭负担啊。

他从来不敢在单位说家里的情况，家里成分不好，在那年头是不光彩的事，说出来了，自己也受牵连，只有到了晚上，他一个人独自来到鄱阳湖边，面对湖水才悄悄地流泪。他不知这样的日子还要持续多久。他想帮母亲一起扛起这个家的重任，把弟弟妹妹接来身边读书，但他的能力也很有限，刚上班，工资没多少，他很节俭，每个月的工资除了吃饭和交水电费，全部积攒下来给母亲家用。

一年后，池秀的工资涨了一些，他便决定租两间房把小弟和三妹、四妹接过来读书，由此，母亲也常带着小妹过来住一阵，帮他料理家务，家里的人来来往往多了，引起了几个多嘴同事的注意，他们私下里嘀咕着："池秀家的人怎么都往他这里来？""他妈妈看上去很有气质，像是大富人家出生的闺女。""他弟弟妹妹都很清秀文气，不像穷人家的孩子。"这些嘀咕的话，传到单位领导耳朵里，领导便对他家做了个暗查。

这一查可了不得，池秀家居然是大地主！

从此，池秀在局里待不住了，被勒令参加劳动改造。于是，他被长期派去下乡，从事室外工作，日晒雨淋，饮食无规律。他常常疲惫不堪地回到住处，浑身酸痛，双脚发软，往床上一倒，便不想动弹。如此，他坚持了两年，已心力交瘁，经常吃不下饭，腹部时常感觉发胀，到医院检查后，医生说他患了肝病。

一天，他从室外工作回来，遇见一个很久没见的老同学，老同学见他这副模样很惊讶："池秀，你怎么瘦成这样，脸色这么蜡黄？""天天在室外工作，累的！"池秀无可奈何地说。那同学又说："今天，我正好弄到了两斤新鲜猪肉，还有一瓶小酒，你来我这里叙叙，我做个红烧肉给你补补身体。"池秀答应着，便跟着老同学一起走了。

同学回到家里，烧好一钵子红得油光发亮的红烧肉，香喷喷的，很是诱人。在那个年代，每天能有粗茶淡饭已是很不错的生活了，红烧肉更是一年到头难得尝一回。两人坐下来，老同学给他斟满一杯酒，又夹上几块红烧肉放在他碗里。两人边聊边喝酒吃肉，他们天南地北、海阔天空地聊着，池秀已经很久没有这么痛快地跟别人说这么多话了。今天真是久旱遇甘霖，他乡遇故知。

两人一直吃到天色渐晚，池秀才告别了老同学，回到自己的住处。他一进屋子，突然觉得腹胀，疼痛难忍，豆大的汗珠不断往下流，他按住腹部，咬着牙慢慢移出自己的房间，敲响邻居的门，请领导送他上医院。到了医院一检查，是肝腹水，当时已经来不及治疗，乡下的小医院也没这个医疗水平和条件。他痛了一昼夜，最终含泪告别了这个让他身心疲惫的世界。

不久后，单位接到一封来自上级人事部门的通知，打开一看，是池秀被评为水利工程师的通知。领导们惊讶了，之前局里还没有人能评上工程师啊！可惜这个职称到来得太晚了，如果能早一点到来，池秀的命运可能就会改变了，但人生没有这么多如果，只有惋惜和遗憾。

（三）

祖诒被判刑后，被没收所有的财产，家里除了夫人缝缝补补挣点米和油，没有任何经济来源，儿子力宇在台湾杳无音信，三个女儿尚小，大女儿玛丽12岁在上初中，二女儿在读小学，小女儿才学会走路，一个家眼看着就要垮了。

家里的变故，使玛丽也慌了神，接下来的学费不知去哪里筹。她急得要掉眼泪，便找到好朋友张丽一起商量。张丽很同情她，她知道玛丽聪明、勤奋、讲义气，于是决定帮她，但是学费这么大的数目，直接问父母要多一个人的学费，恐怕他们难以答应。

她想了个办法，把自己的学费说得高一点，剩下的部分从自己的积蓄里拿，能帮好朋友一把总是好事。

玛丽终于能继续读书了，但其他花销只好尽力节省，不添置衣服鞋子和其他生活用品。她只有母亲给他手工做的一双布鞋，必须省着穿。

一遇上下雨天，只好坐在被窝里看书写作业，如要去教室听课，必须跟同学们合作，同学们相互帮忙，有雨鞋穿的同学背没雨鞋的同学上课堂听课，下课了又背回宿舍。

玛丽很珍惜这个来之不易的读书机会，她非常用心地听课、学习，最后，以优异的成绩毕业。玛丽总算松了一口气，接下来必须赶紧找工作，家里等着钱救急，母亲身体不好，两个妹妹要读书。

找什么工作呢？当年在一个县城能有初中文化，算是很了不起了。县粮食局想找一个能写会算的小青年来干活，人事科刘科长知道玛丽初中毕业，于是直接过来问她："玛丽，你去我们单位工作吗？我们单位需要一个像你这样有文化的人。"

玛丽想了想，觉得她最喜欢的工作是护士，每当她带母亲去医院看病时，都能见到那些身穿白大褂的护士，一个个像天使一般可人，她便不由得为之心动，心想今后自己也要从事这种工作，于是，她摇了摇头："我还是想当护士。"刘科长笑了笑："那好吧，你有自己的想法，我们祝你成功。"

不久，赣南医学专科学校招收医务人员。玛丽去应试，面试的老师见玛丽白净又伶俐，乐滋滋地接受了她，给她发了通知，要求她到学校参加专业培训，玛丽高高兴兴地到了学校。接受报到的老师都要先征求学员的意见："你是参加护士培训，还是医生培训？"

大部分的学员都乐意参加医生培训，对于当护士总有些犹豫，毕竟在很多人眼里护士的地位没有医生高。但当老师问到玛丽时，玛丽张口就说："我要当护士！"老师还以为自己听错了，再确认一次，而后开心地笑了，心想这姑娘怎么这么有主见！

开班动员会上，老师把玛丽拿出来做典型表扬："各位学员，我们现在是生活在新社会，大家一定要抛弃旧社会的一切封建残余思想，在新社会里，我们的工作只是社会分工的不同，没有高低贵贱之分，大家在一起是平等的，在此，我要特别表扬新学员杨玛丽！请杨玛丽站起来，让大家认识一下。你们要向她学习。"玛丽羞答答地站了起来，全场响起热烈的掌声。老师接着说："玛丽同学的职业素质特别好！她很有主见，对自己职业有坚定地选择，而有些同学却不一样，患得患失，斤斤计较。各位学员，你们在这里学习，不仅要学习专业技能，还要养成良好的职业素质，没有良好的职业素质是成不了优秀医务人员的！"

培训结束后，玛丽留在赣南医学专科学校工作，她很勤奋，十分珍惜这次工作机会。当她领到第一个月工资时，她发现工资是不够花的，她把工资分成三部分，给妹妹读书去了一半多，给母亲治病吃营养品又去了三分之一，还要还张丽借给自己的学费，剩下的就没有多少了。

她不得不尽力节省开支，尽量不买东西，在食堂吃饭，每餐都挑最便宜的菜，但她常常连最便宜的菜也舍不得吃，打一分钱的汤，倒在饭盒里，端回去吃泡饭。她实在不好意思让同事们看到她这么寒酸，别人一定会问她，工资怎么花了？如果说到给妹妹读书还好，给母亲买补品吃绝对不能说给同事听，不然，别人一定会嗤之以鼻："哼！她母亲不就是个地主吗？一个地主有饭吃就可以啦，还吃什么补品！"

有一次，她端着汤饭急急地回房间去，想悄悄地从同事旁边溜过，偏偏遇见爱逗乐的小江，朝她大喊："玛丽，你有啥好吃的，别一个人躲着吃哦。""没，没，没啥好吃的，我回房间有点事。"玛丽一边吞吞吐吐答着，一边尴尬地笑了笑。她一进到房间，关上房门，眼泪就忍不住唰唰地流了下来。不知道，这样困难的日子何时是个尽头？

流年似水，斗转星移。玛丽父母已熬不住，离开了人世。玛丽结婚成家了，两个妹妹也长大了，工作了，成家了。玛丽终于可以喘口气，平静安稳地生活了，只是偶尔心神气定时，想起1949年初从南京去台湾的哥哥，这么多年了，一直杳无音信，又不知从何处找起。

然而，造化总是作弄人，当你追逐她的时候，她离你远远的，当你不经意的时候，她却悄然而至。1979年1月13日，三个妹妹同时在《人民日报》看到方毅副总理接见杨力宇的照片，这才把失散了整整30年的哥哥找到了。

第二年，杨力宇踏上了第一次回国探亲之路，心里的酸甜苦辣如翻江倒海一般，虽然在国外30年，远离亲人，但力宇终是遂了父亲的心愿，成为一个中国问题研究专家，一直为中美建交、为和平解决台湾问题努力，相信父亲一定十分欣慰。

力宇回到家乡为父亲扫墓后，更是激情满怀地为中国外交奔波效力，不仅赢得家乡人民的赞赏，也赢得国家领导人的信任。

1985年，江西省委的领导过问杨力宇父亲杨祖诒的遭遇。宁冈县人民法院对杨祖诒1953年被判刑一案进行复查，撤销原判，宣告他无罪，认定杨祖诒是一位对抗战有所贡献的爱国人士，对他应予以平反。1985年12月24日，国务院侨务办主办的《华声报》刊登了《美籍教授杨力宇的父亲杨祖诒的错案得到纠正》。

（四）

池烈的小儿子毅夫小学毕业后，因家庭成分不好辍学了。不过这孩子智商高，学什么都通，17岁参加生产队劳动，很快便把农事学得样样精通，将猪牛羊养得膘肥体壮，农田的犁耙也转得顺溜溜的。邻居见了，常私下议论，这孩子虽然出生富贵人家，却没过过几天好日子，从小受苦，比我们穷人家的孩子还苦，但是这孩子长得机灵又可爱，十几岁就没书读了，实在可惜。

毅夫平日里少言寡语，只顾埋头干活。他知道多挣一点工分，自己和母亲就能多分一些口粮和生活用品。自己现在是白手起家，以后还要成家立业。一转眼，毅夫到成家的年龄了，但他看上姑娘，人家看不上他，开口就是一句“你家成分不好”。毅夫很委屈，经常郁郁寡欢，母亲开导他：“孩子，你要是找不到好的，就降低条件找吧，你总要成个家啊。”

毅夫难过了好一段时间，想命运怎么对他这么不公平？但他只有认命了。在他22岁那年终于找了一个姑娘，那姑娘答应跟他结婚，但是他必须当上门女婿。在当地，上门女婿是被别人瞧不起的，再穷的人都不愿意去姑娘家做上门女婿。但对他来说，能找到一个愿意嫁给他的姑娘已不错了。

结婚后两人在女方家白石乡居住，日子还算和谐，夫人打理家务，毅夫起早摸黑在外干活。婚后，他们生了四男二女，毅夫养家的任务更重了。在他34岁那年，迎来了一个特别的日子，党的十一届三中全会召开了，新的政策让人欢欣鼓舞，人们可以考大学了，可以自主经营农田了。

毅夫敏锐地察觉到新政策带来了劳动致富的新机会，他像憋足了劲的小牛犊，凭着自己多年的劳动经验、机灵脑子，心想，如果自己经营一个生态农场，一定不错。

于是，他跟鹅岭乡高芬村的领导协商，要了一块荒地。从此，他不舍昼夜地开垦荒地，每天在太阳底下累得眼冒金星，身上皮肤晒红了，脱皮了，变粗了，手上脚上磨起了厚厚的茧子。他先建了一栋简易的房子，方便自己就近居住，然后他计划着：在房子旁边开垦一个很大的果园，种一片橘子树，橘子树下种番薯。番薯藤和番薯仔可以喂猪，母猪下猪仔又可以卖钱。他又计划着在一个山凹处，挖一口池塘，在池塘中养鱼，在池塘基上种桑树。桑叶可以养蚕，蚕粪桑渣投放鱼塘可以喂鱼。

他没日没夜地干活，每天朝这个目标推进一步。从第二年开始，橘树桑树长起来了，毅夫的生态农场开始循环起来了，地里光番薯就收了一百多担，两头母猪喂得肥肥的，下了十几个猪仔。到了第三年、第四年，毅夫的生态农场全部循环起来了，农场里一片生机盎然，瓜果累累，到处都是家禽的叽叽呱呱，哼哼哞哞声。他的收入翻倍地增长，虽然儿女多，但日子却越过越好了，孩子们放学了也来他的农场帮忙，农场每天都热火朝天。

不久，毅夫自创的生态农场一传十，十传百地传开了，都传到县政府了。县政府领导专程到他的生态农场参观，又把他的经验向全县各村推广。之后不断有人上门学习生态，他经常出席会议介绍经验。

1985年的冬天，他又一次到了茅坪开会，会后，他像往常一样，径直回到自己的房间。和他同住的是一个老前辈，曾经参加过井冈山革命。两人互相打了招呼，老前辈便称赞毅夫的生态农场搞得好，不愧为县里致富的好榜样。毅夫呵呵地笑了笑：“孩子多，生活困难，只有自己动脑筋，多吃苦！”毅夫又问：“前辈尊姓大名？”“鄙姓张。”张前辈满口客籍腔，毅夫索性用客籍话和他聊天，一老一少，甚是投机。张前辈好生奇怪：“你是哪里人？”“我是白石的。”“白石的人讲客籍讲不了这么好，这么顺溜。”“我老家是白露的。”“哦，难道你是长富桥的？那个杨棠城，你认识吗？”“哦，杨棠城是我爷爷。”“你爷爷对井冈山革命有很大贡献啊。”“有什么贡献呢？”“红军要什么给什么，一次性给过红军100担谷子，挑到井冈山。要油就挑油，要钱就拿钱。”张前辈如是说。毅夫心情难以自抑：“张前辈，当年你怎么不说呢，今天才说？”“我早时以为你们杨家已没人了。”张前辈有点窘迫，自圆其说道。“杨家自然还有人！”毅夫回答。

接着，房间里是一阵沉默，张前辈一个劲地抽着卷烟，吐着烟圈，烟雾一圈一圈地由浓变淡，在房间弥漫开来看不清方向，摸不着踪迹，却把余味留在了房间。人世间的事也许就是这样吧，冥冥之中总有一种无形的东西流传了下来，坏的遗臭万年，好的福泽后世。张前辈自言自语地道：“杨府真是个了不起的大家族，如今的后代又成长起来了。”

毅夫靠在床头，无语地望着天花板，壮实的胸腔在不停起伏着。世道啊世道，就是这样，当你顺时，别人为你锦上添花；当你背时，朋友近邻对你弃之如敝履，无人理睬。但他不靠天、不靠命，只能靠自己的双手劳动创造。他凭着自己的勤劳和智慧，带着儿女们起早摸黑，一股劲地经营自己的生态农业，成了县里改革开放脱贫致富的标杆人物，被协商推荐进了县政协，并连任了三届县政协委员。

时代开明了，毅夫觉得自己已经成为一个优秀的劳动者，已是一个顶天立地的男子汉，该向法院提出申请重新审理父母的案件了。1986年10月，毅夫终于鼓足勇气向宁冈县法院提出申诉，要求对杨池烈夫妇案件重新审理，法院经过认真审查，认为杨池烈虽在国民党政府做过事，但主要从事技术和教育工作，对人民无罪过，遂撤销原判。

1987年2月，奋武的子女对其父亲的案件也提起申诉，县法院进行重新审理，认为杨奋武虽然任国民党政府官员多年，但能向政府做清楚交代，为宁冈教育事业做出过贡献，故撤销原判，改判无罪，认定杨奋武属高级知识分子中的爱国人士。

第三十七节　下放小山村

蓬蓬自离开家当教师后，感到无比宽慰，总算可以暂时摆脱痛苦了。无论在学校师生面前，还是在村里老百姓中，她总以一种恪尽职守的态度要求自己，个人的出身无法选择，但后天改造可以让自己脱胎换骨，在她的心里只有一个念头，要比别人更勤奋，更吃苦耐劳，让自己早日洗清罪恶感，在政治上重新做人。

她从来不顾自己身体，凡事都拣重的任务挑。本来体弱的她，在一次带学生外出活动时，跟患有肺病的同事一起她并不知情，那同事也没告诉她，两人同行同住，结果被传染上了肺病（在当时的医疗条件下未能完全治愈），使她本来孱弱的身体雪上加霜。此后，蓬蓬常浑身乏力，成天咳嗽，尤其是早晚，常咳得满脸通红，气喘吁吁，时而吐血丝，甚至昏倒，雷米封（异烟肼）、利福平、链霉素从没离开过她，蜂蜜、鱼肝油成了她维系生命的基础。

在工作中，蓬蓬终于遇上了一个厚道善良的丈夫——文育珍老师。他是1949年后永新城厢小学的第一任校长，后因乡人告假状，被县里以莫须有的原因调离原职，去省城南昌进修学习两年，学习完毕，又把他调到宁冈中学当老师。

波折的命运让他们走到了一起。1961年，蓬蓬随爱人离开了家乡，到了永新城厢小学教书，爱人在县文化教育局工作，负责督导全县各中小教学，两人生活得宁静而平淡。

1966年5月，“文化大革命”开始了。蓬蓬的爱人先去了县郊区的“五七干校”，接着，学校将所有要改造的老师集中在一起学习，蓬蓬每天被关在学校学习不得回家，五个孩子都还小，十岁的老大当家长，带八岁的老二和四岁的老三一起生活，老四老五只好让孩子的奶奶和姑姑接走了。

学校集中学习完了，便将学员们下放到农村，大家各去各的地方。蓬蓬带着五个嗷嗷待哺的孩子，从县城来到一个偏僻小山村，这里离爱人下放的农场路程虽并不远，但当年交通不便，除了坐拖拉机，便是走路。拖拉机很难有机会坐，走路要两天，去一天回一天，两人只能共度一个晚上，因此聚少离多，成了天各一方的牛郎织女。

蓬蓬白天与农民一起干农活，努力改造，晚上回家料理繁多的家务，她的身体越来越像一盏残弱的油灯。她变得孤独、失落、劳累、疲惫，只在奄奄一息、苦苦挣扎中煎熬度过每个昼夜。

每次劳动回来，蓬蓬总是面色煞白，浑身像散架了，得先找个小矮凳坐下喘气、咳嗽，严重时咳出的痰带着血丝，每当我看到母亲这种情形，都会好担心、好害怕，担心她会突然倒下，永远站不起来。

在记忆深处的一次，我看到母亲回家，一屁股坐在矮凳上喘气，便急忙拿了母亲的水杯，小心翼翼地递去：“妈妈，请喝水。”母亲迅速抢过杯子，脸色下沉着：“好孩子，别碰我的杯。”我愣了！是啊，母亲怎么从不亲我？从不和我一块吃饭、一块睡觉？我自出生就跟着保姆，为什么？为什么？刹那间，眼泪哗哗流下来了，我滚倒在地，号啕大哭：“妈妈不爱我！妈妈不爱我！”母亲见状态心如刀绞，眼睛红了，用手帕捂嘴又继续咳嗽。保姆眼泪汪汪地把我搂进怀里：“乖孩子，妈妈累了，要休息，别闹。”那天夜里，隐约听见母亲在咳嗽，喘气，归来度周末的父亲在一旁帮着母亲捶背，唧唧咕咕地说着什么，最后，母亲叹气：“孩子们都还小，我要活下去啊！”母亲会不会离开我？我越想越害怕，不会的！不会的！我不敢再往下想，紧紧地抱住保姆，又是一夜噩梦。

幸亏当地农民淳朴善良，我们刚到时，村支书刘书记把我们安排在一幢青砖瓦房里，与一家农民合住，中间是厅堂，两家共用的，两边各三间里屋，一家住一边。那时我们真是家徒四壁，除了三张木架床、一个樟木箱、一个橱柜、一张饭桌和几把椅子，再也没有其他东西了，没地没园，没干粮，村里没有集市，我们每天的饭菜都成问题。村民们轮流着给我们送菜送粮，又教母亲挖地种菜、养鸡养鸭，让一家人的生活自给自足。

没多久，刘书记看出母亲实在不是个能干农活的人，于是，召集村里干部开会，专门讨论了让母亲去村小学教书的事，说杨老师身体实在不适合干农活，我们村里正缺老师，到了上学年龄的孩子没老师没法上学，四处撒野，耽误了这些孩子，不如让杨老师发挥长处，她在教书方面是个能手，我们干脆让她回课堂去，把这群孩子带起来读书识字，也是个好事。大伙儿都同意了刘书记的提议，母亲千恩万谢地回到了她的三尺讲台，心里谨记着这份恩情。

那村子没小学，更谈不上校园，孩子上课是在村子的祠堂里，三天打鱼两天晒网，若村里开会或办红白事，孩子们都放学回家，学校采取的是那种松散式的管理，孩子们家里有事不告而别也是常有的，但母亲却十分认真，时时刻刻记着自己讲过的课，记着每个孩子们缺了什么功课，自己主动上门去补课，一个个耐心辅导。孩子们的父母都夸母亲对孩子有爱心，但谁也没想到，母亲对我们却非常苛刻。

第三十八节　严厉的母亲

当时母亲带我们下放在农村，母亲给我们的戒律非常多。也许母亲认为我们是下放村里的，是羁旅他乡，所以不能像村里的孩子一样拿人民公社的东西，而那时的小孩拿公家的东西是常事，我们就不行，哪怕是一个水果、一块番薯都不能拿，必须公私分清，否则只要让母亲知道准是一场暴风雨。在学校，我们必须无条件地当好学生，谁淘气了，或考试没让母亲满意，惩罚也是不客气的，而母亲基本是难得有满意的时候，要得到她的满意真不容易，不是我们考了第几名，而是考试卷上有没有她认为的你错了不该错的题，有时即使考了第一名，高高兴兴地回家，被她检查出问题了，依然要挨罚，所以我们五个孩子都被母亲惩罚过不知多少次，已记不清了，有些事情，以现在人的眼光来看，那是不可理喻的。

那是一个冬天，雪花纷飞，几天下来，屋檐上挂着长长的冰凌，家家户户都关上门在屋子里烤火。吃过早饭，母亲把在家里浆洗完的衣服，让大姐二姐挑去外面的池塘清洗，两个姐姐那时都十二三岁，大姐挑着两桶衣服，二姐拿着捶衣服的棒槌跟在后面。两个小姐妹哆哆嗦嗦地出了门，只见白树银花，白茫茫的一片，长筒雨鞋踩在雪地里吱吱作响。走到池塘一看，都冻住了，于是转身去水井旁打水清洗，因为冬天只有井水不结冰，且冒着热气。两人打了一桶水上来，正准备清洗衣服，被母亲看见了。母亲急急忙忙走过去，大声呵斥："不能用井水洗衣服！井水是给村里人喝的，你们必须到池塘去。"

两个姐姐二话没说，赶紧捞起衣服，松松拧干，又把衣服挑回到池塘边。池塘的冰很厚，二姐姐用洗衣棒槌和扁担使劲砸，怎么敲也敲不破，只好回家拿锄头才将冰敲了个窟窿。两人这才开始洗衣服，一件一件地洗，洗完衣服，两双小手已冻肿得像刚出炉的面包。回到家里时邻居大娘看见了，心痛地说："杨老师，这么冷的天，你何苦这么为难自己的孩子呀！"

那时，村大队有个文工团，每逢春节，文工团总要排几出戏，敲锣打鼓地在祠堂或大草坪演几天，有时还要去邻村和公社互访巡演，为山村的春节添几分热闹。母亲十分支持我们参加村里的文艺活动，二姐被村文工团选上，每天跟着去排练演出，母亲心里高兴，特地为二姐做了一条绸缎的粉色背带裙，非常时尚，且上档次，二姐穿着心里美滋滋的，我们其他几个都羡慕得不得了。母亲总鼓励二姐要好好演戏，有时在家还让她演示一下自己的角色，看完帮她纠正表演不到位的地方，或是台词没咬准，或是动作不漂亮，或是感情不真挚，母亲就是那么较真。

记得有一年，文工团排演一出叫《收租院》的话剧，二姐被团里选去当小演员，扮演剧中穷人的孩子。那穷人没饭吃，租借了收租院的粮食，到期了还不起，不得已用箩筐挑着一对儿女去收租院，准备抵给债主还债。二姐穿着破破烂烂的戏服、披头散发地蹲在箩筐里，嘴里嘟囔着：“妈妈，我饿！妈妈，我饿！”台下的观众全是熟悉她的村民，大家故意逗她：“小女仔，我们刚才明明看见你吃过晚饭呢！”这一逗，把二姐逗笑了，观众们全呵呵地笑起来了。这场景即刻让母亲知道了，母亲火冒三丈，在家候着二姐。

演出结束后，二姐高高兴兴回到家，一进门，见母亲气得满脸通红，知道自己做错了事，低着头避开母亲的目光，想悄悄溜进自己的房间睡觉，可母亲哪肯放过她，大吼了一声：“你给我站住！”二姐老老实实站住了，心里明白了，接下来肯定是一场暴风雨。母亲命令她脱下厚棉衣外套，操起竹竿便是一顿打，母亲边打边嘴里呵斥：“让你好好演戏，让你演穷人孩子，你倒好，还能笑得出来，你对穷人还有没有一点阶级感情？！”

类似的打，我们五个孩子全都尝过，那时我也曾咬牙切齿地怨恨母亲，好像我们都不是她亲生的，学着苦大仇深的电影和小人书里的话，发誓：“长大后要报仇，要雪恨！”谁知，母亲听了，却安然如故地回答：“好啊，等你长大了再说。”弄得我气不知从哪出，自己狠狠地一拳砸在棉花上了。其实，长大后，我们并不怨恨母亲，我们理解她的处境以及她立足社会的艰难，这是一个特殊的年代造就的一种特殊的母爱。

而过去的已一去不复返，回首当年母亲的管教，我们仍然唏嘘不已，但这也让我们磨炼出了坚毅抗压的个性，如今写下来，也让我真正看到了时代的变迁和社会文明的进步。

我们大约在那个小山村羁旅了三四年，母亲对自己孩子的严厉让村民赞叹，母亲为人的宽厚又赢得了村民们的尊敬。后来，我们搬迁时，几乎全村的村民都出来欢送我们，替我们搬家具抬物品到村口的拖拉机上。那些大娘大嫂们把家里能拿出手的好东西都拿来送给我们，母亲频频推辞：“谢谢大娘大嫂们这几年的照顾，我实在不能收你们的东西。”大娘大嫂们哪里肯依：“杨老师，我家孩子整天夸你比我好，你待他比我有耐心，我这当娘的惭愧啊！”

母亲拗不过她们，只好收下，我家的盆罐桶全装满了红枣、石榴、鸡蛋等土特产，直到装不下了，她们才罢休。当拖拉机徐徐开动时，村民们站了一排在路边，依依不舍，不停地抹着眼泪，朝我们挥手，大声喊着：“杨老师，以后一定要回来看看啊！这里也是你的家！”

母亲眼泪汪汪地喊道：“你们就是我的家人，我会回来看你们的！”三个姐姐和她们的小闺蜜都哭得稀里哗啦，只有年龄尚小、不懂事的我，傻傻地看着眼前永远难忘的场面。

可惜我们走后，再也没有机会回到那个僻远的小山村，而那里人们的淳朴善良给母亲心灵莫大的安慰，也留给了我们一份最珍贵的怀念。当你落难时，天底下依然有一个淳朴而善良的地方留给你，依然有一个角落让你的心灵得到慰藉。

第三十九节　迟到的春天

离开小山村之后，母亲又带着我们辗转了两个村才回到父亲的老家——爷爷奶奶居住的地方，准备住下陪老人家度过晚年。

此时，母亲已习惯了乡村的淳朴和宁静，心里变得淡定自如，她总面带微笑，加之她五官清秀，皮肤白皙，丹唇皓齿，气质高雅，黄金比例般的身材，言谈举止不经意地流露出大家闺秀的气质，活脱脱一个古典美人，使母亲无论出现在哪，总像带着光环一样引人注目，成为人们关注的焦点。

更神奇的是学校里的孩子们，简直是对她着迷了，其他老师反反复复说的话都当耳边风，但对杨老师的话却当“圣旨”，她要求孩子们做的事，孩子们都认真完成。孩子们还常在家里绘声绘色地模仿她讲课的神情，说：“杨老师真漂亮，我就爱听她的课，听杨老师的课就不开小差，听着听着就下课了。”每当她听到家长们把孩子的话转给她时，她便呵呵地笑了，心里是无比的满足。

大婶大嫂茶余饭后，爱凑在一起家长里短的闲聊，聊孩子，聊孩子他爹，聊娘家的事，每当这个时候，母亲却发窘，不等话到自己头上，她便托词离开了。

实际上，母亲平日里言语不多，她的时间除了料理家务，管教儿女，全都花在学生的身上了，她对学生百般的耐心和宽容，因此备受家长的敬重，但敬重之余，村里人总是觉得母亲有点让人摸不着底细，有时问母亲是哪里人，母亲简单地回答：“山里人。”可别人总是以怀疑的眼光上下打量着她，摇头说：“你，不像山里人。”

终于，有人发现村里有个媳妇是跟她来自同一个县的，那媳妇不知费了多少工夫，打听到了杨老师娘家的事，哦，原来是宁冈柏露有名的地主，于是村里到处传开了，人们窃窃私语，百般地猜测曾经她家里是怎么样阔绰，穿着绫罗绸缎，过着锦衣玉食的生活，大婶大嫂们看到她走过来，眼睛贼溜溜地瞧她几眼，等她过后又耳语一阵：“难怪了，她这么有文化！”“难怪她这么漂亮，就像电影里走出来的人。”“瞧她就不像我们普通人家的女儿。”但碍于杨老师对孩子们好，她平日里除了同学生谈笑风生，对其他人却不苟言笑，大家不好在她面前谈这种话题，只是偶尔好奇地向她那对年龄尚小的老四和我打听，谁知两孩子根本不知母亲家的事，一开口不是“不知道！”，就是“你胡说！”

村里的事总是好歹三天讲，慢慢地人们把这事也淡忘了。但在杨老师的心里一直有一根神经在绷着，她的家庭成分怎么办？儿女的前途怎么办？她似乎除了更严格地管教自己的孩子，不让他们在一个不优越的环境里耽误前途，其他别无选择。

到了1977年，这一天的春天，春光明媚，春风荡漾，杨老师开始有一些新的变化了，整个人变得明亮起来，她不再像以前一样沉默不语，跟学校同事的话多起来了，常常眼中含笑，面若桃花，咳嗽声渐渐也少了。

她特别关心国家形势，家里《参考消息》的订阅从来没有间断过，她不断地在上面读到国内外的时政消息，她发现邓小平又出来主持工作了，亲自抓科学和教育工作。

秋末之时，杨老师下放在农场种茶叶的二女儿急匆匆地跑回家，一进门就大喊："妈，我请假回家复习，要参加高考。"杨老师将信将疑地望着二女儿："能这么请假吗？你千万别胡来。"二女儿非常肯定地："妈，我们知青队伍都传开了，邓小平说要恢复高考，农场里几乎所有的人都请假回家复习去了。"她心里才踏实了一点。三个月后，二女儿参加高考，一举成功，成了村子里第一个大学生，杨老师心里像喝了蜜糖一样甜。

1978年春，人们已脱下厚厚的冬衣，一身轻盈地享受着春天的气息。一天杨老师放学回家，又习惯性地拿起那份小小的《参考消息》，一张照片像初春的花朵一样跳入她的眼帘，仔细一看，邓小平在北京人民大会堂主持召开了"全国科学大会"，指出知识分子是工人阶级的一部分。

看完这则消息，她激动得心都要跳出来，她拿着报纸，跑到屋子后，对着正在园子里浇菜的爱人大叫："老头子，好消息！好消息！快来看啦！"

接下来的日子，随着春天萌动，那尘封已久的旧事，一件件地如雨后春笋般地冒出来，回归到了她的生活当中。母亲像换了一个人，她常常脸上洋溢着幸福的笑容。

一天放学前集会，校长讲完话后，请母亲上台讲话，她只是个普通老师，除了给孩子们讲课，从来不曾在全校师生集会上讲话，而今校长特别邀请她讲话，她精神焕发、满面红光地走到学生队列前面，慷慨陈词："以前人们说我是地主的女儿，我抬不起头，现在党和人民认可我了，我是一名光荣的人民教师！"

杨老师娘家的好消息不断传来，断绝关系十几年的两个弟弟联系上了，小弟弟毅夫因经营生态农业成果显著被协商推荐为县政协委员，失联整整30年的二爷爷的儿子杨力宇和三爷爷的儿子杨海庆都与家乡联系上了，杨家人欢天喜地迎接着一件件美事的到来。

1980年端午节前，母亲带着老四、老五我回到了家乡，去见她从美国回来的力宇叔叔。

回到家乡的她，却是一半欢喜，一半忧。喜的是自己家族依然人才辈出，忧的是自己的小弟弟毅夫，因他当时年龄太小，自己没把他带出来读书。现在虽然弟弟靠勤劳的双手建起一个不错的家，但如今的后代教育成问题，孩子们没有一个好的学习环境，只顾着漫山遍野的撒野，杨家的书香基因仿佛在他们身上消失了。

她看着毅夫，心里揪心地痛，不停地对毅夫说："阿姐对不起阿弟！阿姐对不起阿弟！"为了弥补当年的遗憾，她带了毅夫一个儿子到自己身边读书。

自宁冈回来后，母亲有了些许的变化，之前她说话，总是按照当地的习惯说，听不出她的乡音，现在却不一样了，她时不时冒出一句家乡方言，甚至对一些家居用品也会按照她家乡的习惯说，有时，搞得儿女们听不明白，当再反问她时，她才说那是她家乡的叫法，她的心灵终于有归宿了。

母亲重新燃起了希望，虽然那个时候，她已到知天命的年龄。到了这个年纪，多少人都感觉船到码头，车到站，进入退休预备期，满心欢喜地享受几年清闲的上班时光，但她却恰恰相反，身上仿佛重新焕发出了青春的力量，以百倍的热情投入教学工作中。她本来基础好、素质高，如此一来，她更是得到县教育界的重视，每次讲课比赛，她的课都被选为"最佳一堂课"。她的课从头到尾如行云流水，完成得很漂亮。她的讲课艺术、语言表达，粉笔、钢笔、毛笔字遒劲有力，让听课的老师感到无可挑剔，感觉听她的课是一种享受。年轻老师暗自奇怪地问："这里竟然有这么高素质的教师？"年长的老师惋惜道："你不知，杨老师出身什么家庭？那是真正的书香之家。她多么有文化，是个人才啊，但她一生坎坷，很不容易。”她的课获得县级、地市级的奖励，很快成了当地闻名遐迩的优秀的高级教师、劳动模范，一些年轻教师纷纷上门来向她取经，她总是毫无保留地传授经验。

有一年，母亲被调到离家五里的邻村去支教，那里交通不便，因要照顾老五我和侄子的生活，她成了“走教生”，每天要走黄泥巴山路去教课，风雨无阻，常常在微微晨曦中离开家，到暮色沉沉才能归来。遇上雨天，她深一脚浅一脚地走，裤管溅满了黄泥巴星，两只鞋更糟糕，被厚厚的泥巴盖得看不出颜色，但她总是乐呵呵地说：“我今天耕田回来啦！”随即，又开始洗刷了。遇上冰冻和下雪，打开门吐口气便成了薄雾，树枝和屋檐下都挂着长长的冰凌，地面也被冻结，走路打滑，飕飕的寒风吹在脸上像刀割一样，让人睁不开眼，体弱的她总要把自己武装到牙齿，从上到下裹得严严实实才敢出门。

有时，父亲心疼地劝她：“今天别去了，跟学校请个假，或让他们换个老师吧。”但她不依：“孩子们都在等着我，别让他们失望啊。”

第四十节 基隆港望月

母亲二爷爷的儿子力宇在台湾靠着勤工俭学维持学业。他在学习上的天赋非常人之所及，虽没有太多的时间学习，但他读书极快，过目不忘，事半功倍，年年是学校的优等生。1954年，高中毕业后，他以优异的成绩考进了台湾岛第一学府——台湾大学（简称“台大”），他选择了历史专业，不仅因为他喜欢历史文化，在大陆时常听父亲讲中国历史，跟老师背唐诗宋词，更因为他有个无法释怀的心结，自己的亲人都在隔海相望的祖国大陆，他心里牵挂的永远是祖国大陆。

台大校园优雅宁静，椰树婆娑，绿意葱茏，到处都是抱书苦读的学子。台大首任校长傅斯年先生创立的学术自由、科学客观、注重史料的思想，深深地影响着台大的学风，吸引了台湾最优秀的青年前来求学。这里的不少学生都曾是南京政府官员和学界名流的子女，有些还是力宇在金陵中学的老同学。

这些来自大陆的同学大都是跟随父母或亲戚来到台湾的，在大陆仍有亲人，只是台湾与大陆戒严近十年来，两岸亲人杳无音信，同学们在一起时免不了聊起在大陆的亲人，一听到这个话题，力宇心里便是翻江倒海般难受，同学们大多数还有至亲的人在身边，至少也有一个能帮他交学费的父亲、母亲或兄长，而自己是只身来到了台湾，一个人过着孤儿般的生活，酸甜苦辣自己尝，饥饱冷暖自己知。

此后，遇上同学们谈这样的话题，他干脆回避了，静静地走开，去图书馆读书。他的乡愁连一张邮票、船票都谈不上，邮票和船票都有目的地，而他却像一片空中飘浮的云，不知往哪儿去，不知在哪儿停。父亲在南京跟他道别时，他未曾料到结果是这样，从此再不相闻，不知父母和妹妹在大陆经受怎样的煎熬，想到这里，他心如刀绞。

他只有把自己埋在书堆里，才能忘却内心的痛苦。他多么希望自己立刻变成一个叱咤风云的巨人，能把海峡两岸拉到一块，让千家万户都能团圆。但理想很丰满，现实很骨感，道路曲折漫长，心里的渴望迫使他马不停蹄地往前跑。他非常珍惜时间，常常以校园里的纪念傅斯年校长的“傅钟”为警醒，每当听到行政楼前高悬在铁架上“傅钟”洪亮的声音，傅校长的话“一天只有二十一小时，剩下三小时是用来沉思的”就在他耳边回旋，他暗暗下决心：要与时间赛跑，多读书早成才。

由于早晚出入图书馆，在阅读专业书之前，他总习惯性地翻阅台大充满活力的大学生办的刊物，如丘宏达的《大学杂志》和白先勇的《现代文学》。《大学杂志》的自由思想和《现代文学》的乡愁成了他精神的食粮。

丘宏达早就注意到这个同学了，多次撞面后终于忍不住地跟他搭话："你是历史系的杨力宇同学吧，你如此爱读书，不如为我们杂志写稿，还可以赚点稿费。"力宇听了，觉得此话有理，也就同意了。从此，两人见面便一起谈论杂志文章的事。丘宏达是个意气风发的青年，满脑子装着自由民主思想，尽管台湾当局力行集权，但他却大谈特谈民主与法治。在多次的交流讨论中，力宇的思想境界开阔了。

力宇思维敏捷，文章出手极快，很快成了杂志的撰稿主力，引起了政治系同学连战的注意。堪称"台湾四公子"之一的连战，是个社交活跃分子，不仅有显赫的家世，还有一颗满怀祖国统一的心。连战祖父连横是著名的爱国诗人，连战常说他祖父的一句话"生根台湾，心怀大陆"，正与力宇息息相通，两人渐渐地成了好朋友，经常一起探讨中国历史和政治问题。

力宇开始感觉研究历史不足以解决现实问题，一定要研究政治，要把历史文化和政治一起研究，才能找到大陆和台湾相通的地方，找到祖国统一的道路。

大学四年时光即将过去，不少同学都把目光投向太平洋彼岸——去美国留学深造，他也不得不考虑今后的去向，但又感到很无助，继续深造显然要有雄厚的经济支持，而他目前每月能收支平衡已不错了，现实与理想的差距让他焦虑，但他知道，绝不能放弃理想，一旦放弃，父母对他从小寄予的厚望都将化成泡影。

又到了中秋，他心里感到无比的孤独和寂寥。小堂哥海庆最理解他，每年这个时候，便约上他一起去基隆港的那座瞭望塔望月，当年，他们就是从这里登上台湾岛的。

不知不觉地，过了一年又一年，他们已从英俊少年长成了玉树临风的青年，而站在瞭望塔上，朝着大陆方向遥望，心里的苦涩仍然不减当年。

皓月当空，海风吹拂，海浪拍岸，万千思绪飞向遥远的家园，心中的明月何时能圆？此时此刻，一首首吟咏明月的古诗如游丝般从脑海中抽出，力宇情不自禁地吟着：“海上生明月，天涯共此时。”“江天一色无纤尘，皎皎空中孤月轮。”“离人无语月无声，明月有光人有情。”“露从今夜白，月是故乡明。有弟皆分散，无家问死生。寄书长不达，况乃未休兵。”……离开南京时的最后一幕，已永远定格在力宇的记忆中，故乡如今怎么样？家人在哪里？力宇无法得知，故乡就像高悬在天空的月儿，不过是个不可企及的代名词，力宇吟着吟着，声音哽咽了，两人相视无语，静静地望着那轮皓月，虽遥不可及，却让人向往。

第四十一节　寄籍美国

1960年，杨力宇终于从台湾大学毕业，四年的勤工俭学生涯后，人生道路该如何走下去？眼看着自己的同学一个个展翅高飞，远渡重洋去美国留学深造，对于酷爱读书、悟性极高的他，没有什么比深造更有吸引力，但他举目无亲，衣食无靠，深造的经费从何而来？于是他不得不花费一些时间为“稻粱谋”考虑，最终他决定通过同学关系先做一些小本外贸生意，经商挣钱，有点积累了再申请留学深造。他白天四处奔波，盘算着如何抓机会，进好货物，快出手，赚利润；晚上挑灯夜战，读书备考。生存的艰辛并没有让他屈服，他的执着终于感动了好朋友。好友出手相助，为他筹得启动资金，他立马参加台湾大学公费留美考试。皇天不负有心人，他以名列前茅的成绩顺利地申请到了美国名校斯坦福大学国际政治学专业硕士奖学金，最后，如愿以偿地踏上了赴美深造之路。

他横跨太平洋，满怀激情地来到了美国西海岸加利福尼亚州的斯坦福大学。他思绪万千，人生的纵横决荡就从这里开始，这里浓厚的学术氛围，浩如烟海的藏书，卓尔不群的学者，让他顿时感觉自己太渺小了，在茫茫天地之间，自己恰如沧海之一粟，用有限之人生读懂这深奥的世界，是一项多么繁重的任务。他只有继续咬牙前行，成功的道路没有捷径，只有勤奋，他又成了学校图书馆的常客，经常借一大摞的书堆在书桌前，从早坐到晚，如饥似渴地阅读，做笔记。他越读心里越明了，他在学习思考中搭建自己的知识体系，不过，他依然是爱读中国的政治文化，祖国的知识就像他身上流淌的血液，熟悉而温馨，他从中国古代史、近代史读到新中国史，对不同阶段的思想文化、政治体制、地域关系进行比较研究。他喜欢上了西晋陈寿所著的《三国志》，书中人物描写个个都惟妙惟肖，曹操、刘备、孙权的形象入木三分，耐人寻味。他又读了元末明初著名小说家罗贯中的《三国演义》，以及一些研究三国的文章，他发现三国之间的关系很有意思，时而针尖对麦芒，刀枪相见；时而心平气和，称兄道弟，道是无晴却有晴。他们之间的关系实际是一种实力的均衡，如果能做到很好地协调，平衡相互之间的利益，他们就有可能和平相处，否则剑拔弩张，刀剑相向。力宇非常希望从三国的研究中寻找解决现实国际关系问题的方法。

他深爱自己的祖国，心里装满了对家乡亲人深深的思念，他是多么希望他的研究工作能够让北京、台北、纽约三方政府和平相处，让祖国大陆和台湾实现统一。他在对近代中国革命史的研究中，认定新中国走的道路是正确的，建立中华人民共和国，实行人民代表大会制度、政治协商制度，能避免像国民党政府一样独裁专制。他发表的言论却惹得台湾当局不满，那时的蒋介石虽然被迫退居台湾，心里却念念不忘“反攻大陆”，在台湾实行高度戒严，民众噤若寒蝉，岂能容忍一个学者发表支持共产党的言论。

而他不顾台湾当局的威胁和恐吓，依然坚持不放弃或改变研究方向，他继续在美国学界发表自己的学术观点。他想起在台湾度过的十年，当局专制独裁，学界万马齐喑，以及自己在大学时的种种遭遇——饱受台籍人的排挤，外省青年生存艰辛，无论从商从政机会都很少，很受限制，甚至在远离权力金钱核心的学术界、教育界发展也困难重重，跟他一起从南京过来的老同学，一个个离开台湾去美国求学、求发展，都是怀抱着此程“一去不还”的心理。他觉得离开台湾也罢，那里既不是自己的祖国家园，又没有亲情可言，此身一直如飘萍。

三年后，他取得了斯坦福大学博士学位，他感到欣慰，先在加州一大学工作了几年，想来想去教书谋生，并非他的人生所愿，于是，来到了位于新泽西州的西东大学任教，该校在东西文化交流方面有着悠久历史和特殊贡献，它的亚洲系是全美国最早建成的，而后成立了全美国最早研究中国语言文化交流的机构。这对于杨力宇来说，正是求之不得的好地方，于是他决定定居下来，加入美国国籍，继续研究中国的历史政治。

在20世纪六七十年代，对于一个中国人来说，能取得世界名校的博士学位，能在发达的美国定居，又能在名校任教，日后风光地当一知名教授，本该是心满意足的事，但他的心情并没有因此好转。人到中年了，他曾经的心愿并没兑现，依然像天上那轮明月，虽然皎洁明亮，却不可企及。他依然是空中的一轮“孤月”，有家难返，报国无门。最让他痛苦不堪的是不知家在何方。他离开大陆时，到处兵荒马乱，人喊马嘶，哀鸿遍野，家中的亲人至今生死未卜，盼星星盼月亮等了33年，仍然不知他们在哪里。想到这些，他不免暗自神伤。

他想，不管怎么样都不能放弃自己的梦想，必须坚持做研究，著书立说，也许有朝一日，他的研究能引起国家领导人的重视，这样，就能在大陆和台湾统一方面发挥作用。他默默发表文章，组织研讨会，登讲坛讲课，渐渐成为所在学术领域内面壁功深的学者，在美国研究中国历史文化领域中崭露头角。但事业上的成就并不能慰藉他那颗游子之心，多年来，他曾多方设法打听大陆亲人的下落，梦寐以求地希望有那么一天，能回到祖国大陆，与亲人团聚，然而造化弄人，虽询问过不少跟大陆有联系的朋友，但一切努力都如泥牛入海，无声无息。

第四十二节 大千赠墨宝

在西东大学任教的日子里，力宇结识了一批酷爱中国文化的学者，使他那颗孤独的心得到了慰藉，尤其是亚洲系主任王方宇教授，一个八大山人国画的痴迷收藏家，更让他感到祖国家园的温馨。

又是一个寒风刺骨的冬天，一阵阵来自大西洋的海风呼啸而来，窗外树枝被狂风肆虐几次后，便变得光秃秃的；街上除了谋生的人们还在忙碌，其他人都尽量减少了外出。往日的街头总有三五成群的来自西东大学的才子佳人，漫步街头，走进店铺挑衣物选书籍，此时，他们已没有雅兴上街，正在室内冬藏，努力修炼学术内功。

杨力宇计划写中国党和国家领导人的传记，因要把握他们的个性特点、人格魅力，是需要很多资料做依据的，于是套上一件中长的厚外套，从家里出来，经过一条深深的巷子，几分钟便到了学校，经过教学楼和尖顶教堂，穿过操场，便进了学校图书馆。图书馆是他的半个家，不仅因为他这些年写文章经常待在图书馆，而且他的夫人也在这里工作。他的夫人总是积极配合他查找资料，让他集中精力研究思考。

西东大学虽是一所天主教私立大学，但这所古老而典雅的大学让他有宾至如归的感觉。该学校热衷东西文化交流，尤其对中国文化推广一直走在全美国的前列，从20世纪50年代便开始推广中国文化，至今20多年来，不仅开拓了美国中文教学的广阔天地，而且成立了中文教师协会。改革开放后，邓小平翻译校名成为佳话，他把学校名（Seton Hall University音译为“西顿霍尔大学”）翻译成“西东大学”，意为沟通东西交流，从此，“西东大学”在中国广为传播，沿用至今。

在此，力宇经常接触到来自中国的学者，他所在的亚洲系的系主任王方宇正是从北京来美留学的美籍华人，一个精神旺盛、精干机敏的中年人，他以收藏明末清初一代宗师八大山人朱耷的国画蜚声海内外。王方宇积数十年之功，成为海内外八大山人作品的著名收藏家，他对八大山人国画的研究让许多国内学者望洋兴叹。

他喜欢八大山人的画风，凝练沉重，风格雄奇，去繁就简，寓意隽永。王方宇常说，八大山人的鱼是孤独的，蝉是孤独的，翠鸟也是孤独的，但却孤傲而倔强，耐人寻味。王方宇经常邀请力宇去他家坐坐聊聊，总是亲切地称呼他“小杨”。在他的眼里，力宇是他同根生的小弟，一个爱中国国画，爱修身养性，一个爱中国历史政治，爱参与政治活动，两人各有所长，却相融相通。

王方宇的家是一个名仕阁，往来无白丁，出入尽鸿儒，有身居美国的美籍华人学者、书画家，有赴美旅居的大陆或台湾的文人雅士。他们来纽约做客，总忘不了到新泽西州的西东大学交流中国文化，而王方宇珍藏的八大山人的国画便是他们心中最仰慕的经典，只要这些名家来到西东大学，必定要去王方宇家鉴赏国画，而此时力宇必为王方宇家的座上客。

那天，力宇在图书馆待了半天，觉得有点疲惫，抬头一看窗外，天色渐近午时，室外阳光明媚。力宇招呼在图书馆工作的夫人一起出来，去找个地方解决午餐，当他们走到亚洲系办公楼前时，力宇突然想去看看王方宇是否还在办公室，顺便汇报这几天的工作，以及他写作的进展情况。

他们走到王方宇办公室前，从窗户见王方宇正在出神地看一本书画册。力宇轻轻敲了一下门，王方宇回过神来："谁啊？请进！""是我，小杨。"力宇答道。"呵呵，来得正好，不然我还得差人去请你。""主任，有什么好事，是不是有贵客要来？""算你猜对了。"王方宇得意地微笑着点头。"谁呀？""老朋友啊，老朋友啊！""难道你说的是张老先生？"力宇知道王方宇跟张大千老先生是至交好友，他收藏的八大山人的作品有20余幅是来自张老先生之手，这份渊源无谁能舍。"你呀，真是悟性高，把我脾性摸透了。"王方宇说着，下意识地用手扶了扶眼镜,理了理花白的头发，露出光亮的前额："小杨，你是不是感觉我老了？都说人老了爱玩书画，我现在是越来越痴迷书画了。""王主任开玩笑了，您自年轻以来就是如此啊。""话是这样说的，但我也年近花甲了，晚年只希望与书画为友。中国书画是世界的瑰宝，深奥有价值，值得研究，不过，中国更值得去做的事、国之大事——两岸的和平统一，以后还得靠你去努力哦。"说完拍了拍力宇的肩膀。

他知道力宇是个很勤奋有抱负的青年，力宇热衷为中美关系牵线搭桥，他已是中美关系友好协会的五个华人委员之一。别看这小伙子平时不苟言笑，一开口说话却幽默风趣，颇有人格魅力，尤其是力宇对中国历史、时政的研究，以及对国际政治的敏感度不是一般人所能达到的。

王方宇示意力宇夫妇坐下。力宇夫妇坐在王主任对面，毕恭毕敬地听着王主任说话。王主任继续道："如今，大千先生年逾古稀，他这次来纽约做客是为了治眼疾，他右眼已失明，左眼又有白内障。我特邀他来我这里指导书画，他老人家不便推辞，答应了。大千先生今天下午就到纽约肯尼迪国际机场，我已安排好酒店，让他先休息一晚，明天请他指点一下我们系的几个书画老友，你夫人及台湾留学的演员方芳也一起参加。下午，我想让你陪我去接他，怎么样？”“好的，下午正好有空。”“等我们接完大千先生，你再去帮我张罗安排明天的事，我们现在就去用午餐，抓紧时间吧。”

午餐后，力宇陪同王主任乘坐小轿车飞速赶往纽约肯尼迪机场。他们在机场迎宾口等了一阵子，远远见到一个银须飘飘的美髯公在人群中出现，他身着厚厚的长夹袄，一手拿着手杖，一手由年轻人搀扶着，正缓缓走过来，那正是大千先生。王方宇立刻伸长手臂朝他挥舞着，力宇赶忙迎上前去帮他提行李。

两人把大千先生接上轿车，又寒暄了几句，因担心他路途劳顿，便一路不再发话。不到一小时，轿车在一家别致的酒店门口停了下来。王主任和力宇安顿好大千先生，而后回到学校。力宇急忙通知王主任所邀请的几位老师于明天上午十点到系文化交流室等候，请大千先生点评书画作品，然后，又找到方芳，交代她准备好笔墨宣纸。

第二天上午，天气仍然寒冷，力宇带着夫人与几个文人雅士齐齐相聚在亚洲系文化交流室，大千先生在王主任的陪同下如约而至，大家立刻站起来鼓掌。大千先生坐下后，捋了捋银须说：“近年来，身体欠佳，眼睛非常不好，以后我来纽约做客的机会恐怕不多了，这次能来贵校见大家是万幸，是应王主任的盛情邀请。”

话毕，王主任拿出自己采用舞墨手法写的几张书法：“请大师指点。”大千先生微笑赞赏：“有进步！比你以前寄给我的功底深了一层，但在形与神的结合上还可再琢磨。”然后一幅幅地点评优缺点。其他几位老师也带了几幅自己的书画给大师指点，大千先生一一点评，而后觉得有点累，大家便一起饮茶休息了一阵。王方宇发话了："大千先生难得来一趟，能否请您给我们露一手。"

方芳是这群人中最年轻的女学生，于是，起身把准备好的笔墨端出来，又将宣纸展开铺在会议桌上。大千先生缓缓地站了起来，准备给王方宇写一幅字画，只见他凝神定气，抓起毛笔舞动起来，如行云流水，一气呵成，毛笔落定，又一片掌声。

大千先生慢慢坐下，搓了搓手，目光柔和地望着大家，大家觉得余兴未尽，王方宇犹豫地开口了，想为力宇讨一幅墨宝作纪念："大千先生，力宇是我们亚洲系最优秀的青年，前途无量，可否为他留一幅墨宝？"大千先生定了定神："我写什么给他？"力宇说："我喜欢古诗，您想到哪首就写哪首吧！"大千先生静静思量了几分钟，然后说："有了。"方芳在旁边展开宣纸，磨墨，认真伺候着。大千先生拿起笔在宣纸上起落有致地写着，留下了他即兴而作的一首小诗：

明月曾呼白玉盘，多情更照玉阑干。
香吹一夜西风满，水殿罗衣作许寒。
——六十一年壬子元月，力宇先生、淑怡夫人鉴赏

得此墨宝，力宇和夫人高兴之至。大千先生走后，力宇收拾墨宝，立马与夫人一起到书画店装裱，抱回家挂在书房墙壁上，一遍一遍读着这首诗，而乡愁又伴随着那一轮明月在心底悠然而起。

他忍不住从书柜里翻出白先勇的新短篇小说集——关于那些当年从大陆迁居台湾的人的故事集成的《台北人》，里面的《秋思》《冬夜》《国葬》……他也不知翻了多少遍，但每每读到这些文字，心灵便感到无比的慰藉。

他非常喜欢学弟白先勇的文字，白先勇的经历跟他很相似，都是年少时离开大陆来台湾生活的小青年，他笔下流露的对昔日的哀婉和追思，恰如自己怀念祖国的愁绪，读着读着便沉浸其中了。

第四十三节　怒怼出版商

当时到美国留学继而定居的台湾青年大多是力宇在台湾大学时的校友，他们当年离开台湾来到美国，无非是这些原因。台湾对于他们来说只是个客居地，因为台湾原籍人对于大陆迁居来的人竭尽排挤之能事，而那些从大陆迁居来的、能考入台湾大学的都是青年中的佼佼者，他们心怀的理想远不只是在台湾谋碗饭吃，而是齐家治国平天下。当然，也有凭借着在台湾有显赫家庭、原籍人也奈何不了的留美深造青年，像“台湾四公子”——连战、钱复、陈履安、沈君山，全都是在台湾能呼风唤雨、知名度极高的才子。

这两类人来到美国留学，学识相当，心灵相通，自然而然成了亲近的朋友，他们的大陆情结，又让他们共同关注着美国、中国大陆、台湾之间的关系。此时的台湾，经济进入了腾飞时期，蒋经国已经主政，开始筹划发展重工业、化工业，建立自主经济体系，进行大规模公共投资。台湾迅速进入高速发展期，引起世界瞩目，街道繁华程度堪比当今的北上广，大街小巷都流行着邓丽君的甜歌、林青霞的美照，一片欣欣向荣的景象。

台湾经济繁荣，为侨居美国的台湾籍专家学者提供了很多商机，他们经常奔忙在美国和台湾之间，既交流学术，也做贸易。几年后，力宇有了新的变化，他已不再是那个清贫的青年，而是事业有成，经济宽裕，进入人生发展的高峰期。

他离开了那栋人多嘈杂的筒子楼，搬进了一幢四层别墅。别墅依山而建，优雅安静，松柏环抱，他的夫人把家里布置得古色古香，张大千的字画挂在书房最醒目的位置。他的别墅时不时高朋满座，连战、钱复、白先勇等人只要来到纽约，必借机到新泽西与力宇见面。他们一起谈政治、谈时局，但总离不开大陆与台湾关系的问题。

力宇只是个做学问的教授，在两岸关系中，他能做什么，他想到了：研究中国党和国家领导人，客观地向西方介绍他们，介绍他们的生平、他们的品质和贡献，让西方国家人民多了解中国，进而了解中国的现时政策。这样才有可能推进两岸和平统一。

他读到周恩来总理很多光辉事迹：在法国留学期间加入中国共产党，后在黄埔军校任政治部主任，领导上海工人武装起义、南昌起义，参加反“围剿”、红军长征、抗日战争、解放战争，组织领导新中国的建设，他是一位与中国共产党一起成长的、不可多得的中国党和国家领导人。周恩来工作能力很强，做过政治思想工作，打过仗，搞过经济建设，又做过统战工作，为新中国的成立和建设做了许多不可磨灭的贡献。同时，他也注意到周恩来的一位亲密工作伙伴邓小平。他对邓小平产生了极大的学术兴趣，但那个时候的邓小平已经受到错误的批判和斗争，被撤销党内外一切职务。

他又在1970年西方国家出版的几部关于中共党史的著作中，发现西方认为邓小平的政治生命已经结束，他为此感到沮丧，叹气，夫人安慰他："我们再耐心查查资料看，或许有新的发现。"

夫人的建议果真不错，他们又查询了中国方面的资料，终于发现一个问题，没有任何一篇文章公开、正式点评邓小平，看来是对邓小平是留有余地的，那他就有复出的可能，于是他决定为邓小平写一篇五六万字的小传记。

在他开始着手写作时，这事被几个同辈的中国问题专家得知，把他当成傻博士了，他们相约到西东大学劝杨力宇，一见面便哈哈大笑："杨博士，邓小平已被打倒，你要看准行市啊，别埋头做了无用功，浪费时间啦。"杨力宇不理会他们："我相信自己的判断，邓小平会出来工作的。"他把他们的嘲弄当成耳边风，依然坚持写他的邓小平传记。

他从1972年起，开始搜集邓小平的资料，在美国斯坦福大学胡佛图书馆内查看了数万卷有关江西苏区时代史料的缩微胶卷。此外，他还先后涉足苏联列宁格勒图书馆、英国伦敦大英博物馆、法国巴黎国家图书馆、美国国会图书馆和哈佛大学图书馆等，并且七八次到香港等地收集资料。凡有可能的地方他都去找，为了找寻有关邓小平的更可靠、更具体的资料，他还专访了曾经同邓小平接触多次的美国前总统尼克松和法国总统蓬皮杜等人，并同十多个国家的元首及外交部部长通过信件。

真可谓是十年功夫深，铁杵磨成针；字字皆辛苦，句句寄真情。

1973年，杨力宇的预言成真了，邓小平复出了。《大英百科全书》和《美国百科全书》的出版商都闻风而来，邀请他继续写作邓小平传记，并签订出版协议。两位主编写信给他，竭尽奉承之能："杨教授眼光犀利，睿智深远，政治嗅觉敏锐……"

形势好转，邓小平传记有出路了。力宇抓紧时间，日夜伏案写作，书桌上那盏荧光绿的台灯成了小区里的长明灯。他希望尽快把书稿写出来公之于世。没想到的是，他刚把传记写完，1976年春，邓小平又被撤销党内外一切职务。两部百科全书的主编又纷纷写信给他，告诉他邓小平已失去了政治意义，稿件不要了，并向他表示歉意："稿费我们照付，传记不刊登了。"因为按照美国出版界的法律条文规定，原来预约的稿子，后来由预约者单方取消，要赔偿作者的损失。当时，他们允诺以十倍至百倍的稿费赔偿给力宇，但稿子不能采用。

力宇不答应了，不折不挠与之抗争到底，明确表示："稿费我可以分文不取，但文章一定要按约刊登。"一场论战开始了，双方拉锯式地争论起来了，《美国百科全书》的出版商亲自跑到西东大学找杨力宇，无可奈何地对他说："邓小平没希望了。"力宇毫不退让，告诉他："人民支持邓小平，他会胜利的！"

但是仅仅过了一年，论战还未结束，邓小平又奇迹般复职了，《美国百科全书》的出版商又跑来，问他要稿出版，力宇拿起写好的一叠原稿，风趣地说："邓小平复职，我写的传记也要复职啦！"他的《邓小平传》终于在《大英百科全书》和《美国百科全书》1978年年鉴中顺利刊发。

经过一波三折的《邓小平传》的问世，引起西方新闻界、学术界的广泛注意和极大兴趣，力宇对邓小平的见解得到了美国政界的重视，力宇本人因此而成为新闻人物。

记者采访接踵而至，西东大学一时热闹起来，不时有记者过来采访杨力宇，记者刁钻的问题一个接一个地抛过来。《北美日报》记者问他："杨教授，请问你为什么要写《邓小平传》？"

力宇微笑着平静地说："我同邓小平无丝毫亲戚朋友关系，我是不需要为他搞个人崇拜，我写传记的动机是学术研究，非官方授意，资料来自世界各地，我只是恢复历史的真面目，把邓小平先生作为中共的杰出领导者的传奇的一生，真实地介绍给西方世界。""杨教授眼光独到，很了不起！"记者称赞。力宇又接过话："邓小平先生在政治上三起三落，多姿多彩，已成为传奇式人物。对这位不屈不挠，爱国爱民，历经磨炼，有远见有才干，永远不妥协的斗士，我由衷地敬仰。”

《北美世界日报》记者问：“杨教授，请问你怎么评价邓小平先生？”力宇回答：“邓小平先生自1977年再度复出后，小心谨慎，高瞻远瞩，为中国及世界做出了重大的贡献。邓小平先生目光尖锐，眼光远大，看到了中国问题及世界危机，为中国内政外交确定了方向，而且将朝着这个目标走下去，这是邓小平先生的重大成就和显赫功绩。”

《华人日报》记者又问：“杨先生，你能否详细谈谈你对邓小平先生的认识？”力宇理了理思路，接着说：“邓小平深知今日中国的主要问题是贫穷与落后，而非社会阶级的矛盾；中国如欲图存，必须积极进行经济建设，向现代化的目标迈进，否则，中国永远落后，追不上欧美国家，甚至不能与一些东南亚国家相比，更谈不上改善人民的生活。邓小平认为，唯有现代化可使中国走上富强统一的道路，所以他提出了建设现代化的目标。”

力宇又说：“中国实现现代化的阻力甚多，邓小平眼见这些困难，提出了一系列的改革方案。例如，打倒教条主义，强调实际及实践；突破‘闭关自守’的封建恶习，实行‘对外开放’政策，学习西方的先进科学技术；引进外国资金设备开发中国的资源；对内搞活经济，解放生产力，发展城乡经济建设；改革教育制度及培养人才；改善和提高人民生活水平，争取人民的支持；解决继承问题，采取集体领导，形成安定团结的局面。邓小平认为，世界局势稳定与否，对中国现代化有极大的影响，如果战争爆发，中国为了国家之存亡，现代化即使不停顿，进展也会缓慢下来。因此，他洞察世局，坚持反对霸权主义，争取世界和平与稳定。在邓小平的领导下，中国抛弃了意识形态及社会制度不同的考虑，努力发展与日本、美国、西欧国家及东南亚各国的关系……”记者听完他的评价，不禁交口称赞，海外华文报刊都纷纷发表了那段话，引起了极大的轰动。

杨力宇又兴奋地告诉记者，自己已着手撰写邓小平长篇传记，约25万字，这是西方第一部真正从学术及历史眼光来写的完整的邓小平传记，目前，已经写完了五分之四，可望在1982年底脱稿。

第四十四节 跻身美国政界

大凡世间事能在波折中不被淹没、不被夭折，依然灿烂地存在，其结果必定是不同寻常的，超越普通人的想象的。

力宇在一波三折中成就了《邓小平传》，而该书的出版也成就了他的人生。从此，学界的专家对他刮目相看，他们万万没想到，这个儒雅书生，未曾踏入政界圈子的学者，竟然有如此深邃的政治眼光，有这等高强的预测能力，谁不想把他纳入参政智囊团，一种蝴蝶效应在他身边扩散开来了。

新泽西州参议院议长和众议院议长竞相聘请他为特别顾问，大凡涉及中美关系的问题及台湾问题的会议，都请他出席发言。杨力宇的发言，头头是道，让议长听得频频点头："有道理，有道理，你是真正的中国事务专家。"力宇眉宇舒展开，精神焕发，曾经多年苦读，博览群书，著书立论，只盼望有这么一天，能在美国政界发挥作用。

年轻时，梦想自己能在国际舞台上为中国发言，帮中国打开外交之门，让世界人民了解中国与中国友好往来，两岸才有可能重新连通，自己才有机会归国寻亲。如今，自己不就是在从事这样的工作吗？

他除了完成学校少量散学外，其余时间都在从事中国国际关系的转变工作。1972年2月28日，《中美联合公报》发表后，他成了中美关系全国委员会委员，经常写文章、做演讲，介绍中国的情况，促进中美人民的友好往来，人们称他是“中美之间的桥梁”“新泽西州的基辛格博士”。

功夫不负有心人，更重要的机会来了。由于他的大陆背景、台湾背景，中美建交之前，他被选为美国总统卡特班底的中国事务顾问，做了大量的工作，为中美建交铺了路。

出乎意料的是，不仅他写的《邓小平传》受到美国政界的重视，而且他笔下的主人翁邓小平更是得到美国人民的热捧。

1978年12月25日，《时代》周刊的封面，把邓小平头像与美国总统卡特、以色列总理贝京的头像同时刊出，上面写道：与中国打交道，与以色列免谈。显然，《时代》周刊看好邓小平，美国人民把改善中美关系寄托在邓小平身上。在中美恢复正常往来关系上，最大的障碍是台湾问题，美台早年签订过《共同防御条约》，美国在台湾还设有驻军，事到如今，是该决断的时候了，卡特总统义无反顾地宣布断绝同台湾的“外交关系”，撤走驻台美军，一系列的惊人之举在美国政府对台守口如瓶中悄然完成了。

1979年1月1日的美国《时代》周刊，首次把邓小平评为1978年度的“年度风云人物”，封面标题为“邓小平，中国新时代的形象”，为邓小平主政大胆地投了一票。

《中美建交联合公报》正式生效的那一天，中美两国人民欢天喜地。在中国，《人民日报》社门前，索取中美建交《号外》的群众把大门堵得水泄不通，在天安门的金水桥畔，等着发放《号外》的人排成了好几条长龙。

同样，美国人民也按捺不住喜悦的心情。原来，卡特总统邀请邓小平访问美国，邓小平即将来到美国。

得到这个消息，力宇心情激动得难以平静，他研究邓小平多年，因写《邓小平传》而得到美国政界的重视，如今邓小平真的要来美国了，就要见到这个仰慕已久的东方伟人了，这将是何种情形，力宇夜不能寐，第二天早早来到白宫等候。

1979年1月28日恰逢中国农历大年初一，一架白色的波音七〇七专机从北京起飞，飞赴太平洋彼岸，十几个小时后，飞机徐徐降落在美国安德鲁斯空军机场，恰是万里晴空，阳光明媚，在美国人民的欢呼声中，机舱门缓缓地打开了，一位个子不高、上了年纪、但精神矍铄的中国绅士出现在飞机的旋梯上，这就是邓小平！

当时，邓小平以国务院副总理身份出访美国，而卡特总统给予他最高的礼遇，亲自在白宫的草坪主持欢迎仪式。

29日上午10时许，邓小平和夫人一行乘车来到白宫，1000多名围观群众面带着灿烂的笑容，挥舞着中美两国的小国旗，向邓小平大声欢呼："WELCOME,MR.DENG!"

当卡特总统挽着夫人陪同邓小平夫妇登上铺有红地毯的讲台时，中美两国国歌奏起，礼炮齐鸣。

按照国际礼宾规格，接待政府副总理鸣礼炮17响，接待政府总理才是鸣19响，卡特总统为邓小平鸣了19响礼炮，可见美国政府官方公然承认邓小平是中国政府的首脑！

邓小平在美国只安排了9天时间，争分夺秒，走访了很多地方，一个接一个出席会谈会见、宴请、记者招待会，时间安排得十分紧凑。

杨力宇在远远地注视着邓小平，直到参与邓小平对中国事务的会谈，他才近距离地看到邓小平，当时，他心里跳得厉害，仿佛觉得自己在做梦，眼前这位已有75岁、比自己矮大半个头的邓小平先生，在唇枪舌剑的交流中，对答如流，思维敏捷，幽默诙谐，说他是东方巨人，一点不为过，他虽是小个子，却撑起中国的一片天。

邓小平短短9天的访问，在美国引起巨大反响，迅速掀起了“中国热潮”，此后，大批美国企业和大学都踏上了与中国结缘之旅。

实际上，力宇在《中美建交联合公报》发表后，中美之间的航班刚开通，他已迫不及待地通过中国旅行社牵线搭桥，踏上了回国考察之路，得到国务院副总理方毅、侨务办主任廖承志的接见，只是亲人失散了三十年，中国的变化太大了，时间仓促，寻亲之事无从着手，他强忍住内心的痛苦，按行程完成考察返回了美国，投入卡特总统接待邓小平的访谈之中。

然而，世间事无巧不成书，冥冥中自有安排。

第四十五节 意外寻亲

邓小平离开美国后，杨力宇重新投入到推动中美关系发展的工作中。他奋笔疾书，把刚到中国考察的所见所闻写了上万字的《中国的过去、现在和未来——归国所见闻及与方毅会见记》的长篇报道，客观地再现了中国安定团结的现状，消除了国外人士对中国的疑虑和误解。他每天忙着外事工作，联系中美双方外交事务，希望促成中美两国大学结为姊妹学府，竟把寻亲的事暂时搁在了一边。

“踏破铁鞋无觅处，得来全不费功夫。”

1979年1月13日，天色渐晚，室外寒风凛冽，在赣州医学院工作的杨力宇的大妹妹玛丽吃过晚饭，收拾妥当，像往常一样，牵着女儿和爱人一起进屋子烤火，一家三口围着火盆，女儿做作业，她坐在旁边翻阅当天的报纸，爱人打开书备课。

当她翻到《人民日报》第四版时，眼前突然一亮，一张国务院副总理方毅与一个十分眼熟的中年绅士会谈的照片映入眼帘，她以为自己看错了，再揉了揉眼，确认了一下，那位绅士跟自己父亲年轻时的模样如此相像，但比父亲更光彩照人，再看照片上面的标题《方毅副总理会见美籍教授杨力宇》，杨力宇不就是自己失散了30年的日思夜想的哥哥吗？

顿时，玛丽热泪盈眶，情不自禁地喊起来："这是我哥哥啊，这是我哥哥啊！"她声音颤抖着，两行热泪唰唰直流。女儿疑惑地凑上前去："妈妈，你说啥，找到舅舅啦？"爱人惊讶地："啊？！你哥哥找到啦？"爱人走过来，看着照片："这照片模样跟你父亲像，确实像，名字也是你哥哥的名字，不过你们30年没见了，世界这么大，同名同姓也有可能，万一弄错了呢，还是写封信去国务院办公厅问问详细情况。"玛丽点点头，找出笔和信笺准备写信。

突然，大院值班室的老刘急匆匆地跑到门口，大喊："杨玛丽，电话！"玛丽疾步到值班室，拿起话筒："喂，我是玛丽。""姐姐，你看了今天的《人民日报》吗？第四版新闻中方毅副总理接见的那个人，不就是我们的哥哥吗？"原来是玛丽的小妹妹来电话了。"是啊，是啊，我也是这么想的，正想写信去中央院办公厅询问这事呢！""太好了！太好了！姐姐快去写啊。"

玛丽放下话筒，转身回自己的住处，没走几步，电话又响了，老刘拿起电话一听，又是找杨玛丽的："杨玛丽回来，又是你的电话。"玛丽拿起话筒一听，是二妹妹的电话，说的还是哥哥的事情。玛丽放下电话，回屋子，继续把信写完。

第二天一早，玛丽就把信送邮局去，郑重地贴上邮票，摸了摸信封，投进绿色的邮筒。不久后，中央院办公厅回信了，得到答复"杨力宇正是她们失散了30年的哥哥"，并把联系方式给了她们。

妹妹们联系上力宇后，力宇再也压抑不住归乡之情，他的眼前不停浮现30年前，他离开南京的情景：南京街头处处是冷枪冷炮，时有难民哭泣哀号声。三个妹妹由母亲带着离开南京，他最后一次看见妹妹们的可爱模样已是30年前了，那时她们稚气未脱，大妹妹11岁，二妹妹7岁，小妹妹才蹒跚学步，30年过去了，她们现在是什么模样了？过得好吗？他真想立刻张开双臂拥抱她们，让她们感受哥哥的温暖。

30年来，他心里是多么担心和思念她们！他虽然一直在外，但少年时的事依然历历在目，他只在中国大陆生活了15个春秋，但在他往后的生活里，都是这15个春秋的影子。

俗话说“血浓于水”，只要说起家乡亲人，他身上便有一股暖流涌上心头，接着便是锥心的疼痛。30年来，他一直研究着中国历史、中国文化、中国政治，就是想着在今后能为中国外交做贡献，让中国走进世界舞台，自己也能有机会见到家乡亲人，为此，他付出了很多努力，无论道路多么坎坷，无论生活多么艰苦，他都默默地坚持下来，而这一天终于来了。

此后，力宇经常跟妹妹们电话寒暄，询问她们的生活，并计划回国探亲。

第四十六节 游子归故里

1980年夏天，力宇终于有机会回国探亲了，他陪同美国新泽西州州长拜尔恩和西东大学校长墨菲访华，这也是他本人二度访华。

这一次，他终于腾出了几天时间来到阔别30年的江西井冈山探亲。那天上午，阳光明媚，力宇在北京办完公事，便匆匆赶到机场，乘上北京飞往江西南昌的航班。飞行两个半小时后，航班降落在向塘机场，江西省领导亲自接机，安排力宇住在江西宾馆，这是当时南昌最好的宾馆，但力宇归心似箭，第二天，在江西省侨务办主任陪同下，坐上轿车奔赴井冈山宁冈探亲。

“少小离家老大回”，阔别30年，世事沧桑巨变，心中苦乐如翻江倒海，往日记忆像挡不住的洪流，在脑海中涌动。妹妹们把接待哥哥的地点，安排在宁冈三妹妹家，那是他们老家，父母曾经生活过的地方。

妹妹们和家族亲戚早已齐聚一堂，等候力宇的到来。轿车驶到三妹妹家的宅院旁，他忐忑地下了车，只见一群几岁到十几岁的孩子，腼腆地挤到他跟前叫“舅舅”，叫“外公”，他双手揽着孩子们，抚摸他们的头和脸，顿时心里乐开了花，尽情地享受着天伦之乐，他从来没有这么满足过。在三妹家吃过午餐和晚餐后，副县长谢庚华和县侨办主任把力宇接到了县城最好的宾馆——宁冈宾馆，晚上安排了一场招待影片《海外赤子》，影片让他感动得像孩子一样，掩面而泣。

第二天，6月17日，正值中国传统节日端午节。清晨，微风拂面，阳光灿烂，谢副县长和县侨办主任陪同力宇兄妹一起前往白露村，探访杨家祖辈生长发迹的地方。

车子从弯弯的道路上徐徐地开出山林，进入一片开阔的田野。他一下车，就被眼前的山村美景吸引住了，那青葱翠绿的群山，清澈透亮的白石河，绿波飘动的稻田，芳香诱人的瓜果，崭新整齐的农舍，像一幅天然的画卷展现在眼前，他不禁连声赞叹：“太美了！太美了！30多年来，我时时思念故土、亲人，如今才得遂了夙愿，这真是陶渊明说的‘羁鸟恋旧林，池鱼思故渊’啊！”

白露公社正、副社长与白露大队队长，早早备好了欢迎茶点酒席。按照宁冈乡俗，分宾主就座，先用茶点，因为是端午节，茶点备了“端午五子”：箬叶粽子、糖心包子、茶子（当地方言称蛋为“子”）、蒜子、豆子。

用罢茶点，便吃团圆饭，饭桌上全是浓浓的家乡风味菜，有石耳炖武山鸡、莲花血鸭、陈皮烧狗肉、红烧石鸡、兰花小竹笋等等，摆了满满一桌。

看着满桌的菜肴，他不禁赞叹道：“太丰盛了！太丰盛了！美国的国宴也较之逊色啊！我有幸参加过美国政府的正式宴会，他们是用牛排做主菜，此外便是牛奶、汽水、香槟酒之类的花样，外加几片面包，吃罢宴会回家，准得向夫人讨些东西填肚子的！”力宇的风趣幽默引得村民们哈哈大笑。

入席后，他看着大碗的酒，大块的肉，一时不知如何下箸。主人介绍说：“宁冈地处偏远山区，婚丧红白酒席，都是大碗酒，大块肉，颇有古风，山里老百姓慷慨豪爽。”

他会心地笑了，举起酒碗同乡亲们一起喝下家乡老冬酒，又尝一块别具家乡风味的陈皮烧狗肉，一股暖流涌满心窝，赤子情怀溢于言表，他脸上泛起红晕，对乡亲们说：“我在国外，总有一种寄人篱下的感觉，不管生活条件如何好，还是非常想念中国。世事沧桑，我做梦也没想到能有今天，还是那句老话，月是故乡明，人是故国亲。今天正是端午佳节，‘每逢佳节倍思亲’，该有多少海外赤子魂牵梦绕自己的故乡啊！”

当他得知父亲在“文化大革命”期间不幸去世，他感叹中带着哀伤，说：“虽然如此，历史不可逆转，但个人家庭的苦难与国家经历的苦难是无法比拟的。当我看见家乡种种建设和进步，我的心情也为之好转。记得童年时，父母谈到宁冈的落后，既无公路又无铁路，更无电灯、电话和电报，那时回宁冈，要翻山越岭，爬七溪岭，要走三天，老弱和病痛无车乘，须要坐两人抬的担架，或请樵夫背过山。”

在座的乡亲们听了，都会心地笑了，谢副县长说：“杨教授，你这是30多年前的老皇历啊，我们现在外面的公路都通进来了，县里的公路四通八达，几乎可到每一个公社，电灯很普遍，每个公社均有电话和电视。”“我最惊异的是那些繁荣的农贸市场，有这么多种类商品交易，还有老百姓家家都有自己的房子，我小妹妹住的是一栋宽大的二层楼房，而且是他们个人所有。他们的吃住远比我夫人在北京的亲人更好。”力宇补充道。接着，又是一阵欢快的笑声，笑声如风，掠过田野绿畴，绿苗频频招摇，鸟儿欢快歌唱，仿佛在欢迎这位阔别故乡30多年的海外游子。

力宇在家乡住了三天，参观了龙市、茅坪、新城、古城等地的革命旧址，很受感动。临行前，力宇兄妹设宴答谢宁冈县党政领导和众乡亲。宾主祝酒，力宇端起酒杯，笑盈盈地望着乡亲们，说：“这次回故乡，一开始我脑子里是个未知数，回到故乡，看到故乡的变化，受到如此热情的款待，使我很感动，百姓安居乐业，家家都有高楼、电灯，到处通公路，实在让人高兴。”

他停了停，又说：“我虽然加入了美国国籍，但美国是我的寄籍国，我骨子里还是一个中国人，对中国怀着永不泯灭的赤子之心，我希望祖国强大、富强、统一。我相信以我的余生，一定能见到那一天！”席间，力宇与亲友们频频举杯祝酒，好像有永远说不完的话，当他谈到中美两国人民友好往来时，兴奋地说：“江西是我的家乡，我愿意从中做联络人，在美国找个合适的州，促成它同江西结为兄弟州省。”

他又透露了一个大胆的设想，准备在美国找个合适的县，同宁冈县结为友好兄弟县。力宇深情地说：“如果真要能做到这一步就好了！我想是能办到的，不过那需要时间。”在座的乡亲们，全都激动得热烈鼓掌！力宇无限感慨地说：“中美两国人民友谊越来越深，对我们海外侨胞来说，是莫大的幸福和安慰。”他耸耸肩，摊开两手看着他的妹妹们：“诸位也有体会吧，如果不是中美友好，我们能有今天吗？绝对没有！”

力宇与陪同他的谢副县长聊起他在外30多年的经历，讲述了他从台湾到美国，在美国从一个普通学者成长为一名功底深厚的中国问题专家，所历经过的磨难和艰辛。

谢副县长边听边微笑点头，当听到他写《邓小平传》时经历的波折，流露出由衷赞叹的神情，又好奇地问：“杨教授，您写《邓小平传》说是学术研究，纯学术研究，不完全是吧？”力宇答道：“当然啰，目的还是有的，我的目的很简单，我要客观地介绍中国的党和国家领导人，介绍他们的生平、为人，以及他们的品质和贡献，使西方国家人民多了解中国，进而了解中国的现时政策，而绝对不是搞个人崇拜，树立偶像。”一时间，逗得围着他坐的亲人们开怀大笑。

第四十七节 受伟人接见

力宇见到家乡亲人后，浑身焕发着热情和力量，他先后十几次回中国访问、探亲。每次来，他都带着任务，促进中美两国之间的经济贸易、文化教育、科技和人才交流。

返美后，他夜以继日，用中英文双语撰写文章发表，在西方讲坛演讲，向西方真实、客观地报道中国人民为国家建设和统一而努力的情况，扩大中国的对外影响。他计划着，把浙江省与新泽西州结成姐妹省州，武汉大学、北京语言学院、北京外贸学院分别与美国西东大学结成姐妹学府。为了完成他心目中这四件大事，他耗费了很多私人时间，甚至费用。在他心中，能为祖国做贡献，那就是他最高兴的事。有时回到中国住了条件简陋的饭店，记者调侃他："杨教授，住这样一个饭店，是不是影响您的身份？"他坦然："我没什么身份，我只是一个教授，我为自己的祖国做事，住哪儿都一样。”几年来，他在中美之间往返了十几趟，每次往返都带着任务，下飞机后，马不停蹄地奔走，找相关部门协商，一步一步推进落实拟定的计划。他诙谐地对记者说：“我每次访华返美，都没有发现自己有交‘白卷’的时候！”最后，终于办成了这四大件事，他欣喜地称之为中美关系四大“杰作”。

1983年6月下旬，杨力宇作为国际知名学者受中国社会科学院的邀请，再次来到北京讲学。

那天早晨，他洗漱完毕，像往常一样，一丝不苟地整理西装领带。黑色西装配上菱形花格领带，再配上笔挺的西裤、锃亮的皮鞋，把他衬托得风度翩翩。

讲学完毕后，他回到下榻的宾馆用餐，之后回房间休息整理东西，准备第二天上午返回美国，下午，突然一位不速之客敲开了他的房间，告诉他：次日八点半，有人来找他，并一再嘱咐到时千万别离开房间。

他有点纳闷，行程结束了，该做的事做完了，还有谁会来找他？难道自己在讲台上说错了话，犯忌了？他在房间里直挠头，难道中国不容许对某些事情有不同的观点？他有点烦闷：“我带来一些不同的声音、不同的观点，只会有益于中美关系、海峡两岸的关系，总不至于要兴师问罪吧？”整个下午， 杨力宇不时在琢磨着第二天可能发生的事情。

次日，即26日，早晨八点半，门铃“叮铃铃”地响起。他起身开门一看，来人正是中国社会科学院副院长马洪先生，马副院长神采奕奕，以略带神秘的口吻对他说：“杨教授，现在由我陪同您去一个地方，车在下面等着呢。”虽然力宇没说出自己的想法，但心里犯嘀咕：“中午还要赶飞机，现在究竟要拉我去哪儿？”马副院长似乎看出了他的心思，下楼时，便告诉他：“杨教授，您赶飞机的事，已由有关部门安排妥当，只要您没到达，飞机就不起飞。”

说完又呵呵地笑了。两人一起下到宾馆大门的正厅，一辆亮铮铮的黑色红旗牌轿车正候在门口，马副院长抢前一步打开车门，微笑着示意力宇上车。力宇这才打消了郁结在心头的疑虑，他想即使自己不熟悉中国国情，但有一点自己可以肯定，无论如何，不会用红旗牌轿车送自己去监牢。

轿车开动后，迅速驶进了长安街，马副院长这才告诉他：“杨教授，现在我们去人民大会堂，邓小平同志要见您。”这太令人感到意外了！他心里思忖着：“邓小平要和我谈论什么问题呢？这绝不会是礼节性的会见。一位泱泱大国的领袖日理万机，若不是有某个重大的议题，绝不会拨冗与我会谈。”

几分钟后，轿车驶入庄严的天安门广场，徐徐减速，右转进入松柏苍翠的小广场，在人民大会堂门前停下。门前警卫迎过来，打开车门，力宇和马副院长一起下车，工作人员把他们引进了一个高雅温馨的小型会客厅，左右靠墙各安放着一排单人沙发，对面墙壁挂着几幅长条联排国画，中间是巨幅牡丹，花开雍容富贵，左右两边各两小幅竹菊和梅兰，古色古香。

邓小平满面春风地站起来，力宇立即走过去，伸手向前跟伟人握手。在座的中共中央政治局委员杨尚昆、中共中央书记处书记邓力群等同志随即起身，鼓掌欢迎。

邓小平示意杨力宇坐下，几位记者立即上前拍下了会谈照片，这便是后来刊发在《人民日报》等各大报纸上两人会谈的照片。

在这个特殊的地方，再次见到邓小平，杨力宇倍感亲切，如沐春风，听着伟人的四川乡音，一下子消除了略带紧张的情绪。他们寒暄了几句，随即展开了中国大陆与台湾和平统一设想的正式谈话。邓小平全面性地陈述他的看法：

问题的核心是祖国统一。和平统一已成为国共两党的共同语言。但不是我吃掉你，也不是你吃掉我。我们希望国共两党共同完成民族统一，大家都对中华民族作出贡献。

我们不赞成台湾“完全自治”的提法。自治不能没有限度，既有限度就不能“完全”。“完全自治”就是“两个中国”，而不是一个中国。制度可以不同，但在国际上代表中国的，只能是中华人民共和国。我们承认台湾地方政府在对内政策上可以搞自己的一套。台湾作为特别行政区，虽是地方政府，但同其他省、市以至自治区的地方政府不同，可以有其他省、市、自治区所没有而为自己所独有的某些权力，条件是不能损害统一的国家的利益。①

杨力宇细心地倾听着这个前所未有的重大话题，仿佛听到一声春雷在万里长空鸣响，看到了中国和平统一的曙光。接着，邓小平又说：

祖国统一后，台湾特别行政区可以有自己的独立性，可以实行同大陆不同的制度。司法独立，终审权不须到北京。台湾还可以有自己的军队，只是不能构成对大陆的威胁。大陆不派人驻台，不仅军队不去，行政人员也不去。台湾的党、政、军等系统，都由台湾自己来管。中央政府还要给台湾留出名额。

和平统一不是大陆把台湾吃掉，当然也不能是台湾把大陆吃掉。所谓“三民主义统一中国”，这不现实。

要实现统一，就要有个适当方式，所以我们建议举行两党平等会谈，实行第三次合作，而不提中央与地方谈判。双方达成协议后，可以正式宣布。但万万不可让外国插手，那样只能意味着中国还未独立，后患无穷。

我们希望台湾方面仔细研究一下一九八一年九月叶剑英提出的九条方针政策的内容和一九八三年六月邓颖超在政协

---

①《邓小平文选》第三卷，人民出版社1993年版，第30页。

六届一次会议上的开幕词，消除误解。

你们今年三月在美国旧金山举办“中国统一之展望”讨论会，做了一件很好的事。[①]

因在当时的情况下，“中国统一”是个复杂而敏感的问题，如果在政界谈这个问题显得太早，在学术界研讨虽无禁忌，但也是一件破天荒的大事，况且需要把两岸的知名学者邀请过来，坐在一起研讨中国统一问题，那是极其困难的事，而这种事情只有具有大陆和台湾双重背景的杨力宇能办得到。他亲自担任会议主席，邀请海峡两岸学者、美籍华人学者，以及新闻记者四百多人到场召开了这个研讨会。来自台湾的美籍知名学者、马里兰大学教授丘宏达和布朗大学教授高英茂均参加了，该研讨会作为蒋经国在美国的观察员丘宏达在研讨会上作了“台湾关于统一的观点”讲话，提出了和平统一的五点建议，可以说是反映了某种官方的意见。会后，大陆、台湾、香港等新闻媒体都争相报道了这个重量级的国际研讨会，引起了海峡两岸的高度关注。杨力宇不愧为知名的中国事务专家，虽然第一次听邓小平提出“一国两制”，还是凭借自己多年国际政治方面的经验，立刻对这个提法，从学术角度陈述了他自己的看法。

大部分时间，主要是杨力宇聆听邓小平详细阐述他头脑中这一方针的具体内涵，即“邓小平提出的六条和平统一主张”：

（一）台湾问题的核心是祖国统一。和平统一已成为国共两党的共同语言。

（二）制度可以不同，但在国际上代表中国的，只能是中华人民共和国。

（三）不赞成台湾“完全自治”的提法，“完全自治”

① 《邓小平文选》第三卷，人民出版社1993年版，第30—31页。

就是“两个中国”，而不是一个中国。自治不能没有限度，不能损害统一的国家的利益。

（四）祖国统一后，台湾特别行政区可以实行同大陆不同的制度，可以有其他省、市、自治区所没有而为自己所独有的某些权力。司法独立，终审权不须到北京。台湾还可以有自己的军队，只是不能构成对大陆的威胁。大陆不派人驻台，不仅军队不去，行政人员也不去。台湾的党、政、军等系统都由台湾自己来管。中央政府还要给台湾留出名额。

（五）和平统一不是大陆把台湾吃掉，当然也不能是台湾把大陆吃掉，所谓“三民主义统一中国”不现实。

（六）要实现统一，就要有个适当方式。建议举行两党平等会谈，实行国共第三次合作，而不提中央与地方谈判。

双方达成协议后，可以正式宣布，但万万不可让外国插手，那样只能意味着中国还未独立，后患无穷。

听了邓小平的这一席话，杨力宇似乎悟出了对这一问题超越书本，甚至超越经验的解释。不知不觉一个多钟头过去了，会谈结束，与会人员同时起身，一起站在大型国画群组前，邓小平和杨力宇在中间，留下了一张历史性的合影，见证了邓小平首次提出实现两岸和平统一的六条主张的情景。

杨力宇完全明白这位伟人约见自己的目的，那就是“一国两制”的构想已在他的大脑中完全成熟，现在到了向外界，特别是向台湾和与之一直保持特殊关系的美国宣传这一方针的时候了。杨力宇本人成为聆听邓小平“一国两制”伟大构想与基本内涵的第一人， 深感荣幸。他心里非常明白，邓小平希望通过一个在海外有影响力的学者将这一构想宣传到大洋彼岸，这样比在新华社或《人民日报》发表文章更有效。谈话结束后，杨力宇从人民大会堂出来，迅速地下了台阶，马副院长陪同他急忙赶往北京首都国际机场，此时，飞机比预定起飞时间已晚一个小时。那个年代也许考虑节约用电，飞机待飞时一直没有启动空调，恰巧那一天的气温偏高，机舱内有些燥热，乘客的心情可想而知。

当他拎着提包匆匆出现在机舱过道时，不耐烦的旅客朝他侧目而视，面带愠色，有的甚至在座位上咕噜，责怪他姗姗来迟，不知爱惜他人的时间。责怪的人自有责怪的道理，但是他们谁会知道这位旅客迟到的背后，已经发生了一件伟大的历史事件。

谈话的第二天，《人民日报》《新华日报》等各大报刊头版纷纷刊载了谈话的照片和消息，标题为《邓小平会见美国教授杨力宇》。邓小平与杨力宇的谈话，一时引起了极大的轰动。

一个月后，7月30日，《人民日报》头版头条刊载了谈话的要点，即后来入选《邓小平文选》第三卷的《中国大陆和台湾和平统一的设想》的全文。8月，杨力宇在香港《七十年代》杂志发表了一篇特别报道《邓小平对台和平统一的最新构想》，把北京对台政策的改变、台湾的心态及立场、邓小平的反应及最新构想做了全面而客观的阐述，也反映了台湾的固执和担忧，同时，表达了大陆想与台湾统一的诚意，不是想吃掉台湾，而是希望达到真正的统一。

邓小平与杨力宇首谈“一国两制”后，大陆与台湾的和平统一构想在海峡两岸、海内海外，引起强烈反响，和平之声渐成趋势，在台湾岛内，人们已从街头巷尾的窃窃私语，转为公开在报刊上著文立论。

两岸的和平统一犹如涓涓细流，或直或曲，或隐或现，虽流向不尽相同，但毕竟在汇集之中。两岸气氛已开始变得轻松，两岸学者名流可在海外会见，两岸健儿可在国际比赛中相逢，间接贸易，寻亲探亲都已试水前行，毕竟鸟倦知还，叶落归根。

30多年前，那些在兵荒马乱中随蒋介石到台湾的逾百万大陆军民，他们望穿秋水，终于盼到了这一天，能有机会回到阔别30多年的家乡探亲，这个愿望，他们从一头青丝盼到鬓发苍苍。两眼泪汪汪，一腔苦水，几多惆怅，只为那个梦中思念的地方和家乡的亲人啊。

第四十八节 化解『三不』

杨力宇受邓小平接见后，心里从未有过如此的喜悦，他发起的“中国统一之展望”研讨会，终于得到了党和国家领导人的重视，多年的研究、无数个日夜的著书立说，漫漫长夜的煎熬，到如今知天命之年，才真正看到了希望。

回到美国新泽西州后，杨力宇仿佛焕发出了青春的活力，走路的步子变得更轻松了，思维变得更灵活了，眼睛也变得更明亮了，每天一出门都感觉头顶是蓝天白云。心若安好，便是晴天。西东大学的学生见到他气色突然变得这么好，每天都精神抖擞，满面笑容——俗话说，人逢喜事精神爽，都在想“难道杨教授遇上什么喜事了？”

学生们私下纷纷地猜测，但谁也没猜中，只有杨力宇自己特别清楚“他的喜事”，他的人生即将步入璀璨的季节了，思考着如何把

“中国统一”的话题推向更广泛、更高层次的人群，引起世界的重视。他特别关注对邓小平提出“六条方案”的报道，香港媒体比较中肯地认为，大陆希望创造接触机会和台湾对等会谈，争取早日实现祖国统一。1983年7月31日，香港《明报》发表社论：“今年6月6日邓颖超在政协开幕词中说，在统一的大前提下，一切都好商量，总会求得合理的解决。”这已经笼统地表现出比以前更有弹性的态度。同日，《天天日报》发表文章指出：说是新设想，是因为邓小平说得比以前更具体，是对叶剑英的“九条”、邓颖超的讲话等有所解释与发展。同年8月2日，《东方日报》发表文章：邓小平这席谈话，不论从什么观点看，绝无宣传味或招降味，而是平稳踏实，就事论事。8月3日，美国旧金山中文报纸《时代报》认为：邓氏对杨力宇的讲话，好像是对丘宏达在“中国统一之展望”研讨会上提出的五点建议的间接答复。

西方媒体都猜测，大陆给出这么好的和谈条件，台湾当局的态度会如何？可惜的是，台湾当局却不像海内外民众所期待的那样有所表现，蒋经国对这次谈话，并没有表现出任何兴趣，依旧坚持对大陆的“三不”政策（不接触、不谈判、不妥协）。无疑，台湾当局这种态度让海峡两岸人民、海外华侨华人十分焦虑和失望，为此，他们不断主办台湾问题学术讨论会，主题为“我们的台湾”“中国之前途”“大陆与台湾”“台湾前途问题研讨”“国家建设研究”等，学者们各抒己见，呼吁统一。

杨力宇更是不能罢休，他再次使出浑身的干劲，准备再张罗一个更大型的、更高规格的研讨会。1984年冬天，纽约已寒气逼人，瑟瑟的冷风已将街头梧桐树刮得光秃秃的。杨力宇在家不停往北京、台北、香港、纽约打电话、写信，联系著名报人和学者，邀请他们就中国统一问题提出见解。他不顾严寒，在新泽西与纽约之间来回奔忙，做研讨会的筹备工作，终于，确定在11月10日，与著名报人和学人翟文柏、唐德刚等在纽约罗斯福旅馆联合举办“中国之前途”研讨会，香港《百姓》半月刊和纽约《华语快报》欣然成为这次研讨会的主要发刊媒体。不负众望，海峡两岸学者和旅美华人400多人齐聚纽约，共商祖国统一大计。

讨论会进行得十分热烈，多数专家学者都赞成中国统一，认为统一是大势所趋，分久必合仍是中国历史的规律，统一的方式应该是和平的、非暴力的，但谈到统一的障碍，令所有人最头痛的问题是，台湾当局的“三不”政策，犹如一道无形的墙横在大陆与台湾之间，无法交流、无法增进了解，更无法缩短差距。一场满怀希望的讨论会，谈到最后就是困惑和阻力，现实残酷如坚冰，和平与统一就像摆在面前的鱼和熊掌，这个年龄的学者都经历过战争的苦难，战争的残酷已让他们身心受伤，沧桑难以抚平，在和平与统一之间，谁都希望两者兼顾，不舍弃其一，否则就意味着战争的梦魇再度重演。

走出会场后，杨力宇找到学弟丘宏达，约他晚上一起到小客厅喝杯咖啡。丘宏达心领神会，他是一个在政治上很有见解的人，支持祖国和平统一，目前又在美国从事战略观察，去年在台湾《中国时报》发表文章，认为“三不”政策有损台湾形象，若要维护台湾安全，可另制定“国家安全法”，要求蒋经国取消戒严，引起海内外舆论一片哗然。力宇很想听听他有什么新见解。丘宏达是个很爽朗的人，两人见面又是握手又是拥抱，他们虽然同在美国，但若不是因为学术研讨也难以相聚，两人走进温暖的小客厅，围着壁炉坐下，寒暄了几句，便切入祖国统一话题。

丘宏达忧郁地说：“今天学者们讨论得很热烈，满怀希望，但蒋介石到台湾后一直实行戒严，经过一段岁月的间隔，大陆与台湾的发展已不可同日而语，如今的台湾，已实现大蜕变，从一个贫穷、落后的海岛，发展成为经济繁荣、丰衣足食、安居乐业的地方，跃进了‘亚洲四小龙’行列。大陆改革开放才刚起步，经济捉襟见肘，想要与台湾和谈，不是一件容易的事，差距这么大的时候谈统一，不是太切合实际的想法，蒋经国已放言绝不谈判！”杨力宇焦急地说：“言之成理！目前，毕竟大陆表示了统一的诚意，提出的‘一国两制’是给了台湾当局和谈的机会，如果我们不去推动，一切将化为乌有。”宏达表示同意：“是啊，两岸关系不能这么僵持下去，难道台湾当局固执到底，没有一点民族大义，不愿为子孙留下一点光荣史迹吗？我们这些人是人在美国，根在大陆，心在台湾，我们应该去推动这件事。”“不过，蒋经国心里还是坚持一个中国，当务之急是要打破台湾的戒严政策，许多党外的进步知识分子感到非常苦闷，他们没有发表见解的自由。”“去年，你写的那篇要求蒋经国取消戒严的文章，说得很对，不过我心里为你暗暗捏了一把冷汗啊！”丘宏达仰起头呵呵地笑了：“力宇学长请放心，其实我也为你担心呢，你每天都为推动两岸关系奔忙，不知有多少‘独派’分子对你心生怨恨呢？”丘宏达还是那么率直，他一身傲骨，敢作敢为。杨力宇接着：“我们都命大，为自己祖国能和平统一，我们就当第一个吃螃蟹的吧。”说完，两人相视而笑。力宇说：“不过，你提出取消戒严的事过去了一年，也未见有任何风吹草动，是不是意味着蒋经国默认了，在考虑取消戒严呢？”“依我看希望还是有的，但要时间，当局已戒严30多年，如今，不光是学者们有意见，民间百姓也生怨气了。”

丘宏达猜测得不错，蒋经国看了他的那篇文章后深受启发，并没有对他产生打击报复之想法，而是开始采取行动。台湾民众已感觉到“三不”的坚冰在慢慢融解，虽然速度比较慢，曲曲折折，但蒋经国的解禁决定在一件件出台，尤其是禁止军人干政及蒋氏家人继承台湾方面领导人职位，得到海内外的普遍赞同。

1986年底，春寒料峭，阴雨霏霏，很久没去台湾的杨力宇再也压抑不住对蒋经国出台新政策的憧憬，他曾经对台湾政界的不满情绪已烟消云散，他很想知道，新政下的台湾民众的内心和面貌如今有什么改变？他独自一人抽空飞到台湾，当他下飞机后，眼前那些景象展现出勃勃的生机，人们的精神面貌像春天一样明媚，他心里无限感慨：“台湾确实大变样了，已不再是一个封闭的、管制的社会，而变成一个多元开放的社会了！”他并不想惊动政界领导人，凭着他台湾大学的老同学和媒体的好朋友，做了两周的广泛私人访谈，了解了新竹、高雄的科技和经济建设，收集了许多新资料。

最让他高兴的是，台湾党政经各界进了一些曾在欧美大学获得博士学位的青年才俊，他们有理想、有远见，了解国际形势，毫无官僚习气，亲切随和，思维灵活。杨力宇从他们的身上仿佛看到了祖国统一的希望，他当即奋笔疾书写下了访问的观察及感受。文章积极地展望了中国统一问题，认为这些开明温和而理性的青年才俊将是未来“集体接班”的主将，蒋经国思想包袱太重，要谈判还需慢慢来，台湾下一代的官员将是技术型官员，他们非常实际，非常有希望。

此后的几年，台湾、香港，以及美国媒体频繁刊出台湾人民对“三不”政策不满的文章，影响力最大的是台湾《中华杂志》刊出的台湾老兵的两封信，他们的呼吁亲情可贵，金钱难买，几十年来没有一天不思念大陆的亲人，渴望回大陆探亲，可谓字字锥心，声声血泪，台湾的不满“三不”政策的人越来越多。时间慢慢地往前爬行了半年，终于，在1987年7月15日，蒋经国宣布解除戒严，两岸关系坚冰融解。

第四十九 亮剑『台独』

历史的车轮滚滚向前，时间不知不觉地跨入了20世纪90年代。1990年11月，两岸关系出现有了令人欣喜的改变。郝柏村，一名反对“台独”的国民党老将，授权成立了一个民间组织——海峡交流基金会（简称“海基会”），董事长为辜振甫；一年后，大陆成立了与之对应的海峡两岸关系协会（简称“海协会”），会长为汪道涵。双方领导人认为政治上的分歧不影响经济上的合作，希望借助商务会谈，加强两岸关系。两方举行两次会谈后，两岸的文教、艺术、学术等方面的交流及经贸关系在持续增进，但政治关系却无任何突破。首先，双方讨论最大的问题是“一中”，双方各执一词。1992年，双方在香港就一个中国问题及其内涵进行讨论，大陆提出五种“一中”的表述方案，随后台湾也提出了五种方案，经过多次交锋与折冲，终于达成了“海峡两岸均坚持一个中国原则”的重要共识，后被称为“九二共识”。

为了推动两岸关系发展，能自由在各党派之间发表言论，杨力宇表示不加入任何党派，坚持以独立学人的身份，在北京、香港、台北、纽约之间来往，观察两岸政治关系，寻求突破，发表言论。台湾国民党当局的执政能力实在令人担忧，他们不断受到“台独”势力冲击。1992年，国民党迫于外界压力，启动首度民意代表全面改选。选举中的统独之争达到白热化程度，中间出现一些暴力及买票案件，结果揭晓后发现国民党内的“统派”候选人全军覆没，得票率低得惊人，161名民意代表，竟无一人当选；民进党内具有明显“台独”倾向的候选人全部挤入立法主管部门，吕秀莲、陈水扁、谢长廷等都当选。媒体一片哗然。

得知结果后，杨力宇极度忧虑愤怒，寝食不安，媒体论坛接二连三邀请他发表演讲，他走向论坛不畏权力淫威，不畏异己分子攻击，直指台湾“独派”图谋不轨，新华社联合国分社、新华社香港分社、纽约《世界日报》、台湾《参考资料》等都发表他的观点。杨力宇尖锐地指出，今后两岸问题将变得更为复杂，国民党的“独派”与民进党必然狗苟蝇营，阴谋合作。他们的力量如再加上国民党内以一个中国为口号而实际上倾向“一中一台”主张的民意代表，已超过全体民意代表之半数。这次选举，国民党执政权力遭受重挫，国民党在台湾执政43年，一步一步被一些别有用心的政客逼向权力的边缘。“独派”大将吕秀莲、陈水扁等登上了政治舞台，毫无顾忌地推动“台独”理念。

面对如此现实，杨力宇遭受重大打击，两岸和平统一是他少年时代的梦想、青壮年时期无私无畏地付出心血的事业，作为学者，可以说他已经把整个身心奉献给了这份事业，他能甘心吗？他自邓小平提出“一国两制”以来，一直在美国宣传并试图说服美国政府承认，“一国两制”是中国海峡两岸统一的最终途径。而如今台湾当局内部出现了重大问题。杨力宇经过一番思索和分析后，把目光转向了行政部门负责人郝柏村，他是个强硬的国民党“统派”老将，1993年，年越古稀的郝柏村，力挽狂澜，坚决支持连战继任，连战高票继任。连战的出任让杨力宇心情为之一振，他们俩是台湾大学的校友，他十分了解连战的思想及为人，两岸统一的曙光再次闪现。

杨力宇寄希望于连战施政，作为国民党“统派”的连战顶着压力实行新政，上任百日后，连战新政政绩备受关注，但民意调查满意度偏低。杨力宇十分关心，出面为连战排忧解难，他针对台湾内外关心的重大问题：施政重点、对外关系、内外政策、统独和省籍问题、两岸关系等询问连战，连战做了全面详尽的答复，杨力宇综合连战的回答形成了《连战院长面临的挑战与考验》，在台湾《中央日报》发表。文中提到，连战作为出身于大陆、成长于台湾的政治人物，实事求是地承认台湾的各种矛盾和冲突，要求各方面抛弃偏见私心、历史地位的包袱，通过沟通及协调逐步化解这些纷争。连战重申：“中国只有一个，这是全体中国人共同的理念，中国没有不能统一的理由，也没有不应该统一的理由。”

连战主政期间虽然做了不少工作，却遭逢财政恶化压力，尤其是他推行重大法案——阳光法案，即《公职人员财产申报法》，窒碍难行。连战接手了郝柏村的位置，但却没有郝柏村的霸气，郝柏村言谈气势逼人，令人感觉军令如山，不得不从；连战却斯文儒雅，优柔寡断，他推行阳光法案，被立法主管部门反对势力联手阉割得面目全非。经过这次较量，杨力宇看出，如果今后连战的重大法律案和公共政策，不与立法主管部门多数取得共识，行政主管部门将十分尴尬，寸步难行。

连战主政时，美国正是克林顿新任总统，因为当时大陆对美国打台湾牌纵容“台独”势力提出强烈抗议。克林顿上台后，表示为美国过去对台湾及中国大陆的政策进行全面检讨，在对大陆的政策上，克林顿大耍滑头，扬弃其竞选总统时的承诺，采取了一系列新措施，包括：在中美三个联合公报及《与台湾关系法》的基础上，全面发展与中国大陆的关系；全面恢复与中国高层领导人的互访；决定将人权及最惠国待遇两问题“脱钩”；恢复美国政府与中国的军事交流及限武谈判；强化“商务外交”，积极争取大陆市场及重大建设项目。

从表面上，克林顿这些政策是在积极与中国加强联系，实际上，这只是他的权宜之计，因为美国明白了，孤立和压制不可能改变中国的政策。杨力宇一目了然，他一针见血地指出“美国对华外交政策基调难变”，美国对台关系实质地改善非常之少。明眼人都可以看出，美国国会实际上是在采取具体行动改善与台湾的关系，美国国会通过四个要求改善台湾关系的议案，围绕“移民与国籍技术修正法案”费尽心力，在美国总统与国会权限之间绞尽脑汁，企图以法律形式默许台湾地区领导人访美，企图违背中美建交时，卡特总统承诺的把对台关系“限制于非官方范围”，以打擦边球地方式应许李登辉觊觎“急独”的心愿。

台湾政界形势迫人，连战作为国民党的“统派”面临着内外交困的压力和挑战，在提升两岸关系的问题上，他可谓殚精竭虑，但他游离于两岸关系之间，他反对“台独”，又否定两岸谈判，实在不知“两岸关系”那根定海神针应放在何处。

杨力宇曾把两岸谈判的希望寄予台湾下一代技术官员，那些留学欧美的回台湾工作的青年才俊。如今，蒋氏家族已不在位，青年才俊也步入政坛，但两岸谈判却并没有进展。他心里一直觉得自己的责任没有完成，反复权衡两岸关系，希望能开展谈判，1995年，他再次提出一个新的模式“一国两岸”（一个中国，两岸对等谈判），他相信只要两岸确有诚意及决心，并展现高度的政治智识，则两岸关系的突破，并非全无可能，然而，如此提法，在现实面前同样苍白无力，很快也被宣布告终。

第五十节 助阵连战

李登辉任台湾地区领导人期间，不断鼓吹“台独”，他的每一次“台独”行动都遭到台湾“统派”及大陆的强烈反对。大陆对和平统一的失望情绪在蔓延，主张绝不放弃武力统一的人愈来愈多，美国反华势力明里暗里为“台独”势力撑腰打气，甚至向台湾出售先进武器。

到了1998年，峰回路转，台湾海基会董事长辜振甫访问大陆，两岸关系呈现缓和状态。12月，台湾举行轰轰烈烈的三项选举（即新一届民意代表和台北市、高雄市市长及两市议员），出人意料的是，在这次选举中国民党取得较大胜利，重新崛起，马英九高票当选了台北市市长。台湾“统派”实力下滑趋势得到了一定遏制，给摇摇欲坠的国民党打了一剂强心针，可望执政地位继续巩固，再过两年，又是台湾地区领导人大选，国民党信心满满，紧锣密鼓进行大选布局。

至于大选结果，没到最后一步，谁也不知谁的葫芦里在卖什么药。台湾地区原领导人李登辉已到辞古稀奔耄耋之年了，他多次表示不再竞选连任，如此，连战成为国民党参选的重要代表，李登辉嘱咐连战进行全面部署，并开启了对连战的“关怀之旅”，走访基层支持连战。国民党其他高层也采取了一连串“拥连”措施，台湾及海外拥连人士成立了各种“友连会”“连心会”。表面看来，连战大有希望。当然，另外两个实力派参选人：无党派独立参选人宋楚瑜、民进党参选人陈水扁，都在巧施妙招为参选热身，争取民意支持。三位主要候选人逐步进入了“竞选战争”，他们各自声张自己的政治主张，打击对手，由此，“宋楚瑜之友会”“宋楚瑜工作室”“阿扁之友会”也不甘示弱地出现，似乎一场“三国演义”在悄然上演。各家都有本难念的经，连战虽拥有国民党“党意”的支持，但奇怪的是，连战的民意支持度一直不高，叫座不叫好。

当然，一心支持两岸统一的、无党派独立学人杨力宇一如既往地看好连战，如今连战准备参选台湾地区领导人，年近古稀的杨力宇再次振奋精神全身心投入到支持连战竞选的工作中，他利用美国，以及香港、台湾的媒体和论坛为连战大肆宣传。他相信连战，他们从台湾大学交往到现在，彼此太熟悉了，他们常一起探讨台湾面临的各种问题及因应之策，连战每次发表的政见都给他留下深刻的印象，他对连战的施政风格和个人作风极为佩服。

为了给竞选造声势，1999年夏天，连战携夫人来到美国纽约开启“竞选”之旅，希望得到美国台籍学者及美国政界的支持。杨力宇全程陪同，联系各台籍学者参加连战在美国的“连心会”，发挥他们各自的人脉优势为连战竞选造声势。他们在纽约希尔顿酒店商讨竞选方案，合影留念，个个充满了信心。杨力宇再次看到了中国和平统一的希望，他认为像台湾这种内外交困、矛盾重重的地区正需要连战这样的领导人，只要连战竞选成功，一定会推动祖国和平统一。

同年9月21日，台湾突然发生百年一遇的大地震，顷刻之间，天崩地裂，房屋如多米诺骨牌一样倒塌，人员伤亡数以万计，灾区满目疮痍。连战心急如焚，宣布停止所有竞选活动，不顾连续不断的余震危险，火速赶往灾区，亲自担任地震救灾督导中心负责人，指挥救灾，并将所筹得的竞选经费两亿元全部捐献，还将个人财产3500万元做赈灾之用，他常驻灾区，不返家门，与灾民同甘共苦。连战这一举动感动了所有台湾灾民，民意支持度有所回升。

12月3日，连战公开表示，如果当选台湾地区领导人，他愿意在就职前后，赴大陆进行“和平之旅”，并说：“本人愿意与中共领导人会晤，双方可就任何议题讨论，来促进两岸的关系。”以对等、和平、进步、繁荣为原则，以达成“双赢”为目标，要求双方暂时搁置争议，增加交流与合作，尽快恢复海基会和海协会的协商，就如何结束台海敌对状态签订停战或和平协议。在这一点上，连战深知杨力宇研究功底深厚，颇有才干，对他也颇为信任。他视杨力宇为两岸关系问题的特别顾问，公开承诺只要他当选，将邀请杨力宇回台湾地区任职，并肩作战，共同推进台湾与大陆的和平统一。

为助连战竞选成功，杨力宇不惜牺牲休息时间和金钱，投入到连战参选的活动中。他利用自己在媒体的影响力，在美国报刊《世界日报》《华盛顿邮报》《北美日报》，以及香港的《文汇报》《中报》《明报》《大公报》不断发表文章，阐释连战的政治背景、爱民之心、务实风格、为政之道、改革措施、美好愿望，他告诉台湾选民，连战的身上正集中了“台湾心，乡土情，心手相连，族群融合，有容乃大”的政治远景，连战上任后，将全面推行他的主张、改革与承诺，台湾将会进入一个“连战时代”。为了向台湾选民全面介绍连战其人其事，他日夜伏案为连战写了一本专访，并联系了台北一家出版社，准备在大选前三个月隆重推出，以配合连战竞选投票活动，争取更多选民为连战投票。

终于熬到2000年3月，即将进入民众投票阶段。在大选之前，国民党又做了一个民意调查，测试几个候选人的民意支持度，结果令人满意，连战一路领先。3月14日国民党高层再次进行选情评估，连战仍居领先地位，国民党党政资源全力开动，投下了近乎天文数字的金钱和人力、物力为连战造势。3月18日正式投票，结果揭晓，让全体选民大跌眼镜，陈水扁第一，宋楚瑜第二，连战第三。连战的竞选总干事胡志强得知后惊呆了，不知如何解释，他几乎没有拿不下的选战，唯独这次大选成了他的败笔，他连连道歉："我输了，我对不起民众。"大选的背后究竟隐藏着什么不可告人的秘密，经过层层调查，水落石出。《联合晚报》公布民意调查，连战在这次大选中的确是主要抛弃对象，"弃连保扁"和"弃连保宋"比例约为二比一，李登辉瞒天过海暗中支持竞选对手陈水扁！顿时，国民党中央党部被包围，要求李登辉辞职谢罪，一周后，李登辉被迫提前辞去国民党主席职务，辞职后李登辉更加张扬，公开提出"台独"的主张。

得此结果，杨力宇感到无比挫败，整整三天茶饭不思，他万万没想到，国民党内部分裂如此严重，不顾本党的宗旨和利益，把权力拱手让给民进党陈水扁，导致国民党将在台湾50多年的执政地位丢了，真是奇耻大辱！

陈水扁执政后，台湾政坛动荡不安，财经形势迅速恶化，两岸关系停滞不前，陈水扁一度面临被罢免的政治危机，但却熬过了一年又一年。眼看届期四年将满，又将是台湾地区领导人大选，民进党和国民党开始暗暗较劲，陈水扁与吕秀莲联手成为"泛绿"阵营准备参选。国民党接受前次的教训，决定与宋楚瑜新成立的亲民党加强合作，形成"泛蓝"阵营，国、亲两党达成共识后，宋楚瑜表示愿屈居副职位置，支持连战竞选，形成"连宋配"阵营。两大阵营为争取选票各出奇招，互相揭短，民进党指责连战等人家产来路不明，国民党、亲民党也不甘示弱，指责陈水扁靠权钱交易暴富。

眼看一场闹哄哄的竞选大戏出场，杨力宇也按捺不住了。2003

年2月20日，他向台湾《中央日报》发出一文，告诫连战阵营要接受上一次的教训，指出国亲联盟要克服种种困难才能击败民进党。这次连战改变策略，变被动为主动，颇有远见地打出“两岸牌”，郑重承诺，国民党执政后，将在“九二共识”的基础上，立即全力推动两岸直航，提升台湾竞争力，推动签订两岸协议，并发表“和平之旅”讲话。陈水扁却跳出来唱反调，公开抹黑连战，恶化两岸关系。

双方斗争不休，直至2月14日，“连宋配”成定局。消息宣布的前一天，台北一家电视公司民意调查显示“连宋配”民意支持度超陈水扁百分之十三。《联合报》《中国时报》民意调查显示“连宋配”民意支持率比陈水扁支持率高近百分之十。说穿了，台湾民众心知肚明的是，陈水扁执政两年多，台湾经济严重下滑，看不出陈水扁有什么办法可以使台湾经济振兴，而今组成的“连宋配”成了大多数民众看好的阵营。

“泛蓝”“泛绿”两大阵营厮杀了一年，“泛蓝”获得重大胜利，将陈水扁“台独”势力逼到墙角，狼狈不堪。2004年台湾地区领导人大选投票日前一天，3月19日下午，陈水扁和吕秀莲搭乘吉普车，在台南市金华路三段扫街拜票，突然两声枪响，陈水扁腹部中弹，吕秀莲右膝受伤。第二天投票，陈水扁以不到3万票的微弱优势胜出，选举结果被两颗子弹反转了。虽然枪击事件疑点重重，但陈水扁连任却成了事实，支持“泛蓝”阵营的选民情绪崩溃，杨力宇失望之至，从此，慢慢淡出了政坛。

第五十一节　我的心愿

光阴似箭，岁月如梭。自我在1980年端午节，随母亲回宁冈参加杨氏家族大聚会又过了30多年。在那时见过力宇外公后，我产生了许多梦想，母亲更是鼓励我好好读书，也曾计划着让我去美国留学，可惜机缘随着父亲过早的西行而夭折，但在我的心里一直有一个愿望，希望再一次见力宇外公。2017年元月，我只身前往美国游学采风，将自己的梦想付诸现实，当我飞越太平洋时，心里一直想着如今的他怎么样了。

如今，他已经是80多岁的老人，风华已去，鬓发苍白，现已迁到了弗吉尼亚州的里士满，希望在此远离尘嚣，不问政事，安度晚年。我游完了美国东海岸的纽约、华盛顿、波士顿等几个历史文化名城后，转身向南，经费城，直奔里士满，到达时已是黄昏。

第二天，我起了个早，拉开窗帘一看，天气晴朗，走出酒店更是阳光明媚，虽然有点寒冷，但头顶蓝天白云如绸缎般铺开，丝滑顺畅，眼前的马尾松精神抖擞，像一排排哨兵。好几天没见阳光，顿时感觉心情特别舒畅，暗暗地想，或许今天运气不错，能好好地见见力宇外公。

然而，当我打开手机中的打车软件，准备打个车速去速回时，奇怪的事发生了，昨晚用得好好的软件，今天不听使唤，无法定位在弗吉尼亚州里士满，总错误地定位在加利福尼亚州里士满，然后显示“找不到具体地点”。

我急得如热锅上的蚂蚁，转身回酒店找服务员帮忙，服务员让我关机重启，但打车软件仍然不听话，时间一分一秒地过了，而我计划了下午离开里士满回纽约，已没有更多的时间等待，于是让服务员帮我叫了一辆的士。我坐上的士，开始的美丽心情，变成了一路忐忑。

30多年前，力宇外公回家乡的情景，又浮现在我眼前。那时，我还是个黄毛丫头，读初中，第一次去母亲娘家。母亲带着我和哥哥高高兴兴地踏进了宁冈新城的一栋宽敞的新房子里，当时院子里有很多人，我一眼就认出了力宇外公，他站在人群中，光彩照人，外貌跟母亲极为相似。他见我们过来，温和地朝我们微笑致意。母亲急忙推我上前，我记住母亲交代好的称呼，羞涩而乖巧地叫了一声：“二外公好！”力宇外公开心地笑了，几十年的离愁在这一瞬间化作亲情的慰藉，启蒙了我一颗懵懂的心。母亲告诉我，二外公是世界名牌大学的博士，你也要像他一样，好好读书。我一个劲地点头。

我长到13岁，没听母亲提过娘家的事，第一次来到母亲娘家，心灵受到极大地震撼，力宇外公给我留下了深刻的印象，让我这个本来把读书看成是父母之命和老师之言的淘气贪玩的孩子，一下子看到了读书的前景，爱上了学习，在以后的道路上一步步往前走，不畏艰辛，不惧坎坷。

但，自那次见过之后，我一直没再见过他了，只是偶尔从亲戚口中得知，他为中美友好牵线搭桥，为中国外交事业做了许多贡献。

兜兜转转地，我从江西来到广州，横跨英语专业，读了中国共产党党史专业硕士研究生，从一名英语教师磨炼成了国防教育的高级讲师，母亲家族的长辈们一听说我从事爱国教育的工作，都十分高兴，称赞说：“这工作好！继承杨家的传统，真是我们的好外孙女。”

后来，我把想写杨家故事的心愿跟几个姑婆说了，如果我们这一辈不写，往后的人更难了解杨家的事。

姑婆们终于同意了，但又犯难了：“杨家是有很多值得写的故事，只是时间久远，如今后代又散落世界各地，写起来十分困难。”她们的担心不是没有道理，但还是给了我力宇外公的联系方式，让我联系他这个杨氏家族的关键人物。

之后，我与力宇外公时不时地有联系，问候一下他老人家。虽然跟他交往不多，但是一通电话，便感觉他生性爽直，说一不二，不绕弯，不兜圈。

记得2009年6月的一个晚上，他接通了我的电话，说他正在忙，明天回我，第二天不折不扣地在同一时间，他果真回我电话，一开口便跟我讨论起“一国两制”的问题。

力宇外公话语铿锵有力，因我当时对这个问题并没有多少研究，不知道如何跟他这个中国问题专家展开讨论，他马上反应过来了，开始批评我：“你还是没有认真研究这些问题。”

我唯唯诺诺地答道：“二外公说得对，我回头再看书研究。”然后，他让我去查1983年8月香港的杂志《七十年代》，上面有他写的一篇文章，还有其他报刊上有关台湾问题的文章。

力宇外公一生的夙愿是盼望大陆与台湾和平统一，可现实风云多变，政局云谲波诡。

我想着，想着，发现的士已开始减速慢行，从高速公路匝道转弯而出，进入一个环境幽静的别墅区，只见一排精致而低调的连排别墅，红墙镶白门窗，干净整齐，仿佛一尘不染，虽是冬天，地面却绿草如茵，这片别墅并无围墙，但很安静，路上不见一个人影，只有阳光尽情地撒在草坪上。我顺着门牌号很快到了力宇外公家，门口停着一辆深蓝色的轿车。

我站在门口，打了他两次电话，没人答应，我又发短信给他，没见回复。突然，隔壁出来一个遛狗的邻居，她很热心地跟我打招呼，问我找谁？我指了指那扇白色嵌玻璃的门，那人很友好地告诉我，门口有车，应该有人在家，让我去按门铃。

我还是不想造次，等等吧，一会儿，果真，力宇外公自己出来了，虽然他有80多岁，但还是那样白白净净，玉树临风，那几分跟母亲神似的外貌，让我感到特别亲切，我立刻迎上去，毕恭毕敬地叫了一声：“二外公，您好！”力宇外公很惊讶：“你怎么来啦？”我说：“我来美国游学，顺便来看您。”“哦。”他想起来了。接着，他遗憾地摇摇头说：“现在年纪大了，不谈政治了。”

我明白他的意思，他曾经是一个政治敏锐性极强的人，如今不谈政治，是他的睿智。不说错话，不办错事。

我们只是寒暄了一些生活琐事，他说收到了我给他寄的书和照片，但他不愿意谈及国际关系，也不谈“一国两制”。

他问起他的大妹妹玛丽生活得怎么样，我告诉他玛丽姑婆生活得很开心，现在中国交通很方便，飞机高铁四通八达，姑婆身体也还健康，她现在像候鸟一样，冬天去温暖的地方，夏天去凉爽的地方。

他听了呵呵地笑了：“难怪玛丽怎么也不愿意留在美国，她在美国生活了16年啦，把外孙都带大了，就吵着要回中国，说叶落归根，现在请她回来都请不到了。”我说：“外公，中国现在真的变化很大，欢迎您再回来考察。”“年纪大啰，飞不动了，横跨太平洋一飞就十几个小时。”力宇外公遗憾地摇摇头。

我告诉起他，之前他让我读的文章我全读完了，他却有点漠然，安然置于事外，我一阵心凉，感觉他和以前判若两人，仿佛他不再是我仰慕和引以为豪的力宇外公了。

力宇外公一生致力于大陆与台湾的和平统一，为此，他做了大量的研究，写文章，做讲座，尤其是1983年邓小平向他阐述了“一国两制”伟大构想，并首次提出实现两岸和平统一的“六条主张”后，他成为大陆与台湾关系的重要发言人，西方各大媒体竞相刊登他的观点，他经常接受记者采访，发表演讲，著书立说。

为了保持独立人格，能在各党派之间自由发表见解，以超越政党的阻碍，客观探讨台湾及两岸之间的问题，他公然提出：自己坚持海外无党无派独立学人之身份，不加入任何党派。

20世纪90年代，他与台湾大学老同学丘宏达教授在纽约合作创办《独立评论》，发表很多反对“台独”及倡导两岸和平统一的专文，在西方世界引起很大反响。

连战决定参选台湾地区领导人时，他燃起了希望，相信连战上台，将会给两岸带来和平统一的希望，他全力以赴支持连战参选，为连战著书立说，夜以继日伏案，写下《打造新台湾、开创新纪元：连战的奉献与承诺》一书，为连战参选大张旗鼓地宣传。

但事与愿违，2004年，连战与陈水扁开始了一场惊心动魄的政治对弈，本来连战的选票明显领先，却因陈水扁、吕秀莲遭遇枪击，舆论和选票都向陈水扁倾斜，最后导致连战竞选失败。这一幕，成了力宇外公终身的遗恨。

之后，年岁已高的杨力宇外公慢慢淡出政治，离开新泽西州，来到了宁静的里士满安度晚年。

我们聊着，聊着，时间一分一秒地过了，眼看着屋顶斜射的阳光已慢慢拉直，我急忙提出告辞。他阴郁的眼神望着我，猛然问了一句：“大陆还在提倡‘一国两制’吗？”我认真地点点头。

他灿烂地笑了：“大陆和台湾血脉相连，是一家人啊，迟早是要统一的。”一股暖流涌向我的心头，这才是我心目中的力宇外公啊，我真诚祝愿力宇外公健康长寿，在有生之年能见到两岸和平统一。

告别力宇外公后，我搭上的士来到里士满车站，再转乘返程纽约的灰狗巴士。路上，我陷入了沉思。这次与力宇外公见面的情景出乎我的意料，30多年前的他，是那么的春光满面，浑身洋溢着热情和希望；如今的他虽年事已高，仿佛被岁月抹去了光彩，但依然精神抖擞，他身上蕴含的精神是普通人不可与之同日而语的，这种精神就是支撑他之所以是名家的精神。

从他瞬间灿烂的笑容里，我仿佛再次看见30多年前的他，看见那种精神依然存在，他依然是渴望心中的梦想能实现的。

想着，想着，我也到了纽约，已是暮色沉沉，大都市的夜景却吸引不了我的注意力，我径直来到了预定的酒店。

酒店安安静静，我独自上楼进房，放下行李，拉开窗帘，窗外一轮明月高悬天空。

主要参考文献

一、图书

1. 毛泽东. 毛泽东选集［M］. 北京：人民出版社，2018.
2. 邓小平. 邓小平文选［M］. 北京：人民出版社，2001.
3. 蒋建农. 毛泽东传［M］. 北京：红旗出版社，2009.
4. 朱宗震，陶文钊. 中华民国史［M］. 北京：中华书局，2011.
5. 井冈山人物编委会. 井冈山人物［M］. 北京：线装书局，2018.
6. 刘晓农. 井冈演义［M］. 北京：中国文联出版社，2011.
7. 刘自诚. 国民党军政秘档［M］. 北京：台海出版社，2013.
8. 田飞、李果. 寻城记·南京［M］. 北京：商务印书馆，2012.
9. 南京老克. 南京深处谁家院［M］. 南京：南京师范大学出版，2015.
10. 杨菊生、巩儒萍. 梦回老南京［M］. 南京：江苏凤凰文艺出版社，2014.
11. 薛兵. 读南京［M］. 南京：南京出版社，2017.
12. 刘晓宁. 总统府史话［M］. 南京：南京出版社，2003.
13. 杨天石. 蒋介石与南京国民政府［M］. 北京：中国人民大学出版，2007.
14. 杨天石. 寻找真实的蒋介石［M］. 重庆：重庆出版社，2015.
15. 王奇生. 中国留学生的历史轨迹（1872—1949）［M］. 武汉：湖北教育出版社，1992.
16. 孔繁岭. 中国近代留学史稿［M］. 北京：中央文献出版社，2005.
17. 隗瀛涛，沈松平. 重庆史话［M］. 北京：社会科学文献出版社，2011.
18. 重庆市渝中区人民政府地方志编纂委员会. 重庆市中区志［M］. 重庆：重庆出版社，1997.
19. 重庆市渝中区文广新局. 母城记忆［M］. 重庆：重庆出版社，2014.
20. 韩文宁. 战区大受降（中国记忆1945）［M］. 南京：南京出版社，2015.
21. 岳南. 南渡北归［M］. 长沙：湖南文艺出版社，2015.

22. 白先勇. 台北人[M]. 桂林：广西师范大学出版社，2010.
23. 白先勇. 纽约客[M]. 桂林：广西师范大学出版社，2010.
24. 林成西，许蓉生. 国民党空军抗战实录. [M]. 北京：中国档案出版社，1994.
25. 中国人民政治协商会议南京市委员会文史资料委员会. 碧血蓝天杨国威——中国空军抗战史料[M]. 北京：中国文史出版社，1990.
26. 邓贤. 邓贤抗战纪实系列：黄河殇[M]. 北京：人民文学出版社，2006.
27. 黄仲芳、罗庆宏. 井冈山斗争口述史[M]. 南京：江苏人民出版社，2015.
28. 中共中央文献研究室周恩来研究组. 周恩来（开国领袖画传系列）[M]. 沈阳：辽宁人民出版社，2016.
29. 宋吉鑫，翰巍岩. 邓小平的故事[M]. 辽宁人民出版社，2012.
30. 于青. 东方圣哲梁簌溟[M]. 北京：中国青年出版社，1994.
31. 宁冈县地方志编纂委员会. 宁冈县志[M]. 北京：中共中央党校出版社，1995.
32. 重庆市渝中区政协文史资料委员会. 巴渝文史荟萃（第二卷）[M]. 2009.
33. 重庆市渝中区政协学习文史委员会. 重庆渝中区文史资料《渝中抗战文化史话》专辑. 2010.
34. 新文化史料. 地方革命文化史料选辑（武汉篇）[M]. 1994.

二、杂志

35. 刘晓农. 袁文才与井冈山革命根据地的创建[J]. 中共党史研究，1989（6）.
36. 刘晓农. 抗战硝烟漫井冈[J]. 党史文苑，2012（3）.
37. 刘晓农. 毛泽东引兵井冈山内幕[J]. 党史纵横，2000（3）.
38. 魏清源，刘晓农，黄红梅. 试论井冈山时期我党统战实践的失误与教训[J]. 党史文苑，2009（9）.
39. 田雨，韩宏伟. 井冈山时期土地革命范式分析[J]. 黑龙江教育，2017（1）.
40. 胡传根.《井冈山土地法》的诞生和影响[J]. 时代主人，2017（8）.
41. 于扬，孔繁岭. 留日学生与南京政府时期的对日关系[J]. 江苏师范大学学报（哲学社会科学版），2006（5）.

42. 徐鲁航. “庚款留学”在中国的主要影响[J]. 天津师范大学学报, 1989(2).
43. 王广丽. 庚款留学对中国近代教育影响的研究[J]. 教育教学论坛, 2016(50).
44. 曾禾. 抗战文化统战工作的堡垒——三厅和文工会[J]. 红岩春秋, 2005(4).
45. 姜燕鸣. 抗战时期的武汉难民潮与文化运动[J]. 武汉文史资料, 2018(9).
46. 刘小宁. 1946年国府还都与中共代表团返回南京[J]. 档案与建设, 2015(2).
47. 罗炎卿. 聆听“一国两制”构想的第一人——访祖籍江西宁冈的美籍教授杨力宇[J]. 党史文苑: 纪实版, 1994(5).
48. 华麻. 新年新信息——读邓颖超元旦讲话[J]. 瞭望, 1984(3).
49. 杨华生. 近年来海峡两岸及海外学者有关台湾问题的会议概述[J]. 台湾研究集刊, 1983(1).
50. 袁晓园. 中国统一的障碍是什么? [J]. 台港澳情况, 1986(40).
51. 杨力宇访台观感[J]. 台港澳情况, 1987(5).
52. 杨力宇与俞国华一席谈. [J] 台港澳情况, 1987(37).
53. 陈登才. 中国大陆和台湾和平统一问题——同杨力宇、高英茂先生再商榷(上)[J]. 瞭望(海外版), 1988(26).
54. 陈登才. 中国大陆和台湾和平统一问题——同杨力宇、高英茂先生再商榷(下)[J]. 瞭望(海外版), 1988(27).
55. 杨力宇认为国亲联盟要克服种种困难才能击败民进党[J]. 台港澳情况, 2003(8).
56. 杨力宇. 愿马年“一马当先”[J]. 台声, 2015(6).
57. 杨力宇. 马英九, 是非功过任评说[J]. 台声, 2015(2).
58. 宋月红. 陈云谈台湾问题的一则史料[J]. 党的文献, 2017(1).
59. 徐行. 周恩来与抗战初期的政治部第三厅[J]. 南开学报(哲学社会科学版), 2005(4).
60. 杨力宇. 连战与国民党的认知、理论与政策[J]. 台港澳情况, 2002(2).
61. 秦华. 台湾三项选举结果透出的讯息[J]. 瞭望新闻周刊, 1998(51).
62. 李家泉. 台湾“三合一”选举后的形势及两岸关系[J], 统一论坛, 1999(2).
63. 民调: 弃连保扁有证据[J]. 东南亚纵横, 2000(5).

64. 蒋春发. 从1950—1952年的国民党改造看当前改造[J]. 统一论坛，2001(6).
65. 黄道余. 陈水扁上台之初的台湾政坛乱象[J]. 党史纵览，2002(12).
66. 润田. 浅析世纪之初马英九的政治前景[J]. 世界经济与政治论坛，2002(5).
67. 张依瑶. 连战当选后立刻访大陆[J]. 领导文萃，2003(6).
68. 潘林峰. 2004年国亲合作前景[J]. 现代台湾研究，2003(2).
69. 许长. 连宋配并非没有幕后动作[J]. 领导文萃，2003(4).
70. 文新. 台湾亲民党秘书长蔡钟雄[J]. 台湾工作通讯，2003(4).
71. 刘佳雁. "国亲配"冲击台岛政局[J]. 两岸关系，2003(4).
72. 张依瑶. 陈水扁家有四个亿[J]. 领导文萃，2004(3).
73. 江素惠. 访谈国民党主席连战[J]. 领导文萃，2004(11).
74. 周瑞金. 国民党步入"马英九时代"[J]. 长三角，2005(10).
75. 蔡婷贻. 民进党两岸政策难产[J]. 财经，2013(9).
76. 郭健青. 国、亲两党未来发展趋势及对我工作建议[J]. 现代台湾研究，2005(5).
77. 蓝绿阵营八年角逐大事记[J]. 中国新闻周刊，2008(11).
78. 决战2012，马英九与宋楚瑜的历史恩怨[J]. 东西南北，2011(21).
79. 胡志强. 不太一样的"超级市长"[J]. 领导文萃，2011(1).
80. 蔡子强. 台湾选举中的子弹和"奥步"[J]. 南方人物周刊，2012(3).
81. 李立. 连战：我心永平[J]. 领导文萃，2012(14).
82. 香港《晶报》评邓小平与杨力宇的谈话[J]. 参考消息，1983(20215).
83. 杨力宇认为蒋逝世对台湾的稳定不会有太大影响[J]. 参考资料，1988(22541).
84. 美国西东大学亚洲学系主任杨力宇提出"一国两岸"新模式[J]. 参阅资料，1995(18).
85. 中共中央发言人对皖南事变发表谈话[J]. 解放，1941(124).
86. 关于国民代表大会[J]. 华月，1936，8(16).
87. 黎炎培. 日本出兵山东的经过及压迫留日学生和侨胞的情形[J]. 建国（广州），1928(617).

88. 崔万秋. 留日学生生活之一斑[J]. 青年界, 1931(5).
89. 张铭三. 留日学生史话[J]. 日本研究(北平), 1944(3).
90. 草朋. 一个留日学生的回忆[J]. 中国呼声, 1937(18-21).
91. 融通. 中国留日学生小史[J]. 中国月刊, 1940(5).
92. 杨祖诒. 国际思想的发达与民族性的必要[J]. 中央半月刊, 1930(3).
93. 日本虐待我国留日学生一幕[J]. 新生月刊, 1929(20).
94. 一留日学生出狱报告[J]. 日本研究(上海), 1930(1).
95. 方敏. 活跃祖国银空战士辉煌的战绩[J]. 现实(上海1939), 1939(7).
96. 翔夫. "六一"成都空战记[J]. 中国的空军, 1939(24).
97. 黄希宪. 千山丛上, 单机追敌记[J]. 中国的空军, 1939(18).
98. 我空军大显神威[J]. 航空杂志, 1939(18).
99. 刘国柱. 成都空战的回忆与检讨[J]. 青年空军, 1940(3).
100. 后歌天. 驱逐敌机经验谈[J]. 中国空军, 1940(29).
101. 杨奋武. 如何突破民族难关[J]. 台湾训练, 1947(4).
102. 杨祖诒. 日寇"大东亚省"的剖视[J]. 好男儿, 1941(2).
103. 杨祖诒. 对于敌人的教训——引证敌人反战厌战事实[J]. 好男儿, 1941(3).
104. 杨祖诒. 日寇从东亚新秩序到东亚共荣圈的一点分析[J]. 中山月刊(重庆), 1941(4).
105. 杨祖诒. 战后经济建设之展望[J]. 新中国月刊, 1946(9).
106. 胡庶华. 答客问知识青年从军运动[J]. 中国青年(重庆), 1944(5).

三、报纸

107. 国台办对杨力宇辞世深表哀悼：先生虽去，风范长存[N]. 人民日报海外版 2019-08-21.
108. 海峡两岸学者和旅美华人共商祖国统一大计 中外学者在美举行"中国之前途"讨论会[N]. 人民日报, 1984-11-13.
109. 留日学生对于拯救国难的主张[N]. 中央日报, 1928-05-11.

110. 留日学生牺牲学业以赴国难的主张［N］. 中央日报，1928-05-16.
111. 国民革命军学生团反日宣言［N］. 中央日报，1928-02-22.

四、电子文献

112. 陈孟统. 追思杨力宇："一国两制"构想见证者的拳拳之心［EB/OL］.（2019-08-28）［2020-01-08］. http://www.chinanews.com/tw/2019/08-28/8939943.shtml

后记

（一）

岁月流逝，时易世变。我在里士满见过二外公杨力宇后，毅然决定把他和杨氏家族的故事写出来，每天除了上班就是研究杨氏家族有关史料，于2017年9月正式动笔。从此，便如痴如醉地埋头写作，坚持了一年半，著作已具雏形，之后修改润色，颇费时日。

在我创作的过程中，因长辈们年岁已高，几个相继辞世，在收集资料时杨伟夫辞世，开始创作时杨毅夫辞世，在创作过程中杨海庆辞世、为我提供重要材料的杨奋武内弟谢焕辞世。最后，当我考虑，如何把这本书的初稿送给书中主要人物杨力宇时，不幸的事也发生了，2019年8月14日晚，杨力宇的大妹妹（杨玛丽）突然在微信上告诉我："我哥哥恐怕来日不多，他已离开医院放弃治疗，回家中去了。”我心里感觉一惊。17日晚9点15分（北京时间），玛丽姑婆又微信告知我：“我哥已在美国与世长辞。”顿时，我感到一阵心酸，怅然若失，尊敬的杨力宇外公永远离开了我们。

8月21日，国务院台办发言人马晓光就美国西东大学退休荣誉教授杨力宇先生逝世应询表示：杨力宇先生毕生致力于两岸关系，主张国家和平统一，矢志不渝；促进两岸关系和平发展，不辞辛劳；反对“台独”分裂图谋，不畏谤言。我们对杨力宇先生辞世深表哀悼。先生虽去，风范长存。

8月27日，在里士满的追思会上，中国驻美大使馆特命全权大使崔天凯进献了花圈、公使徐学渊向杨力宇家人转交并宣读国台办、国侨办及驻美大使馆唁电。国台办唁电说：作为邓小平同志提出“一国两制”科学构想的见证者，力宇先生坚持民族大义，旗帜鲜明反对“台独”，矢志不渝追求国家统一，为两岸关系和平发展积极奔走，为台海和平建言献策，拳拳之心，令人敬佩。先生的贡献和风骨，长存两岸关系史册。徐学渊表示，杨先生毕生致力于两岸关系，为推动两岸关系和平发展、为促进国家和平统一矢志不渝。先生对当前的两岸局势深为担忧，曾多次表示“九二共识”有百利而无一害，坚决反对“台独”分裂图谋，其爱国情怀令人感佩。

杨力宇外公虽已离去，但他心中无不挂念他付出了毕生精力的两岸关系和祖国统一。他退休后，还常让女儿晓红陪他参加学术研讨会，他每每深情地说：“无论是大陆还是台湾，我都很爱，我一直希望两岸能够实现和平统一。”直到他感觉体力不支，他才淡出政治。如今，他虽已离去，但精神永存，海峡两岸人民将永远怀念他。

（二）

本书创作从开始收集资料到完成书稿，历时9年，笔者亲自走访了井冈山、南京、重庆、武汉，以及在美国的亲友，采访收集资料，查阅杨氏家谱，参考了杨奋武内弟谢焕记录当时亲历的《百年沧桑》，采访杨棠城孙子们、杨祖诒儿女们、杨奋武儿女们，查阅了南京和重庆地方志馆的大量民国时期资料，亲自到长辈们生活的地方考察，还委托亲友采集台湾、上海等地的历史资料。

本书尊重历史事实，力求还原历史真实面目，中华人民共和国成立后，杨祖诒、杨奋武、杨池烈受过政治运动的冲击，改革开放后，党和政府对他们的历史进行了复查，宣布无罪，他们得到了平反，身份被重新认定。

书中主要场景经过反复查阅和辨认，极其耗费时日和心血，几欲放弃，广州市作家协会原副主席袁建华老师不失时机地给予指导和鼓励，我才坚持下来，不少文友给我提供了可借鉴的意见，推荐一些非虚构作品给我参考。

书中主要人物和故事力求保持原样，但因为有些史料难以具体考证，只能在细枝末节上加以文艺创作。本书反映了杨府的优秀人才棠城、祖诒和奋武三兄弟面对社会大变革的思想情感，他们苦恼彷徨，爱国爱家，一心想报效国家，却没能走上正确的道路。棠城自愿贡献田产参加革命，但被“左”倾革命派拒之门外，感觉前路渺茫，阴郁而终；祖诒一直在国民党中央政府工作，曾热情地效力抗战宣传，但他作为一个国民党统治区技术官员，看到了国民党统治的黑暗，也看到了共产党领导的光明，却没能走出国统区参加革命，直到解放后才自愿向人民投诚；奋武在抗战胜利前后，曾想联系一批有志之士，效仿梁漱溟的做法，建设一个新乡村，此想法未免天真。他们生活在一个动荡的年代，历经井冈山革命、抗日战争、解放战争，以及解放后的政治运动，身心交瘁，直到改革开放后，才过上安定生活。他们对颠簸的生活感触很深，心中渴望国家强大、家庭平安，他们的后代赓续了长辈的心志。杨力宇虽然15岁就离开了大陆，但他一直心系故国，一心为国家和平统一着想，成为知名的中国问题专家，他长年的奔波和呼吁，得到党和国家领导人邓小平的重视。1983年6月26日，邓小平在人民大会堂接见了他，与他谈“一国两制”的伟大构想，并首次提出实现两岸和平统一的六条主张。从此，杨力宇更是把毕生精力投入两岸和平统一的伟业中，不畏谤言，反对“台独”，他的名字和事迹将载入两岸关系史册。

创作在艰难中进行，期间得到多位专家学者的指导和帮助：厦门大学港澳台研究中心主任李非教授，广东省人民政府文史研究馆馆员、文学院院长徐南铁专家在百忙之中为我写了推荐语；羊城晚报报业集团原副总编辑、广东省文化学会会长周建平，广东省文联当代文艺研究所研究员管琼，中共广州市委党校校刊编辑部副主任温朝霞等给我提了很多宝贵意见。我也调动了众多亲友帮忙查找资料，原宁冈中学校长、宁冈县文化教育局局长钟应瑞，原宁冈县龙市乡柏露村支部书记郭石古，井冈山市委党史办副研究员刘晓农等都为我提供了重要资料。此外，上海、武汉、南京、南昌、吉安、井冈山及美国加利福尼亚州的各位亲友：杨伟夫、杨毅夫、杨健丽、杨玛丽、程晨、张柱明、文人忠、尹小平、杨晓斌、欧阳小花、章汉亭、章世和、徐智明、胡卓然、陈文红、王君萍等都为我提供了口述或文字资料。同时，我还得到了江西省政协委员、南昌市人民政府参事练新廷及其夫人文玲梅给予的资金支持，在此本人一并表示感谢！

文钦梅

2020年7月3日于广州